装丁　宇都宮三鈴
帯写真提供　ＮＨＫ

登場人物紹介

〔　〕内は出演者名

狩野　純（かのう・じゅん）〔夏菜〕

狩野家の長女で、大阪生まれの宮古島育ち。正義感が強く、無鉄砲な性格。実家の「ホテル・サザンアイランド」を継ぎたいと父・善行に直談判するが、反対され大阪の老舗ホテル「オオサキプラザホテル」の入社試験を受ける。志望理由に「社長になるため」と発言するも採用される。同じ頃、不思議な青年・待田愛と出会う。ピンチのときに必ず現れる愛を怪しく思うが、次第にひかれていく。

待田　愛（まちだ・いとし）〔風間俊介〕

特殊な能力のため、人を拒絶して生きてきた孤独な青年。名門弁護士一家に生まれ、かつては関西有数の進学校でトップの成績をおさめるなど、知力体力に恵まれていた。しかし、双子の弟・純が亡くなったのを機に、人の本性が見えるようになる。そのため、家族とうまくいかなくなり家を出る。そんなある日、偶然出会った純だけは他の人と違うことに気づき、彼女のために生きていこうと決意する。

狩野善行（かのう・ぜんこう）〔武田鉄矢〕

純の父。大阪で仕事に失敗し、純が十歳の頃、妻・晴海の実家である宮古島の「ホテル・サザンアイランド」に一家で転がり込んだ。義父・真栄田弘治の死後、社長を継ぐが経営は悪化。弘治を尊敬する純とは何かと衝突が絶えない。プライドが高く、理屈っぽい性格。

狩野晴海（かのう・はるみ）〔森下愛子〕

純の母。宮古島生まれ。友人と関西へ旅行したときに善行と出会い、両親の反対を押し切って結婚。善行がホテルを継いだことに感謝し、経営には口を出さない。子どもたちの言動に振り回され、いつも心配事が絶えないが、おおらかな愛で家族を包み込んでいる。

狩野　正（かのう・ただし）〔速水もこみち〕

狩野家の長男で、純の兄。女性に弱くナンパな性格。大学卒業後に那覇で就職したが、女性問題を起こして宮古島に戻り、家業のホテルを手伝う。次期社長ながらあまり仕事に身が入らず、営業と称してしばしば那覇に出かけては、恋人のマリヤと会っている。

狩野　剛（かのう・つよし）〔渡部　秀〕

純の弟で、狩野家の末っ子。大学受験に失敗し、現在二浪の身。好奇心旺盛で各地を放浪するが、飽きっぽく何事も続かない性格。極端なマザコンで、甘えん坊。目の前の苦労からは逃げ出すタイプだが、やがて成長し、純の最大のピンチのときに頼れる存在に⁉

真栄田弘治（まえだ・こうじ）〔平良　進〕

晴海の父であり、純の祖父。純が高校生の時に亡くなった。戦後間もなく宮古島で「ホテル・サザンアイランド」を開業。島の発展のため、いち早く観光業に目をつけた先駆者。サザンアイランドを、純が「訪れた客を笑顔に変える魔法の国」と憧れるホテルに築きあげた。

待田謙次（まちだ・けんじ）〔堀内正美〕

愛の父。優秀な弁護士として若くして関西で有名になり、名門「待田法律事務所」の一人娘・多恵子と結婚、待田家の養子になった。家庭を愛していたが、次男・純の死を境に、仕事に没頭する多恵子と次第に距離を置くようになり、ついには浮気を重ねてしまう。

待田多恵子（まちだ・たえこ）〔若村麻由美〕

愛の母。法曹界の名門「待田法律事務所」の一人娘であり、有能な弁護士。謙次と結婚し、二男一女をもうける。幸せな家庭生活だったが、次男・純を病気で亡くして以降、謙次とうまくいかなくなり、ますます仕事にのめり込む。誰にも心を許さない冷徹なキャリアウーマン。

待田　誠（まちだ・まこと）〔岡本　玲〕

待田家の長女であり、愛の妹。法学部に通う二十歳の大学生。兄・純が亡くなって以来、他人の臭いが異常に気になり出し、常にマスクを着けている。歯に衣着せずものを言うが、人を思いやる繊細さを持ち、バラバラになりかけた待田家の家族をつなぎ止めようとしている。

水野安和（みずの・やすかず）〔城田　優〕

「オオサキプラザホテル」のコンシェルジュであり、純の職場の先輩。博識で語学も堪能。純が男としての自分に興味を示さないため、プライドを傷つけられて本気になってしまう。一方、純と同期の田辺千香にひと目惚れされ三角関係に。愛とは中学・高校時代の同級生。

桐野富士子（きりの・ふじこ）〔吉田　羊〕

「オオサキプラザホテル」で新入社員に接遇を指導。どんなことにも冷静に対処する、頼れる存在。かつては、客側に立ったサービスを目指してホテルの慣習に立ち向かったこともあったが、組織の壁に阻まれ挫折したことで、誰に対しても厳しく接するようになる。

田辺千香（たなべ・ちか）〔黒木　華〕

「オオサキプラザホテル」の新入社員で、純の同期。フロント担当。先輩の水野にひと目惚れして、純を強烈にライバル視する。なぜか純と水野が話しているところに必ず現れて、敵対心をむき出しに。しかし、純と愛が結ばれてからはよき友人となる。

マリヤ〔まりや〕〔高橋メアリージュン〕

「オオサキプラザホテル」の料飲副部長。レストランやブライダル、宴会などを取り仕切る統括責任者。入社後、たたき上げで今の地位まで上りつめたことを誇りに思っている。声が大きく、それ以上に大きくしゃみを常に連発し、純に嫌がられている。

正の恋人のフィリピン人女性。那覇のキャバクラで働いている時に正と知り合う。美人で気が強いが、家族思いの一面も。妊娠を告げたとたんに正が結婚に逃げ腰になり、結局、正と別れることに。だが、愛する人の子どもを産みたいと、一人で育てる決意をする。

中津留賢二〔なかつる・けんじ〕〔志賀廣太郎〕

「オオサキプラザホテル」の総支配人。純の採用試験の面接のとき、書類からほとんど目を上げず、イラついた純に一喝される。鋭い眼光でホテルの隅々まで見通し、純が巻き起こすさまざまなトラブルにも冷静に対処。ホテリエとしての誇りを持つ、プロフェッショナル。

大先真一郎〔おおさき・しんいちろう〕〔舘 ひろし〕

「オオサキプラザホテル」の二代目社長。子どもの頃からホテルに入り浸り、ホテルの客室を自宅兼社長室にするほどのホテル好きだが、経営にはあまり興味がない。入社試験で「社長になりたい」と言い放った純に興味を持ち、採用する。趣味は旅行とゴルフ。

米田政国〔よねだ・まさくに〕〔矢島健一〕

「オオサキプラザホテル」の宿泊部長。フロント周りなど、ホテルの顔といわれる部署の統括責任者。純の直属の上司。何かと逸脱してしまう純をホテルの規律を第一としており、何かと逸脱してしまう純を煙たく思っている。常に携帯電話を手放さないが、業績改善の手腕には定評がある。

純と愛

目次

第1章

まほうのくに

沖縄本島《おきなわ》から宮古島《みやこじま》へと向かう飛行機の中、顔をしかめ口を半開きにして寝ている狩野純《かのうじゅん》は、時おり首を小さく横に振る。どうやら夢を見てうなされているようだ。

機内に到着のチャイムが鳴り、純はハッと目覚めた。

「あ～、また同じ夢を見てしまった……」

――十歳の純が旅行鞄を持った家族と小さなホテルの前に立ち、その建物を見つめる姿。

――雛飾りの前にたたずむ純に、ニッコリ笑ってマジックで手の中から花を一輪出す祖父の姿。

――幼い純が動物園の檻の前にいると、その手を強くつかみすごい形相で歩き出す父の姿。

何か不安がある時は、決まってこれらの夢を見ている気がした。慌ててよだれを拭いて窓の外を眺めると、眼下に珊瑚礁《さんごしょう》が広がるエメラルドグリーンの海が見えてくる。この宮古島は純のふるさとだ。

那覇《なは》の大学に通う三年生の純は、今回の帰省は人生でかなり重要なものになるだろうと予感していた。到着口からスーツケースをひきずり足早にタクシー乗り場に向かうと、近くに停まっていた車から、「純！　おかえりー」と母の晴海《はるみ》が顔を出した。

「お母ちゃん……迎えに来なくていいって言ったのに」

「うん、でもさあ、ついでがあったからさー」

晴海の言葉は純の心を和ませた。晴海はいつも変わらずにこやかな女性だ。晴海の運転で美しい海沿いの道を軽快に走る。

「純、本当にお父さんに言うの、あのこと？」

「応援してくれるよね、お母ちゃん？」

「でも、言葉には気をつけてよー」

晴海は、夫・善行《ぜんこう》と純の仲を懸念して少々嫌な予感がしていた。純が、晴海の言う〝あのこと〟について考えながら前方の景色をまっすぐ見つめていると、「ホテル・サザンアイランド、この先左へ」という看板が見えてきた。そのホテルは純の祖父が建てたホテルで、祖父が亡くなった後は善行が経営者となっていた。純と晴海は実家に行く前にホテルに寄ることにした。

ホテルの前で車から降り立ち、純はその外観を見つめた。子どもの頃からこうやってホテルを見るのが大好きだった。客室数は二十室くらいで決して大きくはないが、どこか懐かしさを感じさせた。純は腕を組んで見つめ、「やっぱ違う」と残念そうに首を振った。

純は、同じアングルで撮った家族六人の写真をポケットから取り出した。昔の外観は、ハイビスカスやバナナの木に囲まれ南国風情が漂って美しいが、今では花や緑は乏しく、古ぼけた看板は傾いたままだ。写真の中の祖父のそばでは、十歳の純がうれしそうに笑っている。

「お母ちゃん、おじいが生きてた頃と全然違うよね、うちのホテル」

純の言うことがあながち間違ってないように思えても、晴海は頷くことができなかった。そこに、ホテルの制服を着た兄の正《ただし》がホテルから出てきた。

「純、それやるなよ、オヤジの前で」

正はとりわけ、善行に気を遣う。正はすらっとした長身で小顔の男前、学生の頃から女性にモテる男だった。今も那覇に出かけては、いろいろな女性と遊んでいるらしい。

「どうでもいいけど、トラブルだけはノーサンキューだからな」

正が時おり会話に挟む英語にイラつきながら、純は写真をポケットにしまった。その時、ホテルのドアが開き、善行が満面の笑みで客を見送りに出てきた。

「すいませんね、東京からわざわざ。こんな田舎ですけど、よかったらまたいらしてください」

顔をクシャクシャにしてペコペコ頭を下げる善行を、純は苦々しく見た。客が乗ったタクシーが去ると、善行は途端に不機嫌な顔になる。

「ただいま、お父ちゃん」すかさず純は必死の思いで明るく挨拶した。

しかし、善行は「……おう」とだけ言い、純の視線を無視するように正を連れて去っていく。純はいつものことだと思ったが面白くなかった。そんな純の気持ちを晴海が和らげてくれる。

「帰ろうか、純。今日はごちそういっぱい作ろうねー」と優しく言い残し車へと向かった。一人残った純は、もう一度今のホテルを写真と見比べて思った。

(おじい、昔こう言ったの覚えてる? 人の運命なんて最初から決まってない、人生の一つ一つの選択が運命なんだって……)

純は決意を自分の胸に言い聞かせた。

「あたしは今から、自分の運命を選ぶ」

純は実家に帰り、仏壇の祖父の遺影に手を合わせてから居間に向かうと、何かを踏みつけた。

「痛え。何すんだよ、おネエ。いい夢見てたのに〜」予備校生の弟・剛《つよし》がモソモソと起きだす。

剛はいつもノンキで何を考えてるかわからない。そこへ善行と正が帰ってきた。

「まったく、宮古の人間と付き合うのは疲れるわ。デリカシーが全然ないんやから……」

善行はブツブツと宮古島の悪口を言い、正は面倒くさそうに話を合わせている。

善行のワンマンショーは食事の間も続いた。晴海の美味しそうな手料理に、みんなが忙しく箸を動かしている中で、善行一人が口を動かしている。晴海だけは善行の話に相槌《あいづち》を打っていた。

狩野家の言葉はバラエティーに富んでいた。純が十歳の時に大阪から宮古島に引っ越してきたので、善行はいまだに大阪弁だが、宮古島出身の晴海は沖縄弁を話す。純は将来のためにできるだけ標準語を話すようにしているのだ。

純は食べながら、大事な話を切りだすタイミングを見計らっていた。善行がラフテーを口にした時、必死に笑顔を作って勇気を振り絞った。

「お父ちゃん、話があるんだけど……」

「おい、メシくれ」

善行はまるで純の声が聞こえないかのようにおかずを口に運ぶ。腹が立つのを懸命に抑えようと純は笑顔を作るのに必死だ。晴海がご飯をよそいながら「純、食べ終わってからでいいさあ」と制すが、純は聞かない。

「お父ちゃん、大学三年の秋っちゅうたら、就職セミナーとか始まって進路決めないといけないんだよね」

「わかりきったことを言うな。せやから、なんや?」

不機嫌そうにしている善行に、純は、「ホテル・サザンアイランド再生計画」とタイトルがついているノートを突きつけた。それには、ホテル再生への提案がビッシリと書いてある。その中にひと際目立つ「おじいのようなホテル」の文字に、善行は不愉快な顔になる。途端、純はいきなり頭を下げた。

「お父ちゃん、うちのホテル、あたしに継がせてください」

「……何?」

善行は固まり、正と剛も驚いて箸が止まった。晴海だけはどこか辛そうにうつむいている。

「あたし、大阪から引っ越してきた時、おじいが作ったホテルを見て、ここは〝魔法の国〟じゃないかと思った。来た時、暗い顔してたお客さんもみんな笑って帰るから」

純は、自分が十歳の時に見ていた祖父のホテルのことを語りだした。

「でも、お客さんの顔見てるうちにわかったの。うちのホテルに泊まった人はみんな、嫌なこと全部忘れて、ずっとここにいたい、絶対また来ようって思うんだなって。でも、今は……」

「でも今は……なんや?」善行は初めて純の顔を見た。

「帰っていく時、お客さんがあまり笑ってない気がして。お客さんの数も減ってる気がするし」

「しゃあないやろ、時代が悪いんやから。観光局も客呼ぶ努力とかインフラ整備すべきやのに、全然動かへんし。こっちかて、いろいろ設備投資とか考えてるんや。それに、次の社長は正に決まってるやろが、長男なんやし」

「でも、お兄ちゃんはホテルを継ぎたいなんて一度も言ったことないよね？」

するると、今まで黙っていた正が口を開いた。

「いや、俺は、マインドとしては、ホテル経営に興味はあるし……今は、オヤジのやりたいことを叶えるのが、俺のミッションだと思ってるから」

（はあ？　なんや、それ？）

晴海は、ホテルで働くことは認めてやるよう善行を説得しようとするが、善行は自分に従うのなら考えてもいいと言い放つ。純は頭に血が上った。

「あたしは、おじいのホテルがこれ以上だめになるのを見てるのが、嫌なの！」

「おい、どういう意味や、それ？」

さらに空気が張り詰め、雲行きがあやしくなってきた。

十年前、善行は大阪で仕事に失敗し、仕方なく晴海の実家のホテルを手伝うようになった。純は、祖父が亡くなったから、たまたま善行が社長になったとしか思えなかった。

「俺の苦労も知らんくせに、わかったようなこと言うな。お前のような人間を傲岸《ごうがん》不遜《ふそん》って言うんや。どうせ、知らんやろから、あとで辞書でもひいとけ、お前みたいなアホは」

「うちのホテルは穴だらけの船なの。気づかないうちにどんどん沈んでるの。その場しのぎで穴埋めても無駄なの。船を心から愛して、行く先をちゃんと決める人が船長にならなきゃ沈んじゃうの。あたしは自分を信じて、いいホテルを作りたいの。だから――」

純の言い分を聞いていた善行は激昂《げっこう》した。

「何様じゃ、おのれは？　出ていけ、今すぐ出ていけ！」

善行は「なんや、こんなもん」とノートを叩きつけ、死んでも純にはホテルを継がせない、二度とこの家にも出入りするな、と怒鳴り散らした。

「あー、そう。上等じゃない。出てってやるわよ！」

売り言葉に買い言葉で、純は荷物をスーツケースに入れ始めた。晴海がなだめるが、純の手は止まらない。純はスーツケースを持って、善行の前に立ちはだかった。

「お父ちゃん、あたし……いつか、うちよりでっかいホテルの社長になってやるから。おじいみたいな魔法の国を絶対作ってみせるから」

悔しそうにスーツケースを引っ張りながら表に出ていく純を、晴海が追いかけ呼びとめた。

「純、ありがとうね、お母ちゃんがずっと思ってたこと言ってくれて。おじいのホテルは魔法の国だって」と晴海がうれしそうに言った。

母だけはわかってくれている。涙が出そうになり、母に背を向けて純は歩き出した。

その姿を、善行が二階からなんとも言えない顔で見送っていた。

（おじい、ごめんね。あたし、もう宮古には戻らないと思う……）

純は思いを振り切るように歩き出し、沈む夕陽が宮古の海をオレンジ色に染めるさまを、橋の上から寂しげに見つめた。


半年後。純は大阪の街にそそり立つビルを見上げていた。大阪の老舗ホテル「オオサキプラザホテル」だ。純はリクルートスーツに身を包み、「就職面接の方はこちらへ」の案内を見つめた。

純が意気込んで歩きだした瞬間、うつむきながら急いで歩いてきた男とぶつかった。その反動で純はひっくり返り、鞄の中身が散乱してしまう。

「ちょっと、どこ見てんのよ！」

男は「すいません」とうつむいたまま散らばったものを慌てて拾いだした。そして、落ちていた手鏡に映った純の顔を見た瞬間、驚いた顔で純を見つめた。その顔はまるで実験の結果を確かめるように、純の顔をなめるように見ている。男は純と同年代らしかったが、髪はボサボサで着ているクリーム色のパーカーは着古したようで冴えない。だが、目だけは妙にキラキラと輝いている。純はその目が気になった。しかし、不気味なことに変わりはない。純は怪訝《けげん》そうに尋ねた。

「ちょっと、なんですか？　人の顔ジロジロ見て」

「あ、すいません。初めてだったから、つい」と男は意味不明な言葉を投げかける。

いったい、何が初めてなのかと純が疑問に思っていると、男は逃げるように去っていった。

男はうつむいたまま歩くので、通行人にぶつかるたびに「すいません」と謝っている。

「……なんじゃ、ありゃ？」と、純はポカンと愛を見ていたが、時計を見ると面接の時間が迫っていた。気を取り直して急ぐ純を、男は立ち止まってもう一度見つめていた。

最終面接会場では、入社志望の学生たちが椅子に座っていた。面接官は五人。張り詰めた空気の中、純は一段と緊張していた。隣の田辺千香《たなべちか》が自己PRをしている間、自分に言い聞かせていた。

（落ち着け、純。最終面接に残ったのはここだけなんだから。言葉に気をつけて、興奮せずに、余計なこと言わない）

その時、携帯電話の着信音がけたたましく鳴った。純がビックリしていると、面接官の一人が慌てて着信を切っている。

（ケータイくらい切っとけよな〜）

純はその面接官を睨んだ。ふと、もう一人の面接官を見ると、千香の顔をろくに見ずに書類ばかりを見ている。

（あんたもちゃんと人の顔見ろよ、一生懸命話してるんだから）

すると、今度は「ファックショイ！」と会場を揺るがすほどの大きなくしゃみが響いた。びっくりしたのは純だけでなく、千香もあまりの大きな音に固まってしまい、自己ＰＲがシドロモドロになってしまう。純は顔を真っ赤にしている千香が気の毒でならなかった。

面接官は何事もなかったかのように、次の順番の純を促した。今の一連の出来事が頭に引っかかりながらも、純は立ち上がり自己ＰＲを始めた。

面接官に志望理由を聞かれると、純は返答に迷った。本音を言えば、また面接に落ちてしまうのではないか……。でも、嘘はつきたくないと思った瞬間、率直な思いが口から飛び出した。

「社長になるためです」

「は……？」とあ然とする一同。その中で、今まで面接に関心がなさそうだった一人の面接官が、身を乗り出した。「オオサキプラザホテル」の社長、大先真一郎《おおさきしんいちろう》だ。大先は身分を隠して面接官に扮していたのだった。大先は微笑しながら純に質問をした。

「社長になってどうするの？」

純は、このホテルを祖父が作ったようなホテルにしたいと答えた。大先はますます興味をひかれ、それはどんなホテルなのか尋ねた。

「魔法の国です」純は笑顔で答えた。祖父のホテルに泊まった客は、みんな魔法にかかったように笑って帰るのだと説明する。純は祖父のホテルがどれだけ愛に溢れていたかを語り始めた。

「おばあを心から愛してたおじいは、おばあが不治の病にかかったと知った時、経営してた車の修理工場を壊してホテルを作る決心をしたんです。仕事が忙しくて、ろくに旅行にも連れていけなかったおばあのために、泊まっただけで世界一周したような気分になる、そんなホテルを作ってやるんだって――」

その時、また「ファックショイ！」と、さっきの面接官が大きなくしゃみをした。純があきれていると、もう一人の面接官の携帯電話が鳴った。話の腰を折られた純はワナワナと震えている。

そんな矢先に、書類ばかりを見ている別の面接官の姿が視界に入った。

「こんなことは言いたくないんですけど……」もう純は自分を抑えられなかった。

「どうして、ケータイとか切っとかないんですか？　さっき、彼女があなたのケータイが鳴ったせいで調子が狂って、結局言いたいことの半分も言えなかったのわかってます？」

千香は何かを訴えるように、顔を赤くしている。

「彼も悪気があるわけじゃないんで……」と面接官は言いわけをする。

「この面接は、あたしたちの一生がかかってるんですよ。だったら、あなたも人が話してる時は書類なんか見ないで、こっちの顔を見ましょうよ。もう二度と会えないかもしれないんだから、せめて今この瞬間をともにいい時間にしましょうよ。考えたら、それってホテルの基本理念じゃないんですか？　ていうか、それくらいの気配りもできなくてよくホテルで働いてますね。偉い人がそんなだと、近いうちに潰れますよ、このホテル」

言い切った瞬間、純の気持ちはスッキリしていた。だが、それもつかの間、オオサキを出てきた時には、〝後悔〟の二文字が頭を支配していた。これでまた面接に落ちたら、善行がどれだけ喜ぶかと思うと悔しくてならなかった。純はホテルを見上げながら地団駄《じだんだ》を踏んだ。

その時、純は視線を感じた。そっと振り返ると、さっきの男がジッと純を見ている。純は身震いし、慌てて逃げるように歩き出した。振り返ると男が追ってきている。早足で逃げると、男も早足で追ってくる。さらにスピードを上げて逃げた次の瞬間、純は段差につまずいて思いきり転倒してしまう。男が「大丈夫ですか?」と純のもとに飛んできた。

「大丈夫じゃないわよ。いったい、なんなんですか、あなた? さっきは、人のことジロジロ見たと思ったら、今度はストーカーみたいなことして」

「あ、すいません。どうしても、もう一回確認したくて」

「確認って何を?」と純が困惑していると、「説明すると長くなるし、説明しても信じてもらえないと思うんで……」と男はあいまいなことを言う。

純は要領を得ないその言葉に、面接で失敗したことも手伝って無性に腹が立った。そして、声高に二度とつきまとわないでほしいと言い放ち、立ち去ろうとした。すると男は、勇気を振り絞り「ひとつだけお願いがあるんです」と純の後ろ姿に声をかけた。純はイライラしたまま振り返った。

「あなたは、ずっとそのままでいてください」

男は、「お願いします」とペコリと頭を下げると、逃げるように去っていった。人にぶつかるたびに「すいません、すいません」とペコペコ頭を下げて去っていく姿は、純には情けないものに映った。純はその姿を呆然《ぼうぜん》と見送った。

翌朝、目が覚めると、純はホテルのベッドの上で殺風景な狭い室内を見渡し、自分が置かれた状況を思い出した。面接の結果を待つために、携帯電話を握りしめてスーツ姿のまま寝てしまったのだ。手からこぼれた携帯電話を取って着信履歴を見るが何もない。窓の外を見ると、大阪の淀んだ海が広がっている。まるで今の自分の気持ちのように、どんよりとしていた。純は荷物を放り出し、腹ごしらえのため近くのファストフード店へ向かった。

ファーストフード店で豚まんにかぶりつきながら、テーブルの上の携帯電話を凝視した。奇跡でも起こらないかと考えていると、携帯電話の着信音が鳴った。慌てて着信画面を見るが、それは期待外れだった。電話に出ると晴海のノンキな声が聞こえてきた。

「そろそろ面接の結果が出る頃じゃないかと思ってさー」

期待外れでも、純は晴海の声に癒やされた。純は晴海を心配させまいと、それなりに手ごたえはあったと見栄を張る。だが、晴海は結果が悪かったのだと察し、純を慰めた。

「どこもあてがないんなら宮古に帰ってきたら？　お父さんにはお母さんから頼んであげるから」

そう言った瞬間、背後に気配を感じて晴海が振り返ると、不機嫌な顔の善行が目の前にいた。晴海が驚いていると、善行は電話の相手が純だと察し、電話口で怒鳴った。

「純なら言うとけ。就職全部落ちても、うちのホテルじゃ絶対雇わへんからなって！」

晴海は、純に聞こえないように慌てて受話器をふさいだが、間に合わなかった。

「もう聞こえてるから。お父ちゃんに言っといて。頼まれても、あんたみたいなヘボ社長の下で働く気はないって！」と、純が言い返す。

二人の間で困っている晴海と、やれやれとそれを見て見ぬふりの正と剛をよそに、善行と純の罵倒《ばとう》の応酬は続く。挙げ句、善行が一方的に電話を切ってしまった。

頭に来た純は携帯電話を床に投げつけ、那覇のビジネスホテルの求人でも探そうと、自分に言い聞かせて荷物をまとめ始めた。

スーツケースを引きずり、足取り重く歩きながら純はオオサキの前を通った。そのまま通り過ぎようとするが、あきらめきれない気持ちで携帯電話の着信を確認してしまう。そんな自分に嫌気がさす。

（あ～、悔しいから、帰る前に泊まってやろう、ここに）

そう考えて、ホテルの中に飛び込んだ。

純はロビーに入り、高い天井の開放感や豪華な大きな階段などに目を輝かせ、ますますオオサキへの思いが募っていく。奥のフロントに行くと、フロントマンが慇懃《いんぎん》に出迎えてくれる。

「シングル……あ、いや、ダブル……あ、せっかくだから、もうひとつ上の部屋……」

純は清水《きよみず》の舞台から飛び降りるような気持ちで、いい部屋を選んだ。

純が胸を躍らせて部屋に入ると、一人には贅沢《ぜいたく》過ぎるほどの部屋だ。ベルボーイは荷物を置き、キーを渡すと早々と帰ろうとする。純はすかさずスリッパの場所や部屋の温度調節の仕方をベルボーイに尋ねた。ベルボーイの対応がどこか不親切な感じがすることに、純は疑問を感じていた。

一人になったあとも、純は部屋のチェックに余念がなかった。いい部屋の割にはバスタブが小さい。ベッドに寝転んでみると、スプリングが悪くなっているのかやけに柔らかい。ホテルの案内を見ると、ルームサービスは夜十二時で終わりと書いてある――。

純の好奇心は、ホテルの館内中にも及んだ。ロビーの中央に飾ってある豪華な花は、どこか品がない。フロント前には、チェックインする客の行列ができている。トイレの表示はわかりにくい。純は思わず、「お客様のご意見、ご要望をお聞かせください」とあるカードに手を伸ばした。クレームを書こうとして「何やってんだ、あたしは」と、情けない気持ちで手を止めた。落ち込みながら部屋に戻ろうとエレベーターの前に立つ。

その時、ひとつの客室のドアが開き、一人の男が出てきた。純はあ然とした。それはあの不思議な男だった。客室係とすれ違うと、慌ててうつむいている。そのまま壁際を歩きながら、純のほうへと近づいてくる。純は無視しようと思い、反対側の壁際をそっと歩いた。男は気づいていないようだ。だがその瞬間、携帯電話の着信音が鳴り響く。

純は慌てて電話に出るが、相手の反応がない。純が不思議に思っていると、「すいません、ぼくです」と男が電話を切る。鳴っていたのは、純の携帯電話ではなく男の携帯電話だった。

「……あんた、何やってんの？」

「ここに泊まってるんです、あれからずっと。もしかしたら、あなたに会えるかなと思って。もうお金もないし、チェックアウトしようと思ってたから、よかった」

純は気味が悪くなり、逃げるように歩き出した。

逃げる純を「ちょっと待ってください」と男が追いかける。「ついてこないで」とさらに足早に逃げる純の背中に、「やっぱり、あなたにはちゃんと話を聞いてほしくて」と男が呼びかける。

「これ以上つきまとうと、警察呼ぶからね！」

そう言って、純は走って逃げ出した。走って、走って、宴会場の付近に来て物陰に隠れた。男が追ってくるかそっと確認すると、どうやらまいたようだった。

息を切らしながらホッとしていると、らせん階段を人のよさそうな老女が、辛そうに上っている。ほうっておけない純は「あの、大丈夫ですか？」と声をかけた。

「結婚式場に行きたいんだけど、迷ってもうて。足が悪いもんやから、しんどうて」

「じゃ、あたしと一緒に行きましょう」と言って、純は老女を背負った。

「まあまあ、すいませんね、ここのホテルの方？」

「あ、いえ、まあ。すいませんね、ここの案内わかりにくいから」

純はまるでホテルの人間のようにふるまってしまう。老女を背負って式場に連れていき、老女を背中から降ろした。老女は礼を言い、親切な純を褒め称えた。そしてにこやかに去ろうとした時、その腕をいきなり誰かがつかんだ。驚いて見ると、それはさっきの男だった。

「すいません、返してください」

男は老女の顔を見ずに訴えている。老女はわけがわからないという顔をしている。

「ちょっと、あんた、何やってんの？」純は男を怒って制した。それでも男は構わず老女に言う。

「お願いですから、返してください」

困惑している老女に、「すいません、こいつ、ちょっと頭おかしいんです」と純が平謝りしていると、男は純に財布がなくなっていないか確かめるように促した。男の勢いに押されて、純が自分のバッグの中を見ると、確かに財布がなくなっている。

その瞬間、老女は男の手を振り払うと、すごい勢いで逃げ出した。「足が悪いはずじゃ……」とあ然としている純を置いて男が老女を追いかけるが、行く手からたくさんの人が来るのでいちいちうつむいてしまって追いつけない。それを見ていた純は慌てて老女を追いかけ出した。

純はスピードを上げて追いかけるが、階段で足を踏み外し転げ落ちた。老女は立ち止まり、足を押さえてうずくまっている純を薄笑いで見下ろしながら、財布の中身を確認した。

「なんや、これっぽっちかいな。しみったれてるな」

そう言って、老女は財布を投げ返した。悔しいが純は起き上がれない。顔をゆがめ、足を押さえることしかできなかった。男が駆けつけた時には、もう老女の姿は消えていた。


「あ〜、もう最悪よ。内定は来ないし、騙されるし、足はくじくし……」

ホテルのロビーで男が手際よく純の足に湿布を貼っている間、純はぼやいていた。ふと、いつも周囲の人々を気にして顔を上げない男が気になった。いつもうつむいているのはなぜなのか。老女の一件にも関係があるのだろうか……。純は訊《たず》ねた。

「ねえ……なんでわかったの、あの人がスリだって」

「……見えるんです……その人の本性みたいなもんが……」男は申し訳なさそうに答える。

純は、その言葉に耳を疑った。思い切って聞いたことを後悔しそうだった。

「なんて言うか……」と男がその先を言おうとした時、純の携帯電話が鳴った。

純が面倒くさそうに携帯電話の着信名を見ると、そこには「オオサキプラザホテル・人事部」と表示されている。焦って落とした携帯電話を拾い上げ、弾んだ声で電話に出る。

「はいはいはい。もしもし、狩野です。はい、狩野純です」

その名前を聞いた男は、驚きに満ちた表情で純を見つめた。

「え？　ホントですか？　ホントにこのホテルで働けるんですか？　あ、いえ、実は今、おたくに泊まってて……ありがとうございます……はい、狩野純、死ぬ気で頑張ります！」

電話を切った純は、足の痛みも忘れて飛び上がって喜んだ。男はそんな純の様子を、ジッと見つめている。

「あの、名前、純って言うんですか？」男はまっすぐに純を見ながら訊ねた。

「……そうだけど？」純は当たり前のように答える。

すると、「そうですか……そうなんだ……」と男は自分の世界に入ってブツブツ言いだす。もはや就職が決まった以上、純は男に構っている場合ではなかった。

「悪いけど忙しいんだよね、あたし。これからいろいろやらなきゃいけないこととあって」

純が早々に帰ろうとすると、男は純がホテルに就職できたことを祝福した。

キラキラしたその目にドキッとして一瞬戸惑うが、さっきの話が純の頭をよぎった。気になって続きを聞こうとすると、男は「別にいいです、もう」と答え、純の顔を見て言った。

「とにかく、あなたはずっとそのままでいてください……じゅ、純さん」

そしてまたうつむきながら、男は逃げるように去っていった。純は首を傾げその姿を見送った。

翌年の春。純は、大阪のマンションで一人暮らしを始めていた。

その部屋で入社式の朝を迎えた純は、スーツに身を包み、バッグに荷物をつめている。手帳から昔撮ったサザンアイランドの写真を取り出した。純はその写真を机のそばに貼って眺めた。

（おじい、今日から働くホテルを、あたしの魔法の国にしてみせるからね）

穏やかな気持ちで眺めていたのもつかの間、初出勤の時間が迫っていた。慌てて愛用の自転車、通称〝愛《あい》チャリ〟にまたがり、純は颯爽《さっそう》と街を走り抜ける。愛チャリのスピードは、希望と期待でいっぱいの純の逸る気持ちを表していた。

入社式会場のオオサキの大ホールで、純が緊張しながら自分の席に着くと、近くに千香が座っている。純は声をかけ、互いに就職できたことを喜び合った。

「あの時はうれしかったです、あなたがこっちの言いたいことハッキリ言ってくれたから」

千香の言葉に、あの時は後悔したが、言った甲斐があったと純はうれしくなった。

壇上に役員たちが着席する。その面々はあの時の面接官たちだ。その中で最も緊張感のなかった男、大先が社長として祝辞を述べ始めた。純は初めて大先が社長であることを知り驚いた。

「今年の新入社員の中に、社長になりたいという威勢のいい女性に初めて巡り会いました。この中にいると思うんだけど、どこかな？　あの時の彼女、悪いけど立ってくれる？」

純が戸惑いながら立ち上がると、一同が純に注目した。大先は、今でもあの時の気持ちは変わっていないかと純に訊ねた。純は一瞬躊躇《ちゅうちょ》したが、大先を堂々と見つめて変わっていないと答え、周囲から突き刺さるような視線を浴びた。

研修が始まり、純はホワイトボードに書かれたやたらと丁寧な挨拶の文例を復唱した。指導係の桐野富士子《きりのふじこ》が、「もっと大きく」「笑顔を忘れない」と厳しく指導している中、純はどれも大切なことだと思いながらも、どこか嘘っぽく感じていた。何よりも早く現場に出たいと思っていたのだ。富士子はそんな思いを見抜いているかのように、冷ややかに純を見つめた。

研修期間中は、客室のベッドメイキングや掃除、荷物運びなど、さまざまな業務を経験する。だが、どこに行っても「あなたが噂の社長さん?」「頑張れよ、社長」などとからかわれた。純が行く先々で腹を立てていると、先輩コンシェルジュの水野安和《みずのやすかず》が声をかけてきた。

「頑張って、ぼくも思いは同じだから。やるからには上を目指すのは当然だし」

純は同じような志の人間がいることに安心した。しかも、水野が男前であることに心が躍った。

ある日、レストランでウエイトレスの研修をしている時、肩の凝っている客を見つけた。思わず、親切心から客の肩を揉んでいると、富士子はそれを見逃さず、他の新入社員を集め、純の行動を叱責した。

「ホテルにはマッサージもあります。ここで働きたいなら余計なことをせず、指示されたことだけをすればいいの。お客様へのサービスを決めるのはあなたじゃない、ホテルなんだから」

「ちょちょちょ、なんですか? それ」

「会社に入ったらルールに従うのは当たり前でしょ。それが嫌なら辞めることね、うちのホテルを」

純の心の中に違和感が走った——。

仕事を終えホテルから出てきた純は、ぼんやりとホテルを眺め、ため息をついた。

(おじい……ホントにここを魔法の国になんかできるのかな……)

不安に駆られていると、ふと脳裏に愛の言葉が甦った。

——あなたはずっとそのままでいてください。

あれはどういう意味だったんだろうと思う一方、どうして、愛が頭の中に浮かぶのだろうと思った。愛チャリにまたがり走り出すと、朝とは違ってペダルが重く感じられた。

初めてのフロント業務研修の日。純と千香は緊張した面持ちでフロントに入った。機械音痴の純が慣れない手つきでパソコンの操作を習い、一段落した頃、フロントの電話が鳴った。先輩たちは業務中で誰も電話に出ることができない。電話に出ようとする純を、言われたことだけをしたほうがいいと千香が制す。それでも延々と鳴り続けるベルを無視できず、純は電話に出た。

「申し訳ないけど、コーヒーをひとつ持ってきてくれます？」

それはルームサービスの電話だった。純がにこやかにオーダーを受けて電話を切ると、先輩の小野田《おのだ》が怒りだした。

「余計なことするなよ、もう十二時過ぎてるし」

小野田は客に断るように指示する。ルームサービスは夜十二時までだが、たった五分しか過ぎていない。純は納得がいかなかった。

「そんな……だったら、あたしが頼んできます」

純は厨房に駆け込むと、厨房係が今まさに余ったコーヒーを捨てようとしていた。

「捨てないで、それ」と、きょとんとする厨房係を止め、時間外オーダーを嫌がる彼を説得した。

「責任はこっちが取りますから。それに、捨てるのもったいないし、こんなこと言ってる間にコーヒー冷めちゃうし」

純の勢いに負けた厨房係がコーヒーを渡し、純は客にコーヒーを届けた。

「夜十二時でルームサービス終わりだって書いてあったから、どうしようかと思って。コーヒー飲まないと寝られないんですよ、私。おかしいでしょう？　あ〜、よかった。本当にありがとう」

　客はそう言ってしきりに感謝していた。

　翌日。前夜の客がチェックアウトするときに、「どうもありがとう。また来ます」と純に笑顔で言ってくれた。純が喜んでいると、宿泊部長の米田《よねだ》と料飲部長の露木《つゆき》に呼び出され、富士子に連れられてレストランの厨房に入った。

　米田は、純が時間外オーダーに応じたことをとがめた。純は、客が喜んでいたと主張すると、「そんなことはどうでもいいんだよ、今」と、予想外の言葉が返ってきた。さらには、各セクションに迷惑をかけるスタンドプレーだと叱責され、指導係の富士子までが純を少し甘やかしているのではないかと注意された。富士子を見ると、何か言いたそうにしている。純は富士子が何か言ってくれるのではないかと期待したが、「申し訳ありません。以後気をつけます」と謝るだけだった。

　米田と露木は、これ見よがしに純を責め立てた。

「社長になりたいとか夢みたいなこと言うのは勝手だが、もうちょっと自分の立場をわきまえた言動を取るんだな」

　勝ち誇ったように去ろうとする二人に、純は怒りをぶつけた。

「じゃ、教えてください！　お二人はなんのためにホテルで働いてるんですか？」

　ひるむ二人に、純はさらに続けた。

「だって、お客さんに喜ばれなきゃ、なんの意味もないじゃないですか。お客さんを笑顔にできなかったら、ホテルの負けじゃないですか？　って、うちのおじいは言ってました。ホテルで一番大事なのは、こっちの都合じゃない、お客さんの都合だとも言ってました。ルームサービスだって、二十四時間にすべきじゃないですか？　あたしなんか夜十二時過ぎたほうがよっぽどお腹すくし。セクションとか経費削減とか、そんなのお客さんには関係ないっちゅうの！」

悔しくて、情けなくて涙が溢れてきた。自分がすべて正しいとは思わない。だが、客を思ってやっていることが、スタンドプレーとか、文句ばかり言っているとか、人の邪魔をしているとか言われるのなら、自分は辞めたほうがいいのではないか……。純は震える拳を握りしめた。

「こんなホテル、こっちから……こっちから辞めて――」

やるわよ！　と言いかけた瞬間、ガッシャーンと凄まじい音がして、一同が固まった。音がした厨房を見ると、アルバイトの青年が「すいません」と割った皿を拾っている。なんと、その青年は、就職活動の時に出会った不思議な男だった。人の顔を見ないようにしながら、懸命に皿を片づける男に目を奪われているうちに、純は怒りを忘れていた。

そんな純を富士子は外に連れ出した。純は富士子に、ホテルで働いている人間が、客が喜ぶことがどうでもいいなんておかしいと食い下がった。

「犬が飼い主を選べないように、わたしたちも上司を選べないだけよ」

純は納得できず、なんでもルールや上司の命令に従えばそれでいいのかと訊ねた。

「自分の欠点をちゃんと見つめ直しなさい。自分はいつも正しいと思っている人間は、成長するのをやめたと言ってるのと同じです」

純は何も言い返せず、去っていく富士子の背中を悔しそうに見送ることしかできなかった。

ロッカールームで着替えている時も、純は怒りが収まらなかった。慌ただしく帰り仕度をしている千香を捕まえて、同意を求めた。自分と同じように小さい頃からホテルが好きだと言っている千香なら、わかってもらえると純は思ったのだ。しかし、千香の答えは違った。

「これ以上、あたしたちに迷惑かけるのやめてくれへんかな？　一緒にいるこっちまで同類と思われて変な目で見られるんよね。今日だって、あなたのおかげで帰るの遅くなるし、深夜業務でもう疲れてんだからさぁ、もう勘弁してくれる？」

思いがけない答えに、孤独を感じる純だった。

〽あかりをつけましょ　ぼんぼりに　お花をあげましょ　桃の花　五人ばやしの笛太鼓～

早朝、通勤する人の流れに逆らうように、純は愛チャリを走らせる。落ち込んだ時はいつも頭の中に「うれしいひなまつり」の歌が駆け巡る。

マンションに戻った純は、壁に貼った〝魔法の国〟の写真を見つめ、ため息をついた。もう寝るしかないとベッドに潜り込むと、晴海から電話がかかってきた。

「純、大変なの、なんとかして。どうしよう⁉」

いったい何事かと思えば、予備校をさぼりがちだった剛が善行に怒られ、「もう大学なんか行かない」と荷物をまとめて出て行こうとしていると言う。晴海は純に剛を止めてほしいと言うのだ。いつまでたっても弟に甘い母親にがっかりする。

「もうほっとけば？　剛のことだから、どうせすぐ泣き言言って帰ってくるよ」

晴海は、純に、弟のことが心配じゃないのか？　いつからそんなに冷たい人間になったんだと一方的に文句を言って、電話を切った。夜勤明けでクタクタなところに、理不尽な言いがかりをつけられ、純はますます孤独を感じた。

純は、祖父が生きていた頃を思い出した。祖父はいつもニコニコと笑顔で純に接してくれた。そしてマジックで花を一輪、純に差し出しながら言った言葉を思い出した。

――お前は、ずっとそのままでいいから。

その瞬間、純の脳裏にあの男の顔が甦った。

――あなたはずっとそのままでいてください、じゅ、純さん。


翌日、純は男が働いているホテルのレストランを訪ねた。

仕事を終えて出てきた男を純は呼び止めた。男は純と二人になると、まっすぐに純の顔を見る。

この前、タイミングよく皿を割ってくれたことで、「こんなホテル辞めてやる」と言わずにすんだと礼を言うと、男はそうなるようにわざとやったと言う。純は、なぜそこまでやるのだろうと思った。ふと、男の「待田愛」というネームプレートが気になった。

「待田《まちだ》あい？　珍しいね、男なのに」

「あ、いや、愛と書いて、いとしと読みます。でも、たいてい〝あいちゃん〟って呼ばれるんで、別にどちらでも……」

純は、愛が初めて普通の話をしているような気がした。

「同じホテルで働いてたんだったら、言ってくれりゃよかったのに、この前」と言うと、愛は、純がこのホテルに就職したから自分もアルバイトをしていると言う。それを聞くと、純はまた薄気味悪く思った。

「あ、でも、誤解しないでください、ストーカーとかそういうんじゃなくて、あれからいろいろな人を見たけど、やっぱりあなたしかいなかったから」

　すると、愛は純をしげしげと見て、「やっぱり、大丈夫だ」とうれしそうに言う。純は愛に、わかるように説明してほしいと言うと、愛は人の本性が見えることを詳しく説明した。

「人の顔を見てると、なぜかその人が隠してる本当の顔が現れるんです。きれいな女の人が醜い顔になったり、強そうな人がすごくおびえてたり、優しそうな人がすごく冷たい顔をしてたり、そういうのが全部一緒に登場するパターンもあるし」

　純は、いつかのスリの老女のことを思い出した。

「信じる、信じないは自由ですけど、そのうち心の声も聞こえてきたりして、頭が割れるように痛くなるんで、なるべく人の顔は見ないようにしてて」

「だから、いつも下向いて歩いてるとか?」

「はい。でも、あなたはそういう余計なものがまったく見えないんです。今こうやって見ているそのままのあなたなんです。こんなの初めてだから、ビックリして。だから、あなたはそのままでいてほしいって。それに、名前が純だって聞いて、これは何か運命のような気がして――」

　目を輝かせ、喜々として話す愛を純は遮った。

「悪いけど、あたし、運命は自分で選ぶもんだと思ってるから」

　そう言い捨て、純は逃げるようにその場を去った。

（おじい、無理無理。こんな話信じられるわけないじゃん……）

　純の後ろ姿を、愛は力なく見送った。

第2章

ほんとうのかお

研修も終わり、純が正式なオオサキの一員となる日がやってきた。

「ゲッ、やってしまった！」

大切な日の朝、純は目覚まし時計が鳴っても無意識に手を伸ばして止めたまま寝過ごした。慌てて飛び起きて仕度を済ませ、愛チャリに飛び乗り、川沿いの道を猛然と走らせていると、ふと、愛の言葉が頭に浮かんだ。

——人の顔を見ていると、なぜかその人が隠してる本当の顔が現れるんです。

——あなたはそういう余計なものがまったく見えないんです。

頭の中から拭おうとしても気になって仕方がない。だったらいっそのこと確かめてみようと思い、ホテルのレストランを訪ねた。

「……ああ。あいつならクビにしたよ。人の顔をまともに見ないから、使いものにならなくて」

スタッフの言葉に純は、「それは、あいつが人の本性が見えるから……」とかばいたくなるような複雑な心境になった。しかし、いなくなったものはしょうがない、早く忘れようと自分に言い聞かせた。

純の最初の配属先はベルガールに決まった。ベージュのスタンドカラーのジャケットに、同色の小さな帽子をかぶり、初々しいベルガールとなって純は控室から出てくる。そこに配属先がフロントに決まった千香が、言いにくそうに純に声をかけてきた。

「あの、この前はごめんね……」

純は、千香から急にキレられたことを思い出した。

「え？　あ、いいの、全然、全然」と純が戸惑いながら笑顔で答えると、「よかった。頑張ろうね、今日から」と千香がホッとした顔をする。純は拍子抜けしたが、機嫌が直ったのならそれはそれでよかったと思い、互いに頑張ることを約束した。

純は客と直に接するベルガールの仕事に、期待で胸をいっぱいにしてベルキャプテンデスクに就く。すると、気弱そうな初老の北見《きたみ》という男性客がデスクにやってきた。

「いらっしゃいませ、ご宿泊ですか？」と純は最初の客を満面の笑みで迎えた。意気揚々と北見の荷物を持ち部屋へ案内し、純がぎこちないながら丁寧に部屋の説明をすると、「ありがとう、かゆいところに手が届くような説明」と北見に褒められた。

褒められると弱い純はわかりやすく照れる。ベルキャプテンデスクで舞い上がっていると、いきなり誰かが純の尻をなでた。

「うわっ⁉　ちょっと、何するんですか⁉」

驚いて振り返ると、尊大な態度の客が薄笑いを浮かべて純を見ている。

「ネエちゃん新入りか？　チェックインしたいんやけど」

いくら客でもやっていいことと悪いことがあると純が注意しようとすると、先輩ベルボーイの皆川《みながわ》が、「いらっしゃいませ、粕谷《かすや》様。ご案内いたします」と純を押しのけて笑顔でフロントに案内する。横柄な粕谷に純が憤慨していると、フロントの小野田がやってきて、ロビーで不審者が寝ているというクレームが入ったから注意してくるようにと指示される。

純がロビーに向かうと、ソファに顔を埋め、だらしなく寝ている若者がいた。

「すいません、お客さん。ここで寝るのは遠慮していただけますか？」

純が声をかけると、若者はウ〜ンと呻《うめ》きながら目を覚まし、顔をあげた。純は思わず目を見張った。

「剛⁉　あんた何してんの、こんなところで？」

「あ〜、おネエ、今日泊めてくれない、おネエのウチに」

あ然とする純をよそに、相変わらずノンキな剛は、二度と宮古島に帰るつもりはないし、家族にはここにいることを内緒にしてほしいと言いだす。

「俺、決めたんだ。世界を旅しながら、宮古島のよさを伝えようって」

仕事も金もないのに外国になど行けるわけがない、と純が剛の考えの甘さにあきれていると、そこへ千香がやってきて純に頼みがあると言う。

「あ、ごめん、ちょっと、今たてこんでて」と純が断ると、「そんなこと言わないで、一緒に来てくれない？」と千香は顔を赤くして困っている様子だ。

訊けば、ある客から「隣の部屋がうるさい」とクレームが来たので、騒いでいる部屋に静かにするように頼んだのだが、まったく聞き入れてもらえないという。純は少々面倒くささを感じたが、結局、千香と一緒にクレームをつけた客の部屋に向かった。

するとそこは北見の部屋だった。純が部屋のチャイムを鳴らすと、ドアが開いて北見が顔を出した。千香は純の後ろに隠れるように立っている。

純が北見に、丁重に謝っていると、隣の部屋から一段と騒がしい声が聞こえてきた。北見のやりきれない表情を見た純は、必ず静かにしてもらうように説得すると約束した。

北見は純の真剣な顔を見て「わかりました、あなたを信じます」と温厚な顔に戻った。

北見の言葉に背中を押されて、純が騒がしい隣の部屋に向かうと、酒盛りで騒ぐ声が廊下まで聞こえてくる。千香は、「あとはお願いね。あたしはいちおうやることはやったからね」と逃げるように立ち去ってしまう。

純は憤然と見送りながらため息交じりで部屋のチャイムを押すと、ドアが開き、いきなり男が「ぬっ」と顔を出した。それは粕谷だった。

「お～、ちょうどよかった。ネエちゃん、入って、入って」

強引に部屋の中に引っ張り込まれると、気分の悪くなった別の客が汚した床を掃除するように言われる。嫌々ながら純が懸命に掃除をしている間も、粕谷たちは騒々しく酒盛りを続けている。

純は精一杯笑顔を作って、「もう少し静かに飲んでいただけませんか？」と願い出たが、粕谷は「部屋で楽しんで、何が悪いんや？」とまったく取り合ってくれない。そのうえ、酒の入ったグラスを突き出し、「これ飲め。そしたら、静かにしたるわ」と無理難題を押し付けてきた。

業務中に飲酒はできないと純が丁寧に断ると、「それなら静かにできない。文句があるなら、支配人を呼べ」と純を追い出した。部屋の中からは、いっそう騒がしい声が聞こえてくる。

首の後ろを掻きながら、力なく去っていく純の後ろ姿を、廊下の電気修理をしていた愛が、心配そうに見つめていた。

「部長からお願いしてもらえませんか、静かにしてもらうように」

純が宿泊部長の米田に相談すると、米田は不機嫌そうに、もう余計なことはするなと言い放つ。

純がどういう意味かと戸惑っていると、米田はうんざりした顔で答えた。

「さっき、粕谷様からクレームが来たんだよ、生意気な新入りにイチャモンつけられた。ここのホテルはどういう教育してるんだって」

「は？　あたしはただ、他のお客さんの迷惑になるから……」

純が納得できずにいると、粕谷は大手製薬会社の総務部長で、会社の行事一切でオオサキを使い、年間一億円近い取り引きのある大事な常連客だと米田は息まいて話す。そのため、粕谷を優先し、北見には部屋をグレードアップする条件で部屋を移ってもらえばいいと言う。

「でも、困ってるお客さんのほうにわざわざ部屋を替えてもらうのは何か違うような気が。もう、くつろいで荷物も広げてるだろうし」

「そこをなんとかするのが、お前の仕事だろうが」

米田はそう言い捨てて、かかってきた携帯電話に出て、話は終わったと言わんばかりに、手で「あっちへ行け」とやる。

納得できない気持ちをぶつけるように、純は米田のセンスの悪い派手なネクタイを睨みつけた。

足取り重く純が北見の部屋を訪ねると、「どうなりました？」と北見が不安そうに訊ねた。

「北見様、申し訳ありませんが、お部屋を移っていただくわけにはいかないでしょうか」

純が頭を下げると、また隣の部屋から騒ぐ声が聞こえてくる。純は心苦しかったが、グレードアップした部屋に移ってもらえないかと誠心誠意頼んだ。

しかし、北見は譲らず、「この部屋にいたいんです……もう我慢しますから、どうもありがとう」と、寂しげにドアを閉めた。

（おじい、辛いよ。あたしのことを信じると言ってくれた言葉がズシンと来たのに……）

純はどうすることもできない悔しさを仕事にぶつけた。ベルキャプテンデスクで預かったバッグに荷札をつけていると、社長の大先と総支配人の中都留《なかつる》が話しながら歩いてくる。純は藁《わら》にもすがる思いで大先を呼びとめた。

「あ、あの、社長、ちょっとお話が……」

純が北見の部屋のことを相談すると、「現場のことは現場に任せてるからなぁ」と、あてが外れてしまった。おまけに、「大丈夫、君ならなんとかできるって。大好きなんだろ、ホテルで働くの」とまで言われ、純は戸惑った。

「俺もホテルが大好きなんだ。どっちかと言えば、泊まるほうだけどね」

そう笑顔で言い、中津留とともに去っていった。

純は相談する相手を間違えたと思うしかなかった。

考えごとをすると純の首はなぜかかゆくなる。無心に首を掻きながら、コンシェルジュデスクの辺りを通りかかると、水野が笑顔で声をかけてきた。粕谷の一件を把握している水野に、純はどうしても納得できないのだと話した。

水野は考え込む純を見て、「君はサモトラケのニケみたいだね」とつぶやいた。

「は？　なんですか、それ？」

「知らない？　有名な彫刻で、船の先頭に立って翼を広げ、まっすぐに風を受けている女神なんだ」

純はそれが何かわからないでいると、水野は「じゃ、行こうか」と清々しく言い、「ちょっと考えがあるから」と純を連れて北見の部屋に向かった。

二人が部屋を訪ねると、北見は不審そうな顔で二人を見た。

「失礼とは思いますが、ご迷惑をおかけしたせめてものおわびとして、こちらをお収めいただけますか？」

水野はホテルの無料宿泊券が入った封筒を北見に差し出した。純が水野の意図がよくわからず戸惑っていると、「次回お泊りいただいた時には、このようなことがないよう注意します」と水野は笑顔で応対する。

北見は宿泊券をじっと見つめ、「お気持ちはありがたいが、結構です」と水野に返した。そして、自宅が遠方なうえ高齢なので、おそらくオオサキにはもう来られないと語った。

「わたしは今日この部屋にいたいだけなんで、すいません」

そう言って北見がドアを閉めようとした時、純はドアに体を挟まれながら北見に訊ねた。

「どうして、この部屋じゃなきゃダメなんですか？　どうして今日じゃなきゃダメなんですか？」

北見は、プライベートなことだからと話してはくれなかった。

純は北見をまた傷つけてしまったことでさらに落ち込んだ。そんな純を励まそうと水野は食事に誘うが、純は心ここにあらずの様子だった。その二人を陰から見ていた千香が、従業員控室で休憩している純に、水野と何を話していたのか探りを入れてきた。あっけらかんと食事に誘われたと話す純が面白くない千香は、顔を真っ赤にして去っていく。

「なんでまた怒ってんの？　ようわからん。近頃の若い子は……」と純は首を傾げた。

水野に言われたサモトラケのニケを携帯電話を使って検索していると、晴海から電話がかかってきた。

「ねえ、純。そっちに剛行ってない？」

剛から口止めされていたことを思い出した純が、晴海に勘づかれないようにごまかしていると、

「もう、どこ行っちゃったんだろ。あの子、一人じゃなにもできないのに」と、晴海はまた甘い顔をのぞかせて剛を心配し、正の愚痴まで言い始めた。

「あのね、お母ちゃん、あたしだって、今日は仕事初日でいろいろ大変なんだからね——」

純が苦言を呈すと、晴海は、善行が来たからと言って一方的に電話を切った。純がため息をついていると、今度は剛から電話がかかってきた。

「おネエの部屋に五百円落ちてるの見つけちゃった。もらっていいかな？」と剛はノンキなことを言っている。人の気も知らないで、と純はあきれてしまい、「早く実家に連絡を入れろ！」と怒鳴って電話を切った。

すると、携帯電話の画面に検索した「サモトラケのニケ」が出てくる。

純は風を受けて堂々と立つニケの姿に魅了された。ニケを見ているうちに、もう一度、粕谷に

直談判する勇気が湧き、粕谷の部屋へ向かった。

粕谷はあいかわらずの態度だったが、純は静かにしてくれるように懇願した。

「カラオケ店でも、キャバクラでもなんでもご紹介しますから、お願いします。お隣のお客さん、ずっと我慢して、お部屋にいらっしゃるんです」

粕谷は小バカにしたように、隣の部屋のことなど自分には関係ないとドアを閉めて純を追い返そうとする。

純は負けまいととっさにドアに足を挟み入れて、「あなたたちだって、立派な社会人でしょ、少しは周りの人の迷惑とか考えたらどうですか」と言い放つ。すると、粕谷が急にドアを開けたため、純は勢い余って部屋の中へと転がり込んだ。体をぶつけて顔をしかめている純の目の前で、粕谷は近くにあった空のボトルを叩き割った。

(ちょちょちょ、何やってんの⁉)

純が思いもよらない展開にひるんでいると、粕谷が迫ってくる。

「生意気なんや、女は黙ってろ」

「じゃ、あたしが男だったら言うこと聞いてくれるんですか」と純も必死に目を逸らさない。

「なんやと？　口の減らん女やな。おい、どう落とし前つける気や？」

部屋にいた男たちが迫ってくる。さすがの純も怖くなり、「おじい、助けて～」と天を仰いだその時、ピンポーンと部屋のチャイムが鳴った。

男の一人がドアを開けると、入ってきたのは、作業服姿の愛だった。

「すいません、電球切れてるので、取り替えに来ました」

「おい、そんなもん頼んでないぞ」

「でも、もうすぐ切れるはずなんで……」

伏目がちに愛が言った瞬間、室内の明りが消えた。粕谷たちが動揺しているすきに愛は男たちを突き飛ばし、素早く純の元に駆け寄った。そして、純の手をしっかりつかむと、ものすごい勢いで部屋を飛び出した。二人が廊下を走り抜けると、背後から「おい、待て」と粕谷たちの声が聞こえてくる。

純は懸命に走りながら愛の顔を見た。

(なんなのこれ。あんたはあたしの王子様?)

純は愛に引っ張られるように必死で逃げ、二人は物陰に身を潜めた。純は改めて愛を見た。

「ちょっと、あんた、何、その恰好?」

「あ、電気関係の修理のバイトしてるんで」

愛は、人とかかわることが少ないこの仕事が向いていると言う。タイミングよく電球が切れたことも特殊な能力と関係があるのかと愛に訊ねると、真相は単にカードキーを抜いただけだった。愛がタイミングよく来てくれて助かったと純が礼を言うと、この仕事についたのはこのホテルと契約しているからだと、愛は正直に告白した。

「……も、もしかして、あたしと会えるかと思って?」

恐る恐る訊ねる純に、「すいません」と愛は申し訳なさそうに返答した。

「じゃ、さっきも、あの部屋にあたしがいるって知ってたわけ?」

「すいません、ずっと見てたんで……」

愛は純のホテルでの行動をすべて見ていたのだ。

「今、想像したけど、完全にストーカーだよね、それ？」と純はゾッとしながら言った。

「すいません……あなたのことだから、何か無茶するような気がして……あ、でも、今日はもうやめます、仕事も終わりだし」

帰ろうとする愛を「ちょっと待って」と純は呼びとめた。愛は思いがけず驚いて振り向いた。

「あんたさ、本当に人の本性みたいなもんが見えるの？」

いつになく真剣な顔の純に、「信じる、信じないは自由ですから……」と愛は控えめに言う。

すると、純は頼みがあると言って、愛をホテルのバーに連れていった。

店内には客が多く、愛は顔を伏せた。純は一人で飲んでいる北見を見つけ、彼の心の内を見てほしいと愛に頼んだ。愛は深呼吸をして恐る恐る顔を上げると、北見をじっと見つめた。純は愛の顔を見ながら、自分の考えが本当にこれでよかったのか躊躇《ちゅうちょ》したが、確かめずにはいられなかった。

「……どう、見える？」

「はい……あの人は……ずっと泣いてます」

「……え？」純は北見の寂しげな姿を見つめた。

「泣きながら、女の人の名前を何回も呼んでます。自分のことを『バカだ、死ね』と責めてます」

そう言って愛は「ああ、そういうことなんだ……」と自分の世界に入り込んだ。「え？　何？」と純が不思議そうに愛に訊ねると、北見が昔このホテルに誰かと泊まったことを思い出しているのだと言う。純がその相手について訊ねると、「長い間、見てると頭が痛くなるんで……」と愛が目を閉じて辛そうな顔をするので、それ以上訊くのはやめることにした。

純が倉庫で古い宿泊記録を調べると、三十年前に北見が新婚旅行でこのホテルに泊まっていたことがわかった。当時泊まった部屋は、北見が今宿泊している部屋だった。

純は北見の部屋を訪れそのことを訊ねると、北見は思いを打ち明けた。

「三十年前に来た時、女房はすごくはしゃいでましてね。こんなすてきなホテルに泊まれるなんて夢にも思ってなかったって……」

しかし、その後北見は仕事にかまけて、何もかも妻に任せきりで、感謝の言葉もかけることなく苦労ばかりさせてきた。一年前の今日妻が亡くなり、妻の笑顔を見たのはここに来た時が最初で最後だったかもしれないということに思い至ったのだという。妻を心から笑わせてやることができなかったことを北見は悔やんでいる様子で、三十年前のこの部屋で撮った写真を純に差し出した。その写真の中の北見の妻は本当にうれしそうに笑っている。

「だから、せめてもう一度ここに来て、三十年前の女房の笑顔を思い出しながら、一周忌の供養をしようと思ったんですけどね……」

北見がそう言うと、また隣から騒ぎ立てる物音が聞こえてくる。純が苦々しく思っていると、北見は「きっとバチが当たったんですよ、今頃気づいても遅いって」と自嘲《じちょう》気味に言いながら、荷物をバッグに詰めだした。その姿に純は胸が苦しくなった。あきらめてチェックアウトしようとする北見に、「待ってください。お隣のことは必ずなんとかしますので」と、純は頭を下げた。

純があらためて米田に相談しても、粕谷を怒らせたら年間一億円の売り上げ減になると取り合ってもらえない。それどころか、北見がチェックアウトしても、ホテル側にはなんの損失もないとまで米田は言い切った。純は、米田が平然と客の扱いに差をつけることが許せなかった。なんとか自分を抑えようと思ったが、思いが口から飛び出していた。

「あたしは、他のお客さんの迷惑をわかってくれない人なら、別にうちのホテルの常連になってもらわなくてもいいと思います。どうせああいう人は、また同じようなことするに決まってるし。それにねえ、一億一億っておっしゃいますけど、部長は利益さえ上がればいいんですか？　一見《いちげん》のお客さんはどうでもいいんですか？　長い目で見たら、また同じようなトラブルが起きて、ホテルの評判が下がったりしたら、そっちのほうがよっぽど損だと思いますけどね、あたしは」

純の言葉に「いい加減にしろ、お前は本当に社長になったつもりか！」と米田は激昂し、部長命令として、二度とこの件にかかわるなと言い捨てて去っていく。

純が後を追うと、そばで見ていた富士子が「いい加減にしなさい」と制した。

「一人のお客様のことを大切にするのもいいけど、自分の仕事はちゃんとやってるんでしょうね？」と冷静に指摘されると、団体客の予約が入っていることを思い出し、純は慌ててベルキャプテンデスクに飛んでいった。

しかし、すでに客は到着し、荷物は皆川らによって運び込まれた後で、皆川には「文句ばっかり言って、自分の仕事を忘れてちゃ世話ねえや」と嫌みを言われる始末だった。

その晩。純は何をやっても空回りしている自分に落ち込み、晴海の声が聞きたくなって、ホテルから実家に電話をかけた。だが、電話に出たのは善行だった。善行は相手が純だとわかると途端に不機嫌な声になる。純は晴海が留守だとわかり、電話を切ろうとして思い直した。

「あのさ、参考までに聞きたいんだけど、もし、部屋で騒いで迷惑かけるお客さんがいたら、お父ちゃんならどうする？」

「なんだ、それは？　俺を試そうとしてるんか？　どうせまた、俺が社長失格やとか言いたいんやろう」と挑戦的な態度で言い返す善行に、純はまたしても反発しケンカになってしまう。純はただホテルの経営者として善行に意見を求めただけなのに、話にならないことに落胆し、自分から電話を切った。

その時、その様子を物陰から愛が見ていたことに気づいた純は、愛のもとへ行き、愚痴を言いだした。自分は文句ばかりで、ただ周りに迷惑をかけているだけなのかとため息交じりに弱音を吐く純の顔は、愛の目には次第にブレて映りだした。

「ここで働くなら、気にくわなくてもここのルールに従うしかないのかな？　あたしひとりがジタバタしたって、みんなに社長、社長ってバカにされるだけだし、結局、このホテルを魔法の国になんか変えることなんかできないんだよ。あ〜、もういいや、だったら——」

愛はブレていく純の顔を見るのが辛くなり想いをぶつけた。

「ダメです。あなたは、自分で決めなきゃ……お客さんに喜んでもらいたい、お客さんの笑顔が見たいっていう思いが嘘じゃないなら……」

愛は純の顔をまっすぐ見つめた。

「あなたが本当にここの社長だったら、どうするんですか？」

愛の言葉が純の胸に刺さった。一番大切なことを思い出させてくれたのだ。

純はもう一度粕谷に直談判をしようと決意した。

相変わらず騒がしい粕谷の部屋の前で、純は決意に満ちた顔で深呼吸した。その顔を見つめる愛は、純に妙なアドバイスをした。

「困った時はトイレに行ってください」

「は？」

「いや、トイレには人生のすべての答えがあると、何かの本で読んだような気がして……」

純は思わず拍子抜けしたが、それが気持ちを楽にしてくれたかのように、意を決して部屋のチャイムを押した。

「またお前か？　なんの用や？　せっかく人が楽しんでるのに何度も邪魔するな、ボケ」

グラス片手に不機嫌そうな顔の粕谷が出てきた。純は腹が立つのを抑え、これ以上静かにしてもらえないなら、出ていってくれるよう願い出た。そう言われて黙っている粕谷ではない。純に向かって「なんやと、こら？」と恫喝《どうかつ》するが、純はいきなり土下座をし、ルールを守ってもらえないならそうするしかないと食い下がった。

粕谷は「何様のつもりじゃ」と、持っていたグラスの酒を純にあびせた。純が睨みつけると「なんや、その目は？」と粕谷もすごむが、純は懸命に耐えてさらに頭を下げて懇願した。

「お願いします。他の方も今、お客さんと同じようにうちのホテルでの滞在を楽しんでいらっしゃるんです。そのことを考えて、もうちょっと静かに楽しんでいただけませんか」

一瞬動揺した粕谷たちだが、「関係あるか」と純を力ずくで追い出そうとしたその時、純の脳裏に愛の言葉が甦った。

——困った時はトイレに行ってください。

次の瞬間、純は男たちの手を嚙んだり、足を踏みつけたりしてトイレに駆け込み、鍵をかけた。粕谷たちは、「おい、こら、何してんねん」と慌ててドアを叩きまくるが、純は「そちらが言うこと聞いてくれるまで、ここ出ませんから」とドア越しに叫んだ。

しばらく、純と粕谷たちとの攻防戦が繰り広げられると、連絡を受けた米田と富士子が血相を変えて飛んできた。

二人は粕谷に平謝りし、純に出てくるよう説得した。

「狩野さん、今すぐ出てきなさい」富士子の冷静な声に純は動揺する。

「おい、何やってるんだ。命令だ、早く出てこい」という米田の問いかけには、「嫌です」と答え、粕谷たちが静かにすると約束してくれたら出ていくと言う。あきれる粕谷に米田は言う。

「申し訳ありません、ちょっと頭のおかしい人間でして、就職試験で『社長になる』と宣言するような……」

「なんや、それ？　アホな女やな」と粕谷たちがバカにして笑うと、富士子はわずかに眉をひそめた。するとその時、「すんませんね、アホで！」と純が勢いよくドアを開けて周囲を驚かせ、またすぐにドアを閉めた。

「私が社長だったら！　今この瞬間、うちのホテルに泊まっているすべてのお客さんに楽しんでほしいんです」

トイレの中から聞こえる純の言葉に一同は無言になった。純は妻を想う北見のことを話し、どうしても今日北見に楽しんでもらい、元気になって帰ってもらいたいのだと懇願した。

「ようわかった、ネエちゃん……」と粕谷が静かに言うと、純は喜び勇んでドアを開けた。だが、粕谷たちは、今後一切オオサキを使うことはないだろうと言い捨てて出ていった。

米田は情けない姿で粕谷たちを追い、富士子は残された純を見つめ、あきれたように言った。

「……これがあなたの望んだ結果？」

純は何も言えず、去っていく富士子の後ろ姿を力なく見つめるしかなかった。


宿泊部に戻り、純は米田からさんざん罵声をあびた後、帰路についた。

「一億円の損失」「責任をどう取るつもりだ？」「相当の覚悟」。米田の言葉が、純の頭の中を駆け巡る。そして次の瞬間には、落ち込んだ時にいつも頭の中で流れる「うれしいひなまつり」が浮かび、愛チャリのペダルを踏む足を重くしていった。家に帰ると、周囲を食い散らかした剛が床でノンキに寝ている。純が「風邪引くよ」と声をかけると、「ダメ、もう食えない」とヘラヘラ笑いながら寝言を言う剛に、もはやうらやましささえ覚える純だった。

その晩、純は深夜になっても眠れなかった。

剛の間抜けな寝顔を見ながら、子どもの頃から損ばかりしていることを走馬灯のように思い出していた。剛のこと、正のこと、善行のこと。しかし、晴海のことを思い出すと宮古島での温もりが思い出された。

（あ〜、なんか宮古に帰りたい……でも、もう帰れない……）

そう思った瞬間、けたたましい目覚まし時計のベルが鳴り、いつものように目覚ましに手を伸ばしたままの状態で目が覚めた。出勤の仕度をしながら、思い立ったように便箋とペンを取り出し、退職届を書き始めた。

愛チャリでホテルに着くと、愛が純を待っていた。

「それでいいんですか？　辞める気なんでしょ、このホテル」と愛が訊ねる。

純は悟られたことで動揺するが、自分にはホテル勤務は向いていないし、ルールばかり振りかざす連中は気にくわないから、辞めても構わないのだと言う。その純の顔がどんどんブレていくのが愛は辛くて、思い直すように説得するが、純には届かない。

「悪いけど、もう放っといてくれる？　自分で決めろって言ったのはあんたでしょ」と言い放ち去っていく純に、愛は何も言葉をかけられなかった。

純はベルガールの制服の胸ポケットに退職届を忍ばせた。愛にはああ言ったものの、本当はホテルを辞めたくなかった。ロビーに向かうと北見が現れ、純に前夜の礼を言った。純は、北見が自分の最初で最後の客になってしまうことが切なかった。

「あなたのことを信じてよかった」という北見の言葉に純は目頭が熱くなった。

これからも頑張ってほしいと北見に言われ、まさか今日でホテルを辞めるかもしれないとも言えなかった。

純は「ありがとうございました」と深々と頭を下げ、北見が乗ったタクシーを見送った。

その後、富士子に連れられて宿泊部に行くと、同僚が勢揃いしていた。デスクで不機嫌そうにコーヒーを飲む米田が純を睨みつけて言った。

「それで？　昨日のことは、どう責任取るつもりだ？」

純は、辞めたくないと思いつつ、渋々ポケットから退職届を出した。それを見た富士子は、わずかに眉をひそめ、水野と千香は驚いている。米田が納得した表情で退職届を受け取ろうとした瞬間、「おはよう」とノーテンキな声が室内に響いた。お洒落なゴルフファッションに身を包んだ大先だった。

大先は、粕谷の会社の社長とゴルフをしてきた帰りだったのだ。ゴルフをしながら、前日の粕谷との一件を大先が話したら、先方は今後もオオサキを使うと約束したという。

当の粕谷はというと、自分の立場を利用してさまざまなところからマージンを受け取っていたことがばれ、懲戒免職になるらしい。

「てなわけだから、こんなものはいらないよね、もう」と言って、大先は純の退職届を破った。

「あ、ありがとうございます」と純は心の底から感謝が湧き出た。

大先は「これからも、頑張ってね、社長」と清々しく純に声をかけ去っていく。社長から〝社長〟と呼ばれるのは抵抗があったが、純は大先を見直した。

翌日。何事もなかったかのようにホテルでの業務が続いた。しかし、同僚たちの態度はどこかよそよそしく、つくづく組織の中で働くことに面倒くささを感じていた。いつものようにベルガールの仕事をしていると、ふと愛の視線を感じた。愛は純がホテルを辞めないですんだことに安堵していた。純は、やけになっていた時に自分の本性が見えたかどうか訊ねると、愛は少しブレていたくらいだと言った。

「……本当に見えるんだ、そういうのが」

「信じる、信じないは自由ですから」とまた申し訳なさそうにうつむく愛。

純は思わず、「じゃあ、あの人はどう？」と打ち合わせをしている米田を指差した。

「いじめにあってる中学生みたいに、おびえた目をギラギラさせて首を三百六十度回してます」と言い、千香のことは、「赤ん坊みたいにギャアギャア叫びながら、その辺のものを壊して暴れ回ってます」と耳を押さえる。富士子のことは「ものすごい鎧をつけた武士みたいです。なんか傷だらけだし、結構あなたに似てるかも」と話した。

純は、愛の言うことがあながち間違っていないように思えて興味深くなり、なぜそんなことができるのか訊ねた。愛は、「あることがきっかけ」だと言うので、純がそれを聞こうとすると、「狩野さん」と向こうから水野が現れた。

「じゃ、あの人の本性は……あ、やっぱりいいや、あの人は」と思い直した純が少しときめいているのを愛は感じた。水野が愛に気づかず純と話しているのを、じっと見ている愛。愛が気になった純が何か見えるのかと訊ねると、「この人は……ぼくの同級生です」と愛は答えた。

純は耳を疑ったが、水野と愛は中学・高校の同級生だった。再会を喜ぶ水野に対して、愛は複雑な表情でうつむくばかりだった。

三人はレストランで食事をすることになった。

混んでる店内では、愛はなかなか顔を上げることができずにいた。純と水野が楽しそうに「サモトラケのニケ」のことを話していると、愛はトイレへと立った。うつむいたまま歩くので、ウエイターや他のテーブルにぶつかりそうになりながら去っていく。そんな愛を見て、純は心配になった。純が水野に学生時代の愛のことを訊ねると、家は神戸《こうべ》の金持ちで、両親が弁護士だったと話す。純は本人の姿からは想像できないでいると、水野が付け加えた。

「あ、それから、双子の弟がいたけど、病気で死んだとかって聞いたけど……」

純は、愛に思いもよらない過去があることに驚き、愛の背中を探した。

その頃、愛はトイレの鏡の前で苦しんでいた。鏡に映った自分が問いかけてくる。

「なんでお前が生きてるんだ?」鏡の中の自分が歪《ゆが》む。愛は必死に鏡の中の自分を捉えようとするが、鏡の中の自分は愛を許さない。

「お前が死ねば、よかったんだ」その言葉に、愛は耐えきれずうずくまった。

食事の後、水野は純を家まで送った。水野は純のマンションの前で立ち止まり言った。

「あ、ケータイの番号交換しようか。愛がいたから、さっきは聞きづらくて」

純は素直に携帯電話を取り出し、連絡先を交換しながら水野の顔をそっと見た。

（も、もしかして、いずれ、この人とお付き合いとかしちゃうのかしら、あたしったら……）

純は妄想を断ち切り、「じゃ、おやすみなさい」とマンションの中に入ろうとした瞬間、水野が純の手を握った。

「君と付き合いたいんだ……初めて会った時から、そう思ってた」

純にキスを迫る水野の唇が純の唇に触れようとしたその時、純の視線の先で愛が二人を見つめているのが見えた。純が慌てて水野から離れると、水野と愛は目が合った。

「すいません、あの、ぼくも方向一緒だったんで……」と愛がたどたどしく言うと、水野は「じゃ、明日」と言って、バツが悪そうに帰っていった。

愛がついてきたと思った純は、そういうことはやめてほしいと愛に注意をすると、愛は水野と付き合うのはやめたほうがいいと忠告した。

「何それ?　もしかして、あの人の本性を見たってこと?」と純は訊ねた。

愛は水野が学生時代と全然変わっていないと言う。いったいそれがどういうことなのか気にはなったが、純は愛のお節介が少々腹立たしかった。

「あのさ、やっぱり、変だよ、あんた。それに、水野さんがどんな人か判断するのは、あたしなんだからね」と言い放つと、愛は、「すいません、そうですね」と小さくなって去っていった。

純はどこか、捨て猫を見捨てたような気分になる自分が不思議だった。

翌日。純は先輩ベルボーイに陰口をたたかれ、最近の同僚の態度に鬱積していたものが爆発し、ついに言い合いのケンカになってしまった。客の前で感情をあらわにしたことで、純は富士子に叱責される。

「あれくらいでカッカしてるようじゃ、ホテルで働く資格ないし、辞めたほうがいいんじゃない」

純は反論できなかったが、ふと、愛の「結構あなたに似てるかも……」という言葉を思い出し、若い頃、自分と同じような思いをしたことがあるのではと訊ねた。

「わたしは決めたの。何ごとにも動じない。期待しない、振り返らない、迷わない、甘えない。それだけ」そう言って富士子は悠然と去っていった。

純が富士子の言葉を反芻《はんすう》しながらロビーを歩いていると、突然、純の前に粕谷が立ちはだかった。粕谷は、「お前のせいや」と、会社をクビになった腹いせにいきなり純を殴り倒した。

「何するんですか、会社に隠れて悪いことしてたのは、そっちでしょ」

純が痛みも忘れて睨みつけると、粕谷はさらに殴りかかろうとするが、すんでのところで水野が飛んできて粕谷を羽交い締めにして取り押さえたのだった。

純が悪い訳でもないのに、米田からまたもや怒られた。さっきの騒動で、怖がってチェックインをやめた客が出て、純のせいでホテルが迷惑を被ったというのだ。純が落ち込んでいると、水野はさりげなく食事に誘った。純は、わかってくれるのは水野だけのような気がした。

仕度をして従業員ロッカー室から純が出てくると、愛が待っていた。愛は水野とデートならやめたほうがいいとしきりに言う。

「水野君があなたに優しいのは、全部自分のためというか、結局、あなたと……その……エッチなことをしたいだけで……」

「いい加減にしてよ。この際だから言っとくけどさ。こっちは、あんたが人の本性が見えるとかいうの、完全に信じたわけじゃないから。もうストーカーみたいにつきまとうの、やめてくれる？」

怒って去っていく純を、愛は見つめるしかなかった。

その晩。純は水野に支えられないと歩けないほど酔っぱらった。ホテルでの人間関係がうまくいかない鬱憤もたまっていたのだろう。そんな純を水野は優しく見つめて囁《ささや》いた。

「……今日はうちに来ない？」

戸惑う純に水野がキスしようとした。その瞬間、純の脳裏に愛の言葉が甦った。

――水野君があなたに優しいのは、結局、あなたと、エッチなことを……。

水野の唇が触れる寸前、我に返った純は「あ～、すいませ～ん！」と、すごい力で水野を押しのけていた。

油断していた水野は思い切り倒れ、痛そうに腕を押さえながら起き上った。水野は、付き合っている人がいるならそう言えば言いし、自分のおかげで純がどれだけ救われているか、少しは感謝してほしいなどと純に怒りをぶちまけた。

「余計なお世話だけど、もうちょっと女らしくしないと、一生結婚できないよ」

そう純に言い捨てて、水野は去っていくのだった。

（な、なぜ、そこまで言われねば……？）

純はすっかり酔いも覚め、水野が味方だと思っていたのが間違いだったのかと愕然とした。

純の気持ちに追い討ちをかけるように雨が降り出してきた。純はコンビニでビニール傘を買い、夜の街をトボトボと力なく歩いた。

かつての祖父の〝魔法の国〟を思い出し、祖父の「純、お前は、ずっとそのままでいいから」という言葉が甦った。無性に祖父に会いたくなっていると、晴海から電話がかかってきた。純は瞬間、孤独から解放されたかのように慌てて電話に出た。電話の向こうの晴海は、純の気持ちなど知る由もなく、正の心配をしている。正が付き合っている女性に子どもができたのだが、本人が結婚するつもりがないからどうしたらいいかと、純に一方的に相談をしてきたのだ。

（あ〜、あたしが孤独なのは、どうしようもないこの家系のせいだ）

結局、晴海の愚痴をひたすら聞かされた純は、孤独を嚙みしめながら、高架橋にたたずんだ。橋の下を見ると、こんな時に人は衝動的に飛び降りたりするのだろうかなどと、純らしくない考えが浮かんだ。

ふと見ると、ラーメン屋の屋台に、「豚まんあります」の看板があった。その瞬間、純の腹がグ〜と元気よく鳴りだした。

純が豚まんを食べていると、その姿をパーカのフードを被ったずぶ濡れの愛が見つめている。

「……もしかして、ずっとつけてたの？」純は驚いて愛を見つめた。

「はい、あの、自殺でもするんじゃないかと心配で。でも、大丈夫そうなので帰ります」

そう言って、愛は安心したように帰ろうとしたその時、純はとっさに愛のパーカのフードをつかんだ。愛が身動きできず驚いていると、純は不安そうにつぶやいた。

「……置いていかないで」

「……え？」

「あたしを置いていかないで、ここに……」

そう言って、純は愛の背中にすがった。愛は純の温もりを感じると硬直した。

（おじい、何やってんだろう、あたし……でも、こうしているとすごく落ち着くのはなぜ？）

純は愛の背中から動こうとはしなかった。

第3章 しんじるこころ

愛にもたれかかっていると、純の心は不思議と癒やされていった。

（もしかして、こいつと付き合ったりするのかな……）

純がそんなことを考えた瞬間、それまで硬直していた愛が純を突き飛ばした。純はものすごい勢いでひっくり返り、ただ驚くばかりだ。突き飛ばした愛も慌てて純を抱き起こそうとした。

「何すんのよ。さ、触られたくないんなら、そう言えばいいじゃない」

愛の手を振り払い、痛そうに顔を歪めて純が立ち上がると、愛は懸命に「違うんです、そうじゃなくて……」と言いわけをする。純が「じゃ、なんなの、いったい？」と説明を待っていると、「うまく説明できるかどうか、だから……あ〜、すいません！」と愛はいきなり走って逃げだした。

――フラれたの？　あたし？

純は愛を追いかけようとするが、足腰がいうことを聞かず、「痛タタタ」とへたり込んだ。

痛めた腰は翌日の仕事に響いた。何をするにも腰痛が邪魔するので、純は愛を恨みたい気分だった。辛そうに客の荷物が乗った台車をロビーで押していると、水野が笑顔で「おはよう」と声をかけてきた。その笑顔に、純は自分も水野を突き飛ばしたことを思いだした。

純は昨夜の失態を水野に謝ると、水野も酔った勢いでひどいことを言ってしまったと反省している。純は、「よく言われるんで」と気にしていないそぶりをした。

「じゃ、また誘ってもいい？」

水野が甘い笑顔を純に投げかけると、驚いた純は思わず承諾してしまった。

その後、純が外国人客に英語で話しかけられ困っていたところ、水野が得意の英語でフォローしてくれた。その外国人客は、明後日の夜、娘の誕生日にサプライズのプレゼントをしたいのだという。そのために、日本の有名ケーキ店のケーキと、娘が楽器を集めているので日本にしかない珍しい楽器を用意したいということだった。

二人は心当たりのケーキ店に向かったが、目当てのケーキは完売していた。予約を受け付けないその店は、当日に並ばないとケーキを買えないことがわかった。

水野は夕食に純を沖縄料理店へと誘った。宮古島育ちの純は沖縄料理に心を和ませた。水野は純の手を握り、改めて真剣に付き合うことを考えてほしいと言った。

「君のことをわかるのは、俺だけだと思うんだよな」とまた甘い笑顔で言う水野。

だが、純は水野の顔を見つめながらも、愛のことを思い出していた。

「あ、あの、あたし、好きになるのに結構時間がかかるっていうか、恋愛はあまり得意ではないほうなんで、もうちょっと考えさせてもらえますか」と純はやんわり手を離した。

「わかった……すいません、ビールおかわり」

水野は落胆したのをごまかすように店員に声をかけるのだった。

その晩、純が愛から電話がかかってくることを期待して携帯電話を見ていると、晴海から電話がかかってきた。聞けば、正の付き合っている人が妊娠し、「絶対に産む」と言っているが、正は結婚する気がないという。しかも、問題を引き延ばしてきたせいで妊娠四か月半になっているという。このままでは産むしかなくなってしまうと困惑していた。大人なんだから本人に任せるべきだと純が言うと、晴海は困惑した様子で驚くべきことを口にした。

「そんなこと言わないで、あんたから、相手の人に話してくれないねえ？　ほら、年齢も近いから話が合うと思うし」

「なんで私が兄貴のために」と純があきれていると、晴海は那覇までのチケットを送るから、今度の休みに来てほしいと言って、一方的に電話を切ってしまった。

次から次へと降りかかる家族の問題に、純は沈鬱な気分になった。

翌朝。純がホテルの廊下を歩いていると、電気修理をしている男が二人いる。一人は愛だ。純がこっそり愛のほうへ向かうと、気配を感じた愛は純の顔を見るなりいきなり逃げ出した。「待ちなさいよ」と追いかけても、足の速い愛の背中はどんどん小さくなっていく。必死に追いかけると、露木とぶつかり二人ともひっくり返った。露木は嫌みを言いながら去っていく。

すると、純の背後にいつの間にか愛がいる。愛が起こそうと差し伸べた手を純は振り払った。

「この前はいきなり突き飛ばしたと思ったら、今度は逃げ出して。そんなにあたしが嫌なわけ？」

純が立ちあがりながらそう言うと、愛は決してそうではないと言う。

「じゅ、純さんは、これ以上係わらないほうがいいんじゃないかと思って、僕と……」

「何よ、そのイケメン的発言は？　あたしは別に、あんたと付き合いたいなんて一言も言ってないし、それとも、何？　本当は彼女とかいるとか言いたいわけ？」

純が憤慨していると、「あいちゃん」と声がした。二人が声のしたほうを見ると、いつの間にか大きなマスクをした若い女性が立っている。

「こんなところにいたんだ」と、驚いたように愛を見つめている。

その言葉に愛も驚いているると、その女性はマスクを下ろして言った。

「あたしだよ、誠《まこと》。いったい何やってたのよ、全然連絡もしないで」

慣れ親しんだ怒り方に、「もしかして……彼女？」と純は戸惑った。愛は何かを言いたそうにしているが、「ごめん」とだけ言って逃げだした。誠は、「ちょっと待ってよ、愛ちゃん」と、持っていた大きなバッグを振りかざして猛然と追いかけていく。しばらくすると、誠が力尽きてへたり込んだ。純が近寄ると、誠は純に愛との関係を訊いてきた。純はホテルで最近知り合ったと答え、反対に勇気を出して愛との関係を誠に訊ねた。

「あなたに話す必要はないと思うんですけど」と、誠は微動だにせず言った。

そんな誠の言葉に腹立たしく思っていると、誠はマスクを上げて、純の臭いをクンクンと嗅ぎ出した。

「あんた、何者？」と誠は不思議そうに言う。そっくりそのまま同じ言葉を返したい純だった。

誠と別れた後、ホテルのラウンジで純は水野と一緒に外国人客と打ち合わせをしていた。純は客と水野の英語を必死に聞き、水野が選んだ楽器はすでに娘が持っているということと、ケーキは当日に並ばないと購入できないが、客は予定があって並べないと言っていることが伝わってきた。娘の要望に応えられないことに落胆している客に、純は思わず声をかけた。

「あの、ケーキの店はあたしが並びます、明日休みだし」

そして、楽器のプレゼントも何か探してくると純は約束した。喜んで部屋に戻っていく客を見ると純もうれしくなった。しかし、富士子は余計なことをすべきではないと、純に釘を刺した。

「あなたがしたのはホテルのサービスじゃない。個人的なただの安請け合いです。もし、アクシデントがあって約束を守れなかったら、結局、うちのホテルが信用を失うことになります」

純は必ず約束を守ると言うと、富士子はサービスはホテルのルールの範囲内でやるべきもので、ホテルはなんでも屋ではないのだから、今すぐ客に断るようにと言い放った。

「あ、あたしはそうやって簡単にあきらめるのはどうかと思うし、桐野さんみたいに冷めた生き方したくないんです」

純が言い残して去ると、富士子の顔がわずかに引きつった。

何がなんでも約束を実現させようと純が息まいて歩いていると、宴会場から誠が出てきた。そこは法科大学院のゼミ研修をやっている会場だった。誠は愛から伝言を預かったと言った。

「もう、あなたに会う気はないそうです、愛ちゃん」と誠は愛からの伝言を伝えた。

唐突な伝言に純が戸惑っていると、誠は愛のことを語りだした。

愛は一流進学校で学び成績もよかったため、親のあとを継いで弁護士になるはずだったのだが、高校を中退して実家にはもう八年も帰っていないという。そして、愛がいなくなったせいで、自分が代わりに司法試験を受けるはめになったと、誠は嘆いた。

純は愛に人と違う能力があるのは、病気で亡くなった双子の弟と関係があるのかと訊ねた。

「どういうこと？　全然聞いてないけど、それは」誠は怪訝そうに言う。

「あ、そうなんだ。じゃ、いいです。完全に信じたわけじゃないんで、あたしも」

そして、誠が愛の妹だと知って、どこかホッとした自分に気がつく純だった。

その晩、純は誠から聞いた愛の携帯電話の番号に電話をかけた。

「もしもし、愛君？　純だけど……狩野純」

電話に出た愛は動揺してすぐ電話を切った。純がすぐさまかけ直そうとすると、そこへ晴海から電話がかかってきた。

「純、明日、お願いね」

快活な晴海の声に、純が「え？　なんの話？」と戸惑っていると、郵便物の中に、那覇生きのチケットがあることに気づいた。純は、明日は用事があるから行けないと晴海に伝える。

「そんな冷たいこと言わないでよ、正のことが心配じゃないの？　あたしも行くから、明日、那覇の空港で待ち合わせしよう、じゃね」と晴海はまた一方的に電話を切った。

その夜、純はなかなか眠れなかった。携帯電話を手に取っては愛に電話するが、毎回留守電だ。発信履歴には「待田愛」の名前がずらっと並んでいる。

（あ～、ストーカーか、あたしは……考えたら、男運悪いんだよな、昔から）

眠れないついでに、余計なことが純の頭の中で甦った。「純ちゃん怖い」「男みたいだよね」と小学校で言われ、「友達でいるほうがいい」と中学校で言われ、高校、大学で一人ずつ付き合ったが、「彼女は俺がいなければダメなんだ。でも、君は一人でも生きていけるから」と、同じ台詞でフラれたことを思い出して純は落ち込んだ。

（やめた、やめた、あんな男。何が人の本性が見えるよ。誰が信じるか、そんなもん）

純は愛への気持ちを振り払うように携帯電話を投げた。すると、水野からメールが届いた。

『お疲れさま。今日はありがとう。お客様のためにあきらめない君の姿を見て、自分はまだまだ甘いと反省しました。俺もプレゼント探すからさ、明日、お客様に喜んでもらえるよう一緒に頑張ろう』

水野のメールに純は頰をゆるませた。水野は自分のことを元気づけてくれる——。

水野と付き合ってみてもいいかもしれない、と純は思った。明日は水野と一緒に頑張ろうと自分に言い聞かせ、那覇行きのチケットを見ないようにして布団を被った。


翌朝、目覚まし時計を止めようと純は手を伸ばすが、いくらスイッチを押しても鳴りやまない。気がつくと鳴っているのは携帯電話だった。純が慌てて携帯電話を取ると、着信表示は「待田愛」だった。やっとかけてきたかと、純は少々怒り気味に電話に出た。

「あ、すいません、寝てました？」と愛は申し訳なさそうに言った。

「何？　昨日、人が散々電話しても全然出なかったくせに」

「あ、すいません……留守電にそちらのメッセージがあまりに膨大な量入っていたので、いろいろ考えを整理する必要があって……」

何度も電話をかけた自分を思い出し、バツが悪いのをごまかしながら要件を聞いた。

「今日は、那覇に行ってください」

純は思わず那覇行きのチケットを見た。なぜ愛が知っているのだろうかと純は頭の中で困惑しながらも、今日は外国の客のために行列のできる店でケーキを買う約束があるから行けないと答えた。愛は、それは自分が代わりに並ぶと言い、楽器のプレゼントも那覇で買えるので早く向かうよう純を促して電話を切った。純は、愛の言葉に従い那覇へ向かった。

「あんたのことだから、必ず来てくれると思った、ありがとうね」

空港で合流した晴海の笑顔は、沖縄の太陽のように明るかった。

「よお、おかえり。大変だな」正の態度はまるで他人事《ひとごと》のようだ。正はタクシーの中で、相手の女性について話しはじめた。

「取り急ぎ大事なポイントを言うと、名前はマリヤっていうフィリピンの人で、那覇のキャバクラで知り合った。美人だし、普段はとってもソフトなんだけど、キレて暴れたり、英語で泣きわめいたりするんで、それだけは予備知識としてインプットしといたほうがいいと思う」

人の顔も見ずに、他人事のようにひょうひょうと語る正に純はあきれかえった。あきれたのはそれだけではなかった。純一人でマリヤを説得することになっていたのだ。純は渋々、マリヤの部屋のチャイムを押した。顔を出したのは、ロングヘアで黒目がちの瞳が美しい女性だった。

「ハロー、アー、ユー、ミスマリヤ？」純は笑顔で言う。

「日本語しゃべれますから。どちら様？」と、マリヤはそっけなく言った。

純が狩野正の名前を出すと、マリヤはいきなりドアを開けて、「帰れ」と純に殴りかかった。

「あんた、正の新しい女でしょ？　言っとくけど、あたしは絶対別れないからね！」

「いやいやいやいや、違う、違う、違う！」

純の必死のガードも虚しく、誤解が解けた頃には純の顔は傷だらけになっていた。

「ごめんなさい、まさか妹さんが来るとは思わなくて……」

マリヤは、部屋で純に謝った。純はマリヤの細くて長い首に光るネックレスのヘッドがずれているのが気になった。部屋を見渡すと、きれいに掃除が行き届いている。この部屋と同じようにマリヤ本人も清潔感に溢れていると純は思った。

マリヤは正に一目惚れだったという。好きになればなるほど、正の気持ちは離れて逃げていくと話した。そして次第にマリヤの語気が強くなる。

「まさか、あんな卑怯な奴とは思わなかった。子どもができたってわかったら、『俺が長男じゃなかったら産んでもいい』とか、『ホントは末っ子に生まれたかった』とか訳のわからないことばっかり言って」

そして、急に英語で何ごとかわめくと、キッチンへ向かい包丁を取り出そうとした。

「ままま、落ち着いて。あんなバカのために死んでもバカバカしいし、ね?」

純が必死に止めると、マリヤはその場に泣き崩れた。

「あたしは正のことをこんなに愛してるのに、今まで一度も『愛している』って言われたことがないのよ……」

純はどう声をかけていいかわからなかった。

外で待っていた正に、逃げ回っていないでマリヤと直接話すべきだと純は訴えた。部屋から出てきたマリヤの前に正が恐る恐る進み出た。

「要するに、俺が言いたいのは……」

「……何？」マリヤはすがるように正を見つめた。

「ほ、本当に俺の子なのかなと思って、その子……」

純があきれたのと同時に、マリヤは正の頬を思い切り叩いた。

「こうなったら、意地でも別れないから。子どもも絶対産む」

と、マリヤは正を突き飛ばし去っていく。慌ててマリヤを追いかける正を、オロオロしながら晴海も追いかけた。正の愚かさ加減に愛想が尽きた純は、正たちとは逆方向に歩き出した。


純は時計と睨めっこしながら、国際通りをものすごい勢いで歩いた。

土産物店の前を通り過ぎると、ふとあるものが目に飛び込み、急いで引き返した。

(あ、竹笛。懐かしい、おじいがよく吹いてたっけ……)

幼い頃、祖父が竹笛を吹いてくれた姿を思い出した。純はプレゼントの楽器は竹笛にしようと思い、竹笛を手に取ってレジへと向かった。「いらっしゃいませ」と振り返った店員は、なんと剛だった。純があきれていると、アルバイトをしていると剛は平然と言った。

一時期は東京に行っていたらしいが、人が多すぎて自分に合わず沖縄に戻ってきたらしい。ノンキすぎるにも程があると思いつつも、純はとにかく竹笛を買うという目的を果たし、剛には晴海が心配しているから連絡だけはするようにと釘を刺した。

「わかってるって。それより、そっちこそなんで那覇にいるわけ？」

剛の問いかけに純は答えられなかった。同時にやっぱり正とマリヤのことが気になり、剛を連れて那覇の繁華街に向かった。

マリヤが勤めるキャバクラのドアを開けると、開店前の店内の片隅で、正と晴海が深刻な顔でマリヤと話していた。「ごめんなさいね、本当にごめんね」と頭を何度も下げて謝っている晴海の姿を見た純は、結局、晴海もマリヤに別れてほしいのかと落胆した。正は泣いている晴海を横目で見ながら無責任な言葉を口にする。

「母をこれ以上苦しめたくないし、時間的にもリミットだし、今回はリセットするしか……」

そう言って、正はマリヤのずれているネックレスを直した。

「あたしは、あなたを愛してるの。あなたの子どもだから産みたいの」

マリヤにまっすぐに見つめられると、正は言葉を失った。純の存在に気づいた晴海は、なんとか言ってほしいとでもいうように純にすがった。マリヤの視線が痛いほど刺さる。

「あたしは……マリヤさんのほうが正しいと――」と、純が言いかけた瞬間、店のドアが開いた。

一同が開いたドアのほうを見ると、善行がゆっくりと中に入ってきた。

「お父さん、なんでここに?」晴海は動揺を隠しながら言う。

「ちょっと用があって那覇に来たら、偶然お前らがここに入っていくのを見かけたんや」

苦し紛れの言い訳をすると、善行は純と剛が那覇にいる理由を問い詰めた。晴海が、純にマリヤと話をするよう頼んだと説明する。善行は純を一瞥すると、マリヤに近づいた。善行は迫力たっぷりの面持ちでマリヤの前に立つと、途端に営業スマイルになった。

「申し訳ありませんね、うちのアホな息子がご迷惑をおかけして。すべては父親のわたくしの不徳の致すところで……あ、わかりますか? 不徳の致すところって」

そして、善行はマリヤに言い聞かせるように、アホな息子でも長男の正は、将来ホテルを継いで社長にならなければならないのだと話した。

「そんなわけなんで、申し訳ないが、あなたと結婚するのはどうしても無理なんです。それで、おわびと言ってはなんですが……」と、善行はマリヤに封筒を渡した。

「なんですか？　これ？」とマリヤが封筒の中を見ると金が入っている。マリヤが驚いて善行を見ると、晴海や正も善行を見た。

（もしかして、手切れ金？　うわ、最悪や～）

純がマリヤを見ると、マリヤはただ封筒に入った金を見つめている。善行が誠意だと思って受け取ってほしいと言うと、マリヤはわずかに怒りの表情を浮かべた。

「お怒りはごもっともですが、なんとか許していただけませんか。それだけあれば、病院に行っても足りないことはないと思うんで」

マリヤが何かを訴えるように正を見つめると、正は目を伏せた。

「ごめん、マインド的には君の希望を叶えたいんだけど、ぼくのポジションを考えると、ベストじゃないけどベターな選択かなと……」

正の言い分に純は怒り爆発寸前で堪えていたが、「ごめんなさいね」と頭を下げる晴海を見て、ついに純は我慢できなくなり、善行に食ってかかった。

「ちょっと待ってよ、そのお金で子ども堕ろせってこと？」

「そんなことは言ってないだろうが」

純を煙たく思った善行は、これは問題の解決策を提示しているのだと言い放った。

「何言ってんの、こんなの解決じゃなくて、問題の放棄じゃない」

純はマリヤから封筒を奪って善行に叩き返した。善行は、家を出ていった人間が家族のことに口出しをするなと言い、純は、善行が経営者としても失格だと罵《ののし》った。

「悪いのは全部お兄ちゃんじゃない。社長だったら、社員をまず怒って責任取らせるのが先でしょ。それなのに、マリヤさんにこんな失礼なことして、汚名挽回《おめいばんかい》でもしたつもり？」

「おい、無礼という言葉を辞書で引いてみい、お前の写真が載ってるわ。それにな、汚名は挽回するもんやない、返上するもんや。そんなことも知らんのか、アホタレ」

二人の罵り合いを晴海が必死に止めた。純が、善行の言いなりになる必要はないと晴海に向かって言うと、それを聞いた善行は、純がこうなったのは晴海の教育が悪いからだと言いだした。とばっちりを受けた晴海が「すみません」と謝る。純はいっそう晴海が気の毒になり、謝る必要はひとつもないと言った。黙って見ていた剛も、この時ばかりは「そうだ、そうだ」と純に加担した。すると善行は、怒りの矛先を剛に向けた。

「お前はなんで那覇にいるんや？　世界に宮古のすばらしさを訴えるとか大言壮語《たいげんそうご》を吐いたくせに」

「まあまあ、要するに、みんなファミリーとして俺のことを心配してくれてるだけだし……」

今度は正が止めに入ったが、傍観者のように言う正に腹を立て、純は詰め寄った。

「お兄ちゃんは、マリヤさんを愛してるの、愛してないの？」

何よりも一番大切なのは正の気持ちだと思った。それでも煮え切らない態度の正に怒りをぶつけると、正は純に偉そうにするなと言う。頭にきた純は、こんな奴らは放っておいてマリヤの好きなようにすればいいと言うと、マリヤは静かに立ち上がり善行に手を差し出した。

「お金をください」

一同が驚いている中、マリヤは善行が差し出す封筒を受け取り、正の前に立った。

「安心してください、子どもは堕ろします。あなたとも二度と会いませんから」

静かに出口に向かうマリヤに、正はかける言葉が見つからなかった。晴海はひたすら謝り、剛もただ見つめるしかない。純がどうにかできないかと焦っていると、善行がつぶやいた。

「涙ひとつも流さへんのやな、あの女……」

純は善行を睨みつけ、マリヤの後を追った。

「本当にこれでいいの？　お金が目的だって誤解されるわよ」

純はマリヤの背中に問いかけた。その瞬間、マリヤが振り返ると、その目には涙が溢れている。

「あんたのせいよ。あんたが余計なことするから、正と別れることになった……あんたのせいで、あたしは一人ぼっちになった」

そう言って純を睨みつけるマリヤ。純は必死に言葉を探した。

「信じて、あたしは、あなたのためを思って――」

「あたしは！　家族のことを大切にしない人間は信じない」

マリヤは純に金を叩きつけて去っていった。純はどうすることもできずその場に立ち尽くした。

純がマリヤの後ろ姿を見つめていると、善行が純の前にやってきた。

「お前のような人間をなんていうか知ってるか？　目が高くて、手が低いと書いて、眼高手低《がんこうしゅてい》というんだ。どうせ知らんやろうから教えといたる。批判するのは一人前やが、実際には何もできんちゅうこっちゃ」

この時ばかりは純も反論できなかった。

夜の那覇空港のベンチに、純は力なく座り込んでいた。例のごとく「うれしいひなまつり」が頭の中を駆け巡り、なんとか他のことを考えようとした時、愛から電話がかかってきた。純は孤独から解放されたかのように、喜々として電話に出た。

「あの、例のケーキ、ゲットしました」

「ホント？　よかった。ありがとう」

愛の言葉に安心して、純は体が温まるのを感じた。竹笛の包みを手に、楽器のプレゼントも用意できたことを伝えた。その時、フライトを案内するアナウンスが聞こえてきた。

「関西方面の飛行機をお待ちのお客様にご案内申し上げます。関西付近、強風のため、本日の便はすべて欠航させていただきます」

純は耳を疑った。「もしもし、どうしたんですか？」という愛の問いかけも聞こえないくらい絶望的な気持ちになった。


「じゃ、どうすんの？　お客様のリクエストに応えるって約束したのは君なんだよ」

それは水野の言うとおりだった。純は電話口で、楽器のプレゼントとして竹笛を買ったことと、ケーキは愛が並んで買ってくれたので、すぐに届けられることを伝えた。

しかし、それがさらに水野の機嫌を損ねた。純の沖縄行きを愛だけが知っていたことが気に入らないのだ。純は慌てて客には自分から連絡してわびを言いたいと申し出た。

「君はもう余計なことしなくていいから」

水野はそう言って電話を切ってしまい、また孤独の波に押しつぶされそうになる純だった。

翌日。外国人客には約束を守れなかったおわびとして、水野と富士子が部屋をグレードアップし、花束をプレゼントしたということだった。純は富士子に迷惑をかけたことを丁寧に謝ると、富士子は冷めた目で純を見た。

「あなたが約束を破ったお客様は、帰りの車に乗るまでずっとおっしゃってたわよ、なぜあなたは現れないんだって」

そして、最後に信じていた純の顔を見たかったと言っていたと告げ、軽蔑するように富士子は去っていった。純は何も言い返すことができなかった。

昼休み、従業員食堂にいた水野に、純は昨日のことを平謝りした。水野は飛行機が飛ばなかったのは仕方がないし、客に喜んでほしいという純の気持ちは伝わっているはずだと純を慰めた。

予想していなかった優しい言葉に純は胸をなで下ろした。

「トルストイはこう言ったんだ。この世にいるのは不完全な男と不完全な女だけだって」

首を傾げている純に、水野は落ち込んでいる純を慰めたいと言って、夜の食事に誘った。純はとろける笑顔に一瞬惑わされたが、愛の言葉を思い出した。

——彼はあなたとエッチなことをしたいだけで……。

純は水野を見つめ、確かめるような質問をした。

「もし、あたしに子どもできたら、どうします？」

「随分いきなりだね……」と、さすがの水野も戸惑った。

純は兄の正の一件を話し、正の対応が実にみっともなく、男のエゴ丸出しだったと話した。

「あたしが産みたい」と言ったら、水野だったらどうするかと再び訊ねた。

「なるほど……よくわかったよ、君の気持ちは」

水野は、付き合う気がないならはっきり言えばいいと怒り出した。

「でもなんで君は、そうやっていつも人を不愉快な気持ちにさせるのかな？　俺が何か悪いことしたかな？」

怒って去っていく水野の姿を、ため息交じりに見送るしかない純だった。

ホテルの廊下を純は意気消沈して歩いた。ふと見ると、大先が小太りな女性と部屋に入ろうとしている。純の姿に気づいた大先は声をかけた。

「今の君に必要なのは……愛だな。純粋に生きる人間には、愛の支えが必要だってことだよ」

ニッコリほほ笑み、大先は部屋に消えていった。愛の支え……。純の頭の中でリフレインされて、携帯電話の「待田愛」の通話履歴を見つめた。純は愛に電話をしようとしてやめた。

ベルキャプテンデスクで純が仕事をしていると、いつの間にかチェックアウトした誠がマスクをして立っていた。純に挨拶し、立ち去ろうとする誠に純は声をかけた。

「あの、お兄さんのこと許してあげてください。あいつ、家を出てからずっと苦しんでるんです」

「…どういうこと？」誠は不思議そうに純を見つめた。

純は、自分もすべてを信じた訳ではないが、愛は人の顔を見ると本性が見えてしまうらしく、それでいつもうつむいているしかないのだと話した。誠は純を見つめながら返した。

「兄に伝えてもらえますか、苦しんでるのは、自分だけじゃないって」

そして、誠も愛が家を出ていった頃から、他人がすごく臭うようになって、どこに行っても臭くてたまらないのだと告白した。しかし、純はなぜかあんまり臭くなかったと言い、誠はマスクを下ろし、純の臭いを嗅ぎ出した。

「でも、今日はちょっと臭うかも……」と慌ててマスクをして、誠は去っていった。

仕事帰り、純は愛に電話した。しかし、留守番電話にメッセージを入れることしかできなかった。いったい自分は何をやっているんだろうと情けない気分になり、役に立たなかった竹笛を取り出しながら純は思った――傷まで作って、みんなも怒らせて。どいつもこいつも、人の気も知らないで勝手なこと言うし……こうなったら今後一切口にチャックして、おとなしくジーッとしてればいいんだ――。そんなやさぐれた気持ちで愛チャリにまたがると、タイヤがパンクしている。情けなさが倍増し、純は地べたにへたり込んだ。

心の底から愛に会いたいという思いが湧き出した。すると、「ここにいます」と声が聞こえる。純が驚いて振り返ると、そこには愛が立っていた。

「ちょっと、何やってたのよ、連絡よこさないで」純は愛を見据えて言った。

愛は、水野が受け取ってくれなかったケーキを一人で全部食べたら、腹をこわしてしまい、おまけに雨に濡れて風邪をひいて寝込んでいたと話した。純は話している間も、自分の顔を見ないでうつむいている愛が気になった。

「ねえ、なんであたしを見ないの？　もしかして、今、あたしの本性が見えてるとか？」

うつむいたままの愛に、今の自分がどう見えているか正直に言ってほしいと頼むと、愛はゆっくりと純の顔を見た。

「いっぱい顔がある仏像みたいに、顔のまわりにいろいろな別の顔が現れてます。泣いてるとか、怒ってるとか、やけになって笑ってるのが……」

「嘘……」純は空恐ろしくなった。

「あ、でも、信じる信じないは自由っていうか、やっぱり信じないほうがいいです。普通に考えれば、こういう会話をすること自体変だし、僕みたいな人間と係わらないほうがあなたのためだし、純っていう人間が不幸になるのはもう見たくないし」

愛が「それでは、これで」と去ろうとするのを、「ちょっと待ってよ！」と純が止めると、愛はビクッと立ち止まった。

「いい機会だし、もう一人の純さんについて教えてもらおうじゃないの」

純が「何かおごって」と言い、愛チャリを押して歩き出すと、愛も後についてきた。

沖縄料理店に入ってひとしきり食事をした後、愛が意を決して話しだそうとすると、純の携帯電話に正から電話がかかってきた。正はマリヤのことが心配だと話した。

「まさか自殺したりしないよな？　いくらメールしても返信ないから、店に電話したらもう辞めたとか言われて」

「今さら何言ってんの？　手切れ金渡して、別れようとしたくせに」

純があきれて言うと、すべては善行の考えで自分の意志ではないと正は言った。だったらそれをマリヤに自分で話すべきだと純が言うと、正は純からコンタクトを取ってくれと頼んだ。

「なあ、頼むよ、お前しかいないんだよ、頼れるのは。いいか、電話番号言うぞ」

「ちょちょちょ、待ってよ。そんなこと言われても、書くもんないし」

そう純が言った瞬間、愛がペンを差し出した。不意をつかれ、仕方なくマリヤの電話番号を純は書きとめた。面倒くさいと思いつつ、マリヤに電話すると留守番電話だった。純はよそいきの声で、兄の正が心配しているとメッセージを残した。

電話を切り、落ち込んだ気持ちをビールと一緒に飲み干す。そんな純の姿を愛が苦笑しながら見つめると、純は「……何？」と聞き返した。

「あ、いえ。顔が元に戻ってきたんで、うれしくて」と愛は答えた。

純は照れくさいのをごまかすように料理に手をつけた。気持ちが和やかになった愛は、〝もう一人の純〟のことを話そうとするが、また、純の携帯電話が鳴った。今度は千香からだった。

「実はあたし、今、水野さんの家にいるんです」と、意気揚々とした声だ。

純は千香が何を言いたのかわからなかった。

「そういうことなんで、もう水野さんに色目使うのやめてくださいね」

「は？　あたしは別に色目なんか……」純は困惑した。

すると、水野がシャワーから出てきたからと言って、千香は慌てて電話を切った。

純は、プープーという音を聞きながら、一人で憤慨した。興奮してビールを飲み干す純を、愛は心配そうに見つめた。純の顔がブレだしている。

「あたしはさ、まわりの人の幸せを願ってるっちゅうと嘘っぽいけどさ。せめて、みんなに笑ってほしいわけよ。それのどこがいけないの？　なんでやればやるほど裏目に出て、みんなに嫌われちゃうわけ？　ちゅうか、あたしも自分が嫌いになっちゃいそうだよ。こんなの買ってもさ、全然吹けないし」

純は竹笛を吹こうとしても全然音が出なかった。愛は、投げやりになる純の顔がますますブレていくので、見ているのが辛かった。愛は竹笛をそっと手に取ると静かに吹き始めた。懐かしい音色が店内に響き渡り、純はみごとな音色に驚いた。その音色は祖父を思い出させ、心を和ませてくれる。いつの間にか店中の人々から注目され、愛は竹笛を吹くのをやめた。

純が竹笛を吹いたことがあるのかと愛に訊ねると、愛はなんとなくこんな感じかなと思って吹いてみたと答えた。純は本当に不思議な人だと思い、愛を見つめた。

「僕は、好きです」

愛の言葉に胸がドキッとする純。

「あ、いや、だから、純さんが他の人たちの幸せを願ってやる選択っていうか、決断が……」

愛はシドロモドロに、純のやっていることは絶対に人が喜ぶような結果になるはずだと言った。

「何を根拠にそんなこと言うわけ？」

「根拠はないけど、感じるんです。もし、あなたがみんなに嫌われるのを恐れて、何もやらなくなったら、さびしいんです。何か応援したいんです。あなたは誰よりも人のことが好きで、一生懸命頑張ってるから」

そんな愛の言葉を、純は全然わからないと言いながらも、心が温かくなっていくのを感じ、うれしそうに料理を食べた。純の顔が元どおりになったことがうれしくて、愛もすごい勢いで料理を食べだした。

愛は酔っぱらった純を家まで送った。純の家の前で、壊していた腹が痛くなった。

「トイレ貸してもらえませんか。実はさっきからまたお腹が痛くて……あ、ヤバい」

情けなく腹を押さえる愛を、純はトイレに押し込んだ。冷静になって自分の部屋を見ると、ひどく散らかっている。慌てて片づけていると、やけに静かなトイレが気になった。トイレのドアに向かい「ちょっと、大丈夫？」と声をかけても中から反応はない。しばらくして声がした。

「すいません、できれば、このままで聞いてもらえませんか？」

愛はトイレのドア越しに、弟の純のことを語りだした。

弟の純は子どもの頃から身体が弱くて入退院を繰り返していた。高校生の時に、白血病で二年以内に骨髄《こつずい》移植をしないと治らないと言われたが、二卵性だった愛も、家族も適合しなかったため、ずっとドナーを待ち続け苦しんで死んでいった――。純に比べて愛は、健康で勉強も運動も人並み以上にできて、まるで弟が持っていた能力を全部横取りしたようだったと――。

辛そうな声の愛の話を純は黙って聞いていた。愛の話は続いた。

「純はそんな恨み言ひとつ言わずに、いつも明るく接してくれてたんですけど、死ぬ間際に初めて僕を責めました。『なぜ、自分が死ななきゃいけないんだ？　なぜ、お前じゃないんだ？』って……そしたら、葬式の時、母の顔が鬼のように見えはじめたんです。父の顔は能面で、妹も泣き叫んでました。なぜ双子なのにお前が適合しないんだ、どうして弟を見殺しにしたんだって」

純は胸が苦しくなった。愛は初めは幻覚だと思っていたが、家族の顔はそれからも一緒だったので、見ているのが辛くて家を出たと言った。そして、純と出会った時、人の顔をまともに見られたのは八年ぶりで、しかも、名前が「純」ということで、運命を感じたのだと言った。

「でも、この前、あなたに抱きつかれた時、弟の顔が現れたんです。お前といると、彼女が不幸になるぞ、俺みたいにって。だから……」

「あたしのこと突き飛ばして、会うのもやめようと思ったわけね？」

「すいません」と小さく声がした。

純は祖父の魔法の国の写真を見つめた。そしてトイレに向かって叫んだ。

「いい加減出てきたら？　出すもの全部出したんでしょ、もう？」

トイレから出てきた愛を純は見つめた。

「今、あたしはどう見える？」

「……いつもの純さんです」

「ねえ、あんたが人の本性が見えるのを信じる信じないは、あたしの自由だって言ったよね？じゃ、あたしは……あんたを信じる」

「え？」

驚いている愛を純はまっすぐに見つめた。

「誰がなんと言おうと、誰になんと思われようと、あたしはそう決めた」

愛の目から涙が溢れ出た。純は、もう勝手に消えたりしないと約束するよう愛に迫った。

「あたしは、あんたのことが必要みたい。だから……あたしと付き合ってください」

愛は涙が止まらなった。純はうつむく愛を優しく見つめた。

そして、愛に触れようと、恐る恐る手を伸ばした──。

第4章

ねむりひめ

溢れる涙で溶けてしまいそうな愛に、純が優しく触れようとした瞬間——。

「いいんですか?」顔を伏せたままの愛の声がする。

「……え?」思わず、純は手を止めた。

「本当に、ぼくみたいな奴でいいんですか?」

あらためて言われると心の奥で少し躊躇する自分がいる。しかし、気持ちに嘘はない。顔を上げて純を見つめる愛を、純は自分の心がブレないようにまっすぐ見つめた。

「あんたじゃなきゃダメなの。あたしがダメになりそうになったら、また言ってほしいし……」

二人の視線が重なると、愛は「わかりました」と言った。純は、まっすぐに自分を見つめる愛の視線に胸が高まった。キスを期待した純は目を閉じた。

「じゃあ、しばらく保留にしてもらえますか?」

「……え? え? なんて言った、今?」純は思いっきり目を開いた。

愛は恋愛経験が一度しかない自分と付き合うと、純が後悔するかもしれないと思ったのだ。

「とりあえず、仮契約というか、お試し期間というか、純さんがやっぱり無理だと思ったら、いつでもやめられるようにしといたほうが……」

「いやいやいや、通信販売じゃないんだからさ。それに、結構勇気いったんだからね、女から告白するの」思わず本音を口にする純。

「すいません、今日はなんとかそれでお願いします。おやすみなさい」と頭を下げ、愛は帰っていく。純は予想外の展開に少々先が思いやられた。


ある日の夜。純がベルキャプテンデスクで荷物に札をつけていると、水野が食事に誘ってきた。先日の〝子どもができたらどうするか〟の質問に答えたいと言う。

「あ、いや、それでしたら、もう……それに、あの、あたし、付き合ってる人がいるんです」


その答えに水野は面食らい、その相手が愛だとわかるとショックを受けた。純がふと見ると、千香が恐い顔でこちらを睨んでいるのが見えた。

「それに、水野さんは、千香ちゃんと付き合ってるんでしょ?」と純は確信をもって言う。

「え？　誰がそんなこと……」水野は狼狽した。


純は千香が水野の家から電話をかけてきたことを話し、「千香ちゃんを大切にしてください」と言って去ると、その姿を水野は悔しそうに見送った。

これで心おきなくデートができる——。翌日、純は愛と心斎橋《しんさいばし》で待ち合わせをした。たくさんの人々が行き交う中、うつむいて待っている愛に、純は息せき切って駆け寄り、遅刻したことを謝った。

「別に大丈夫です、純さんの顔を見られたんで」と愛は純の顔を見てホッとする。

純は愛の言葉がうれしくて照れた。人並みのカップルのようにまずは食事に行こうと純が歩きだすと、愛は純の背中に顔をつけるようについていく。

「ちょちょちょ、何やってるの？」と純が振り向きながら言うとすぐ目の前に愛の顔がある。

「すいません、こうしてるほうが余計なものが目に入らないんで……」

気持ちはわかるが、歩きにくいし、デートの雰囲気がまるでない。純はさっと愛の横に並び、腕を組んだ。

「こうすれば下向いてても大丈夫でしょ。付き合ってるっぽいし」

純は、食べ放題の焼肉レストランを選んだ。純が美味しそうに肉を頬張っていると愛が肉を焼き、皿に肉がなくなれば、すぐにおかわりを取ってくる。至れり尽くせりだった。

「ねえ、一回だけ女の人と付き合ったとか言ってたけど、どんな人なの？」

「高校の同級生なんですけど、弟が死んで、すぐ別れました」

相手の本性は食事中に話さないほうがいいと愛は言う。店員に「お肉のおかわりお持ちしましょうか」と声をかけられただけでもうつむいてしまう愛が気の毒になり、早々に店を出て動物園に向かった。動物園での愛は活き活きとしていた。

「動物は大丈夫なんだ？」純はゴリラを見てニコニコしている愛に訊ねた。

「基本的に裏はないみたいなんで」

すぐそばでは、父親と幼い女の子が楽しそうに見ている。純は父子を見つめながら、自分が幼い頃、父親とこの動物園に来て迷子になったことを思い出した。

その時、純は動物を見るのに夢中になっていて、善行とはぐれたことに気づいていなかった。しかし、純を見つけた善行は、鬼のような形相で純に駆け寄り、「二度と離れるな」と手をつかんで家までずっと手を握りっぱなしだった。

「もう手は痛いし、鼻の穴広げて興奮してるから不気味でさ、父親の顔が。しかも、近頃その夢をよく見るんだよね」

それを聞いた愛は穏やかに答えた。

「それはきっと……お父さんに愛されてるって感じたんですよ、その時」

純は、善行に限ってそんなわけがないと断言した。その時、純の携帯電話に正から電話がかかってきた。電話に出るのをためらっていると、「きっと頼りにしているんですよ」と愛に言われ、気を取り直して電話に出た。

正は善行に勧められて、那覇の旅行代理店の社長の娘と見合いをすることになったと話した。

（あ〜、まさにあのクソオヤジのやり方だ。根本的なことは何も解決しないで、間違った方法で表面を取り繕おうとする）

純が腹立たしく思っていると、正がもう一回マリヤと話したいから連絡を取ってほしいと言う。

「気になるんなら、この前ちゃんと引き止めりゃよかったでしょ？　子どもも産んでくれって」

「だから、そのこともインクルードして、話し合いたいんだよ。なあ、頼むよ。お前だけが頼りなんだからさ」

そう言って一方的に正は電話を切った。結局、純はマリヤに電話をすることになった。

留守電であることを期待していると、「もしもし……」とマリヤの声がした。純が慌てて正からの伝言を話そうとすると、「聞きたくありません」とぴしゃりと言われる。

「それより、こっちの伝言伝えてもらえますか？　店も辞めたし、マンションも引っ越したし、この電話も解約するんで、もう連絡しようとしても無駄です、さようならと」

「いやいやいや、ちょっと待ってください、今どこですか？」と純が動揺していると、マリヤは電話を切った。その時、マリヤは産婦人科の前にいたのだった。


その夜、デートの終わりに愛は純を家まで送った。

「ありがとう。今日は楽しかったね」と言うと、愛は、「じゃ、おやすみなさい」とあっさり帰ろうとする。驚いて思わずどこに住んでいるのか訊ねると、ネットカフェに寝泊まりしているという。八年前から、似たようなところを転々としていると聞き、純は気が気でなかった。

「じゃあ、今日は家寄ってけば？」

自分から誘ってしまったことでドキドキしていると、「あ、やっぱり今日は帰ります」と答える愛。「せめて、チューぐらいしようとか思わないわけ？」と思っていると、その声が聞こえたかのように愛は純の肩を抱いた。愛の唇が近づいてくるのを待つが、いつまでたっても唇が触れない。思わず愛を見ると、背後のガラスに映った自分の顔を見て凍りついていた。

「……ねえ、何が見えてるの？」純は恐る恐る訊ねた。

「自分の本性のようでもあり、死んだ弟の顔でもあるようなものが……」

「何か言ってるの、その顔？」

「なんでお前が生きている？　お前が死ねばよかったんだって」

衝撃的な言葉だった。純が固まっていると、「頭が痛くなってきたんで、帰ります」と愛は逃げるように去っていった。純は呆然と見送り、自分たちの行く末を案じた。

朝方、純は昨夜の愛の夢を見た。辛そうな愛の顔を思い出すと胸が苦しくなり、同時に、愛を笑顔にできるかどうか不安を覚えた。

純はその日、ホテルで夫婦と幼い兄弟の四人家族を案内した。せっかくの家族旅行にもかかわらず、夫婦仲が険悪で、子どもたちは言うことを聞かず部屋で暴れてばかりいる。兄に至っては、ロビーの壁にクレヨンで落書きする始末だ。〝トラブル一家〟の様子について愛に電話で愚痴をこぼしていると、水野から、千香と愛と四人で食事をしようと誘われる。純は戸惑ったが、愛と付き合っていることをちゃんと報告するにはいい機会だと思い、了承した。

イタリアンレストランで四人はテーブルを囲んだ。食事が運ばれるとすぐに食べだす純を横目に、千香は水野に食事を取り分ける。

「千香ちゃんは結婚したら、きっといい奥さんになるね」と純は食べながら言う。

「やめてくださいよ、あたしは、水野さんこそすてきな旦那さんになると思うな。優しいし、いろいろなこと知ってるし。この前もすごくいいこと言ってくれたんですよね。トルストイの言葉で、『この世には、不完全な男と、不完全な女しかいない』って」

誰にでも同じことを言っていると知り、純はあきれたように水野を見た。慌てた水野は、純と愛のお祝いをしようと言い出す。千香が愛に、純のどこが好きなのかと訊ねると、愛は千香を見た途端、顔を伏せてトイレに立った。

愛が見た千香の本性について純が想像していると、水野は千香に煙草を買ってくるように頼む。千香が出ていくのを確認すると、水野は話し出した。

「誤解してるかもしれないけど、彼女とはただの友達だから」

千香のいない間に言い訳をする水野に、純は嫌な感じを抱いた。千香は水野のことが本当に好きだし、似合いだと言うと、水野は逆に、愛のどこがよくて付き合っているのかと純に訊ねた。

「それは、その……」答えに迷っている純に、水野は追い打ちをかけるように、愛は学生時代から挙動不審でクラスで浮いていたと悪口を言い始める。

「水野さんは、あいつの辛さとか知らないから」

純はできることなら愛の苦しみを水野に教えてやりたいと思うのだった。


水野たちと別れた後、純のマンションの前で二人は立ち止まった。

「ごめんね、なんか疲れたでしょ」

首を横に振りつつも辛そうに顔をしかめる愛を見て、純は心配で仕方がない。

「あたしに何かできないかな？　そういうのが見えなくなるように」

愛は、鏡を極力見ない生活をして、純がそのままでいてくれれば大丈夫だと言う。

「ぼくは、こうやって純さんを見ているだけで、幸せだし」

愛に見つめられて純はときめいた。

「ねえ、それって、あたしを好きってことだよね？　だって、まだ一度も言ってもらったことないから、そういう愛の告白的なこと」

愛は懸命に愛の告白をしようとするが、なかなかはっきり言えない。

「あ、いや、すいません、どうもこういうシチュエーションに慣れてないもんで。代わりにと言ってはなんですが、この前のリベンジしていいですか？」

リベンジとは〝初チュー〟のことだ。純は目を閉じようとするが、先日のように鏡のようなものがあるかどうか気になった。落ち着かないので、二人は純の部屋に入ることにした。

純は自分の家なのに、ドアを開ける手が震えてしまった。愛も緊張していた。

「あ〜、ごめん。部屋汚れてるから、ちょっと待ってくれる？」

愛がうつむいてる間に、鏡に布をかぶせ、ガラス窓のカーテンを閉め、部屋中を片付けてチェックする。「これでよしと」と心の中でＯＫを出して、純は愛と向き合った。

「じゃ、やりにくいでしょうが、あらためて」小さく息を切らす純。

「あ、はい、よろしくお願いします」

目を閉じる純に愛がキスしようとし、二人の唇が触れようとした瞬間、愛の携帯電話が鳴った。着信名を見て愛の顔はみるみる青ざめていく。その様子が気になり「誰から？」と純が訊ねると、父親の謙次《けんじ》からだと答え、電話には出ないと言う。

「八年も会ってないんでしょ？　絶対心配してるよ。それに、家族と会えば本性が見える問題とかも解決するかもしれないし」

純は電話に出るよう促し、携帯電話を奪おうとするが、愛は勘弁してほしいと抵抗する。

「早くしないと、切れちゃうよ」

純が言った瞬間、愛がキレたように「すいませんけど！」と大声を出した。純が驚いていると、

「家族には、もう会わないって決めたんです」と、愛は逃げるように帰ってしまった。

一人取り残された純は、魔法の国の写真を切なく見つめた。


翌日、純が客室前の廊下を通り過ぎると、例のトラブル一家の母親が、具合の悪そうな弟を抱えながら携帯電話で話していた。イライラしている様子を見ると、どうやら夫に電話をしているようだ。純は〝触らぬ神に祟りなし〟と通り過ぎようと思ったが、やはり放ってはおけず、「何かお困りですか」と声をかけた。母親は弟が熱を出したので病院に連れていく間、兄の面倒を見てほしいと言う。純がそれを引き受けると、兄は反抗的な顔で純を見た。

兄は純の存在などお構いなしで、荷物をひっくり返したり、壁にクレヨンで落書きをした。

しばらくして、トラブル一家の兄の子守りも終わり通常の業務に戻ると、富士子に声をかけられた。例の一家の母親が、指輪がなくなったと騒いでいると言う。

富士子に連れられて、客室へ行くと、母親が純に向かって「あなたが盗《と》ったんじゃないの？」とまくしたてた。

「え？　ちょっと待ってください。なんであたしが？」純は困惑した。

「あたしが留守の間にこの部屋に入ったのはあなただけだし、荷物にも触ったでしょ？　詰め方が違うからわかるのよ」

純は兄が荷物をひっくり返したので詰め直したと言うと、子どもはそんなことはしていないと言い張った。兄に「ひっくり返したよね？」と確認するが、兄は無視を決め込んでいる。

「ちょっと、うちの子が嘘ついてるって言いたいの？」と母親がすごんだ。

それでも純が反論しようとすると、富士子が純の腕をつかんで制した。

「申し訳ございませんが、見つけにくいところに落ちている可能性もございますので、お部屋を探させていただけますでしょうか?」と富士子が丁寧に頭を下げた。

純と富士子は、ベッドのシーツを取り、ベッドをずらして確認したり、ゴミ箱のゴミを出して見たり、部屋中をひっくり返して探した。

「あの、信じてください、あたしは、絶対盗ってませんから」

純は、手際よく作業している富士子に、おそらく兄がやったんだと思うと訴えた。

「無駄口叩いてる暇あったら客室係に連絡して、ここのフロアのゴミを全部調べてもらって。それから、今日替えたシーツに混ざってる可能性があるから、リネン室に洗濯止めるよう言って」

純は各部署に連絡した後、富士子と一緒に母親が出向いた可能性のあるレストランやショップなどすべてを探したが、指輪は出てこなかった。その旨を母親に伝えると、やはり純の仕業だと言い、身体検査を求め、ロッカー室も調べてほしいと富士子に迫った。

「当ホテルの従業員は、決してお客様のものを盗んだりいたしません」

そう断言する富士子を、純は驚いて見つめた。富士子は、貴重品は富士子の勢いに圧倒されるが、負けじと

「じゃあ、弁償してよ」と言い始めた。富士子は、貴重品はセーフティーボックスに入れて客が自分で管理することをお願いしていると説明したうえで、最後に付け加えた。

「どうしてもお疑いになるなら、警察に被害届を出していただくしかありません」

「わかった、そうするわ」母親が興奮して電話をかけようとすると、夫が落ち着くようにと止める。それに腹を立て「あなたも何とか言いなさいよ」と母親が反論すると、今度は弟がまた泣き

だした。その騒ぎを兄がニヤニヤしながら見ている。

純は兄が犯人だと思った。純は母親に、子どもにも確認してほしいと言うと、富士子が制した。純は富士子と二人きりになり、兄の仕業だと思わないのかと訴えると、富士子もそう思うと言いながらも、純に苦言を呈した。

「刑事にでもなったつもり、あなた？　わたしたちにできるのは、指輪を探すお手伝いをすることで、犯人探しじゃないの。それに、あの子を問い詰めて、いったい誰が笑顔になるの？」

純は言葉を返せなかった。頭の中では「うれしいひなまつり」が駆け巡った。


始末書を書きながら自宅のテーブルで突っ伏して寝ていた純は、よだれでしわくちゃになった下書きを捨てながら、ふと、鏡で自分の顔を見てみた。情けない顔だった。愛の声が聞きたくなり電話をしてみる。愛はネットカフェにおり、パソコンで職探しをしていた。

「人の顔を見なくていい仕事って、なんだろう？　図書館？　研究所か何か？　作家？　画家？　動物園？　灯台守なんかどう？」純は自分もパソコンを立ち上げ、協力しようとした。

「いちおう、みんな今までやったことあるんですけど……」

かといって、パソコンの前に座っているだけの仕事では、インターネットで繋がっている世界中の人間の悪意のようなものが押し寄せ、頭が破裂しそうになるという。純は歯がゆかった。

「わからないんです、自分が本当は何をしたいのか……なんのために生きてるのか」

純は愛の八年間の苦しみが胸に刺さった。それでも愛は自分のことよりも、純が落ち込んでいることが気になっていた。愛が察して訊ねても、純ははっきりと答えなかった。

「遠慮しないで言ってください。声でわかりますから、それくらい」

愛には嘘はつけないと思う純だった。

翌日。どうしても納得できない純は、愛にトラブル一家の兄の本性を見てもらうことにした。

朝食を済ませレストランから出てきたところで、愛は兄をじっと見た。

「……指輪はあの子が持ってます」

純が「やっぱり？」と思った瞬間、弟のほうが泣き始めた。母親があやし始めた次の瞬間、愛は猛然と兄のほうへ飛んでいった。そして、いきなり兄の頬を叩いた。

純があっけに取られている一方、兄も何が起きているのかわからない顔で突っ立っている。愛は兄の襟首をつかみ叫んだ。

「おい、いいか？　二度と、弟に『死ね』なんて言うんじゃない！」

驚きの表情で愛を見上げる兄に、親に隠れて弟をいじめ、腕を思い切りつねったことを愛は責め立てた。いい加減にしろと父親が騒ぎだし、純は愛を止めようと駆け寄る。愛はおびえている兄のポケットをまさぐり、指輪を取りだして床に叩きつけた。兄は恐怖で泣きだし、純や両親はあ然としてどうすることもできない。そこに水野が飛んできて、愛を連れ出そうとする。

「泣いたって騙されないぞ。いいか？　今後一切、弟に八つ当たりして、死ねとか思うんじゃねえぞ。本当に死なれたら、お前がどれだけ後悔するかわかってんのか？　どれだけ辛い思いするか教えてやろうか⁉」

純は愛の心の叫びを聞いた気がした。呆然としている純に水野が手伝うように促した。愛は二人に引っ張られながらも叫んだ。

「いいか？　俺には見えてるからな、お前の本性が！」

純は胸が苦しくなりながら、愛を必死に連れ出した。


宿泊部の隅で、愛は警備員に囲まれながらうつむいていた。

米田は純に、なぜこの男を連れてきたのか、どういう関係なのかと責め立てた。

「それはあの、なんて言うか……あいつは、あたしの……」

純が言いかけた時、愛は顔を上げて言った。

「その人は関係ありません。ぼくが勝手にやったんです」

一同の視線に愛は必死に堪えた。なぜ指輪のありかがわかったのかと聞かれると、母親がレストランで大声で話しているのを聞いて、適当に言ったら当たっただけだとぶっきらぼうに答えた。

愛が自分をかばおうとしていることに気づいた純は、本当のことを打ち明けようとするが、愛は遮るように言葉を続けた。

「警察に連れていくんなら、早くしてもらえます？　実際に事件を起こしたのは俺なんだし、あの母親にも俺を警察に突き出したって報告すれば、ホテルとしても恰好つくし、いいじゃないですか、それで」と、愛は開き直る素振りを見せた。

結局、愛はパトカーで連行された。純はその姿を見つめることしかできなかった。水野は、愛の言動が学生の時と変わっていない、付き合わないほうが純のためだと言うと、またもトルストイの「わたしがあなたを作り、あなたがわたしを作る、それが愛だ」という言葉を引用し、だから愛と付き合うと純の人生に悪い影響を及ぼす可能性があると力説した。

水野に愛の何がわかるのかと思いつつも、純は口には出さなかった。

トラブル一家の母親には、中都留が丁寧に謝罪し、無料宿泊券を渡したことで丸く収まった。純自身も愛がかばってくれたことで、二枚目の始末書を書くだけの処分となった。

愛のことが気になって仕方がない純は、愛の携帯電話に電話をかけるがつながらない。

純は昼間の出来事を振り返り、自分の弱さと孤独にさいなまれた。無性に誰かと話したくなり、晴海に電話した。善行と結婚して後悔していないかと晴海に訊ねると、晴海は、またしても純の話などろくに聞かず、気ままに家族の話を始めた。母親の自由奔放さがますます純を孤独にした。

翌日、大先から愛がもうすぐ出てこられると聞いた純は、警察署へ向かった。

純が駆けつけた時、愛は警察署の表で黒塗りの車を見送っていた。車内にいたのは、神戸にいる弁護士でもある愛の父親だった。父親が身元引受人となって解放されたのだ。

純が、一緒に帰らなくていいのかと訊ねると、「もう家には二度と帰らないって決めたんで」と愛は答えた。そして、自分のような男とは付き合わないほうがいいと付け加えた。

純が言葉に詰まっていると、愛は「失礼します」と去ろうとした。

「逃げるな！」と純が愛の背中に言葉を投げかけた瞬間、愛はビクンと立ち止まった。

苦しんでいるのは愛だけでなく、家族だって弟の死に苦しんでいるはずだ。誠に至っては、他人が臭くて八年間もマスクをしているのだと愛に話した。誠のマスクの理由を知らなかった愛は驚いた。

「今度のことだって、そうよ。かっこつけて、あたしのことかばってるつもりかもしれないけどね、やっぱり、悪いのは、安易にあのガキの本性見てくれとか頼んだあたしなんだし。あんたがあの子を殴ったのだって、弟さんのこと思い出したからでしょ。つーか、悪いけどね、あんたがいくらもう付き合う気がないとか言っても、まだお試し期間は終わってないからね。行くよ！」

「え？　どこに？」と戸惑う愛を、「あんたの家に決まってるでしょ！」と純は先導するように歩き出した。

愛は一瞬迷うが、引っ張られるように純の後についていった。

愛の実家は神戸の高級住宅街にあった。要塞のような家を見上げて純は緊張を隠せなかった。隣に立つ愛も緊張している。建物自体を正視できない愛の緊張を、純はほぐそうと思った。

「もし、困った時は……トイレに行けばいい……でしょ？」

そう言って微笑《ほほえ》み、意を決してチャイムを押す。出迎えたのはマスク姿の誠だ。誠は二人をリビングへと通した。

リビングは高級なソファや家具で囲まれているが、どこか無機質な感じで純は落ち着かない。

「どう、愛ちゃん、八年ぶりのわが家は？」と誠はマスクを下げる。

「あ、うん。あまり変わらないかも……」と愛はうつむく。

自分の本性が見えるのかと誠が愛に訊ねると、逆に愛は自分は臭うかと誠に訊ねた。結局、互いに他の人に比べたらマシだという結論に至る。

そこへ、謙次が「いらっしゃい」とリビングに入ってきた。謙次を見た愛はうつむき、誠は慌ててマスクを上げる。謙次はロマンスグレーで洒落たメガネをかけた、いかにも品のいいインテリ紳士だ。

「あの、突然申し訳ありません。わ、わたくし、愛さんとお付き合いをさせて、もらおうと思っている狩野と申します」と純が緊張ぎみに言うと、謙次はなぜか驚いたように純を見つめ、「あなたいったい何者ですか?」と言うが、慌てて「気にしないでください」と何事もなかったような素振りをした。

母親の多恵子《たえこ》が戻るまで、愛は自分の部屋を純に案内した。

本棚には参考書などの本がぎっしり並び、さまざまな表彰状やトロフィーがところ狭しと並んでいる。それらは、かつて愛が優等生だったことを物語っていた。純が物珍しそうに眺めていると、本棚の中に一冊だけ童話があることに気づいた。それは『眠り姫』だった。

「何、これ? 眠り姫?」と純が笑顔で訊くと、「あ、それは……」と、愛は恥ずかしそうに本を奪い取った。その時、多恵子の帰宅を誠が告げ、愛の表情に緊張が走った。

ダイニングでは多恵子が薬を何錠も飲みながら、家政婦にまくし立てている。近寄りがたい雰囲気に純は圧倒された。多恵子はまるで純と愛など存在していないかのように振る舞い、見かねた謙次が多恵子をやんわりと制した。

「なあ、多恵子。お願いだから、ちょっと座ってくれないか。お客様だし、愛も久しぶりに帰ってきたんだから」

多恵子は仕方なくソファに座り、初めて純と愛に目をやった。

「ご無沙汰して、すいません」と言って愛がうつむくと、多恵子に「何やってたの、今まで?」と冷ややかに言われ、愛は口ごもった。

「言いたいことがあるなら、早くしてちょうだい。いったいなぜ出ていったの? 何が不満なの？　あなたの能力なら、優秀な弁護士になれたのに。あたしたちにどれだけ迷惑かけたら気がすむわけ？　ちゃんと説明責任を果たす気はあるの？　というか、ちゃんと人の顔を見なさい！」

多恵子の剣幕におびえながらも、愛は勇気を振り絞って多恵子に話そうとするが、顔を見るとうつむいてしまう。

「人の時間を奪うのは、重罪だってことわかってる？　あなたたち」

そう言って、多恵子は愛を蔑むように立ち上がり去ろうとした。その時、愛も立ち上がり、手にしていた『眠り姫』の本を多恵子に見せた。

「小さい頃よく読んでくれましたよね、寝る時……」と愛が懐かしそうに言うと、「忘れたわ、そんなこと」と多恵子は目を逸らした。

「ぼくは死んでも忘れません。本を読んでくれるお母さんの顔が大好きだから」

「……何が言いたいの」と訝る多恵子に、今は多恵子の顔を見ることができないのだと愛は告げた。誠が、愛は人の本性が見えるのだと教えると、多恵子は「バカなことを」と取り合わない。

「純の葬式の時、初めてあなたの心の声が聞こえてきたんです。『なんで双子のくせに骨髄が適合しないんだ、この役立たず』って、ぼくのことを散々責めてましたよね」

多恵子は身を固くして絶句した。

「それだけじゃない。切り替えの早いあなたは、『でも、死んだのが頭の悪い純のほうでよかった。あとは、愛が弁護士になってくれればいい。早く純のことは忘れよう』って、自分を慰めだした……」

愛は懸命に多恵子を見つめながら、その時の多恵子の顔は普段とはまったく別人の、とても正視するに堪えないような顔だったと伝えた。すると、多恵子は声を張り上げて、愛を一喝した。

「取り消しなさい！　自分を弁護するために、そんないい加減な主張をするのはやめなさい！」

その言葉に、愛はまたうつむいてしまう。すると純が立ち上がった。

「あたしは信じます。愛君が言ったことを全部信じます」

多恵子は、「あなた、いったい何者？」と純を見返した。そして、名前が〝純〟であることを知ると、愛がおかしくなったのは純のせいだと言いだした。純が、愛はおかしくないと言い返すと、多恵子は根拠を示せと詰め寄った。

「だって……こ、この世には、不完全な男と不完全な女しかいませんから……」

この期に及んで、水野の言葉を引用してしまったことを後悔したが、引き下がるわけにはいかない。「ふざけてるの、あなた？」と睨む多恵子に純はひるまず反論した。

「いくらお義母《かあ》さんの期待を裏切ったからって、愛君を一方的に傷つける権利はないと思います。親の期待に応えるのだけが、子どもの人生じゃないし。うちの父だってきっと、あたしがおとなしく言うこと聞いてたら、もっとかわいがってくれるのかもしれないけど、そんな生き方したくないし。ていうか、お義母さん、少しうちの父に似てます。父のほうがずっとみっともないし、いさぎよくないですけど」

興奮してまくしたてる純を見て、多恵子は見下したように言った。

「あなたは……ゴキブリみたいな人ね」

ゴキブリが現れると、人はたいてい悲鳴を上げて逃げ回るか、慌てて殺虫剤を探す。だが、自分はすぐに叩き潰すタイプだと多恵子は言う。だから二度とこの家に現れるなと純に告げ、事務所は誠が継ぐから心配無用、二度と帰ってくるなと愛に言った。

「わたしはこれから……あなたも死んだものと思います」

多恵子の言葉は愛を刺した。「仕事があるので失礼します」と多恵子は去ろうとする。

「ちょっと待ってください、いくらなんでもひど過ぎるんじゃ――」

反論しようとする純の腕をつかみ、愛は「いいんです」と毅然として多恵子を見た。

「ありがとうございます。そう思ってもらったほうが楽です」

氷のような多恵子に、「これだけもらっていっていいですか?」と、『眠り姫』を見せるが、多恵子は無視して去っていく。懸命に多恵子の後ろ姿を見送る愛を、純は切ない思いで見つめた。

最悪な結果となり純は悔やんだ。早足に帰ろうとする愛を、家の外まで謙次が追いかけてきた。

謙次は、愛が言ったことを信じると言った。

実は、謙次も八年前から人と話すと耳鳴りがするのだという。しかし、純と話してもまったく耳鳴りがしなかったことに驚いたとも告白した。

「純さん、息子のことをよろしくお願いします」と、頭を下げて謙次は去った。

大阪に帰るバスの中、愛は『眠り姫』を抱え、辛そうに目を瞑《つぶ》っていた。純もまた、自分が何かを決断するとろくなことがないと自信を失っていた。そんな純を見るのがまた愛には辛かった。

バスを降りると、愛は純をまっすぐ見据えて言った。

「別れましょう……やっぱり付き合うのは無理です、ぼくたち。お試し期間終了、契約は解除ってことで、お願いします」

愛は頭を下げるといきなり走りだした。「ちょ、ちょっと待ってよ」と、純が必死に追いかけるが、愛はあっという間に夜の闇に消えていく。
息を切らして立ち尽くす純は、愛の真意を理解できずにいた――。

それから三日ほど経った。純は八年間の愛の思いを考えた。双子の弟を病気から救えなかったことで自分を責め続ける愛。ずっと自分がなんのために生きているのか、これからどうすればいいのか、きっと毎日、辛くて、次の日が来るのが怖かったのではないかと……。愛に何度電話してみても、留守電が応えるばかりだった。

一方、愛は大阪の繁華街を彷徨《さまよ》っていた。大勢の人々が行き交う中、周囲を見ると頭が割れるように痛くなり、うずくまった。ふと、目の前のショーウィンドウに映った自分の顔を見ると、それは段々歪んでいき、「何をかっこつけてんだよ？　純に会いたいんだろ？　この偽善者、臆病者、卑怯者《ひきょうもの》……」と蔑んだ笑いを愛に向けた。愛はおびえながら必死に頭を振り、歩きだした。

ネットカフェの暗く狭い室内で、愛は疲れた身体を縮めながら、『眠り姫』を読んだ。そこへ携帯電話に誠から着信が入り、愛は躊躇しながらも電話に出た。

「愛ちゃん、本当にもううちに帰ってこない気？」

誠の問いかけに、愛は多恵子と約束したから帰らないと答える。今の多恵子は疲れてボロボロになっていて、頭がおかしくなりそうなくらい辛そうに泣き叫んでいるのでこれ以上苦しめたくないとつぶやいた。そして、「お母さんのこと、よろしくな」と言って電話を切った。

翌朝。今までの滞在分をすべて精算し、ネットカフェから出てきた愛の手には、『眠り姫』だけが握られていた。

人影がほとんどない早朝の街中を、『眠り姫』を抱きしめながら歩くと、いつの間にか橋の上にいた。愛は橋の上からはるか下を流れる川を見つめた。川の流れる音と風の音が愛を包みこみ、その音は愛の気持ちを楽にした。やがて吸い込まれるように、ゆっくりと体を傾けた、その時――。

「まさか、死のうなんて思ってないよね？」

背後から聞こえる声に驚いて振り向くと、なんと純が立っている。愛は何も言えなかった。純は片っ端から愛がいるネットカフェを捜し、ついに見つけてあとをつけてきたと言った。

純は愛を見つめ、「連れてって」と愛の手を握った。「え？　どこに？」と愛が戸惑っていると、「あんたが今行かなきゃいけないところよ」と微笑んだ。

二人は、海が見える高台の墓地で、愛の弟の墓前に並んだ。

まだ事態がつかめない愛に、「待田純」の墓碑銘を見つめながら純は言った。

「愛君、言ったよね、自分がなんのために生きてるかわからないって。それは、きっと……あたしと会うためだよ……あたしとふたりで生きていくためだよ」

「純君、いいよね？　そう思っても」と純は続けて墓に向かって語りかける。愛は黙って墓を見つめていた。

「愛君は生きてていいよね？　幸せになってもいいよね？　許してくれるよね？　あ、ごめん、まだ名乗ってなかったっけ？　あたし、あなたと同じ名前の狩野純です。あたしにはこいつが必要みたいなんです。だから、こいつと一緒に生きていくことを許してください。お願いします」

純は愛の弟の〝待田純〟に向かってその思いをぶつけた。

「ほら、いいって言ってるよ」

「……勝手に決めないでください」純の気持ちはうれしいが素直には喜べない。

純は、愛の本心をあらためて確かめた。「ぼくは……」と言葉を濁す愛を純が不安げに見つめると、「あなたのことが好きです」と初めてはっきりと答えてくれた。

「ぼくはこれから……あなたのことを、自分のことよりもっと愛します」

愛は純に『眠り姫』を見せ、眠り姫の王子様の台詞をそのまま言ってみたとおどけた。愛らしい言葉が純にとってはこのうえなくうれしかった。

「目、閉じて」

「え？」純の言葉に戸惑いながらも、愛はそっと目を閉じた。

その愛の唇に純は激しくキスをした。それがまさしく二人の〝初チュー〟となった。

穏やかな朝の光の中、二人は純の部屋で抱き合って眠っている。純は母親のように愛を包みこみ、愛は純を支えるように抱いている。二人の顔は一緒にいることの幸せに満ちていた。

純は何があっても負けない、邪魔するやつは、どっからでもかかってこいと思っていた。

第5章

きたかぜとたいよう

こんなに安心した気持で眠れたのはいつ以来だろう……。

純はゆっくりと目を覚まして隣を見た。次の瞬間、見開いた目が瞬《まばた》きひとつできなくなる。愛の姿がない。慌てて飛び起き部屋中を見渡しても、愛の姿は見えなかった。昨日の出来事は夢だったのかと不安になりながらトイレのドアを開けると、愛がこちらを向いて座っていた。

純は慌ててドアを閉め、胸をなで下ろした。考えごとをしていたと言って、愛が出てくる。

「ぼくみたいな男が、本当に純さんと付き合っていいのかなって……」

「まだそんなこと言ってんの？　あたしから言ったんだよ、付き合ってって」

純が半分怒ったように言うと、愛は安心し、もうひとつ考えていたことがあると言った。

「昨日のチューは気持ちよかったなって……」と照れながら小声でつぶやく。

純はそんな愛がかわいくて仕方がなかった。

純が着替えを済ませてテーブルを見ると、クリームシチューにサラダ、トーストが並んでいる。

愛が早起きをして作ってくれたのだ。一人暮らしをしてから、こんなにちゃんとした朝食は初めてだった。クリームシチューの味は抜群で、猫舌の純に合わせて程よい温かさになっている。久しぶりの愛情のこもった食事に、純は頬が緩みっぱなしだった。その笑顔を満足そうに見つめる愛は、『眠り姫』の本をバッグにしまい、家を出る仕度をはじめた。

「ちょっと、何やってんの⁉」純の手が思わず止まる。

ネットカフェに戻ると言う愛を、ここにいるように説得すると、愛は居候《いそうろう》のようで申し訳ないとためらった。

「言ったでしょ、あたしには愛君が必要なの。大丈夫よ、あんた一人ぐらいあたしが養ってあげるから。これ、合鍵《あいかぎ》」

純は鍵を渡し、「じゃ、行ってきます」と、トーストをくわえたまま出かけていった。出勤し、気分よく働いていると、水野がそばを通りかかった。純が元気よく挨拶をすると、水野は純の張り切りようが、愛と別れて気分がさっぱりしたためだと勘違いし、懲《こ》りずに食事に誘った。

純は、正式に愛と付き合っていることを水野に報告した。あ然としている水野に、千香のことだけを考えてあげてほしいと言うと、水野は頑なに千香との関係を否定し、悔しそうに言った。

「君はきっと、メサイアコンプレックスだな」

「……なんですか、それ？」

「弱い人間や困ってる人間を見たら、どうしても救ってあげたいと思う癖があるってことだよ」

それは、結局は相手のためにならないと言い、水野は立ち去った。

さっきまでの張り切っていた気分は、水野の言葉ですっかりなえてしまった。手にしていた女性客のバッグを、部屋に届けようと客室のチャイムを押す。ドアが開き、中から顔を出したのは、なんと謙次だった。二人は目が合ったまま互いに目を丸くした。

「あ、こちらで働いていらっしゃったんですか、あなた……」と、謙次が口火を切る。

「……はい。でも、確か、ここ、村田様《むらた》のお部屋じゃ？」

純が運んだ荷物は確かに女性客の荷物だった。謙次が明らかに動揺し挙動不審になっていると、部屋の奥から「どうしたの？　ケンちゃん」と、若い女性が現れた。

純が荷物を入れている間も、甘い声を出して謙次とイチャついていることで、彼女が謙次の愛人であることがわかった。何も気づいていないフリをしながら「どうぞ、ごゆっくり」と廊下に出ると、謙次が慌てて声をかけた。「すいませんが、このことは妻には……」

「ご心配なく、奥様とはもう会うこともないと思うんで」

努めて平静を装い、「失礼します」と純はその場を去った。

やるせない気持ちでエレベーターを待ち、ドアが開いた瞬間に純は足がすくんだ。エレベーターの中から出てきたのは多恵子だった。思わず、「ゲッ、嘘!?」と声を漏らしてしまい、多恵子と一緒に降りてきた中都留に注意されるが、純はうわの空だった。

多恵子は中都留に先に行くように促し、純に愛の居場所を教えるように迫る。人の本性が見えるなんて幻覚に決まっているので、知り合いの精神科医に診せるのだと言う。純は、愛は病気ではないから、その必要はないと答えた。

「あたしは、愛君のことを信じるって決めたんです。だから、居場所を教えることはできません。申し訳ありません、失礼します」

去っていく純の後ろ姿を、多恵子は忌々《いまいま》しそうに見つめた。

その晩、純が部屋に帰ると、部屋は見違えるようにきれいになっていた。愛が隅々まで掃除してくれたのだ。立てかけてあった看板や絵がきちんと壁にかけられ、放置されていた雑多な物が魔法のように整然と並んでいる。ベッドの上にはきれいに畳まれた洗濯物があり、シーツも替えてある。そしてスタンドミラーにはカバーがかけられていた。

愛も純の部屋の居心地のよさに満足し、いろいろなものを見ているだけで楽しかった。ドミノ、手品道具、マトリョーシカ、風車が回るパラパラ漫画、ビックリ箱、古時計、迷路、パズル、ハート形のグッズ、ウクレレ、竹笛などなど……。

「これ、全部純さんが集めたんですか」と、愛は部屋にあるものを次々と手に取った。

「ほとんどおじいからもらったの。ほしいと思ったものは片っ端から集めていたからさ。おじい、『今日あるものが明日もあるとは限らない』とか言って」

愛は『北風と太陽』の絵本を手に取り、「これは？」と訊ねた。

「よく、おじいに読んでもらったの。その中の太陽みたいになりたくてさ、あたし」

懐かしそうに絵本を見つめる純を、愛は微笑ましく見つめた。

一緒にいる喜びを壊さないためにも、愛は自分も働くことを決意した。人の顔をあまり見ないですむように、倉庫の荷物仕分けのアルバイトを始めた。

ある朝、純から仕事の調子を聞かれた愛は、「なんとかやっていけそうです」と答えた。身支度をしていた純が「ホント？　よかったじゃん」とスタンドミラーのカバーからうれしそうに顔を出すと、一瞬、隙間から見えた鏡に映る自分が「嘘つけ」と叫んでいるのが見える。愛は咄嗟《とっさ》に顔を背け、パソコンのメールを確認すると、剛からメールが届いていた。

剛からのメッセージには、正が結婚するらしいと書いてあった。マリヤと別れたばかりでもうそれか……と純は憤り、その勢いで正に電話をかけた。

「いったい何考えてんの、お兄ちゃん。会うだけじゃなかったの？　見合い相手とは」

正は、会ってみたら性格もいいし、善行たちも気に入っているし、相手も好意を持ってくれていると平然と答えた。だが、結婚するにはもうひとつ理由があった。実家のホテルは以前からかなりの借金があり、善行は、正の結婚相手の親に援助してもらうつもりなのだという。

（兄貴が結婚すれば、借金がチャラになるって魂胆かよ、あのクソオヤジ……）

怒りが収まらない純は、善行と電話を替わるよう正に促した。正はまた二人がケンカになることを危惧して、とぼけて晴海に電話を替わった。純は仕方なく、このまま正が結婚してもいいのかと晴海に問いただすが、晴海は当人同士が気に入っているから仕方ないと言うばかりだった。

「いつまであんなオヤジのやりたいようにやらせてるわけ？　自分が作った借金の穴埋めするために、息子を結婚させるなんて最低よ。あんなクソオヤジの言いなりになって、本当に幸せなの、お母ちゃん？」

「あ、あたしは結婚する時決めたの、何があってもお父さんを信じてついていくって……あんたも好きな人ができればわかるわよ、自分の思うとおりになんかならないの、人生は……」

涙ながらに訴える晴海に、さすがの純も逆らうことができなかった。

その頃、那覇のキャバクラには、善行と正の見合い相手の父親の姿があった。善行は、旅行代理店の社長でもある相手の父親の機嫌を取って飲んでいるのだ。

社長がお気に入りのホステスを呼ぶと、現れたのはなんとマリヤだった。善行は絶句するが、何も知らない社長は、鼻の下を伸ばしながら自分と善行の間にマリヤを座らせて言った。

「マリヤ、今日はお祝いなんだよ。狩野さんの息子さんと、うちの娘の婚約が決まった」

「そうなんですか……おめでとうございます」

マリヤが平静を装いながら善行に言うと、善行は顔を引きつらせながら「はあ、どうも……」とやっとの思いで礼を言った。社長が、マリヤのずれているネックレスをいやらしく触ろうとする。

「いつも曲がっちゃうんですよ、これ。別れた男にもらったんですけど、そいつがもうどうしようもないやつで」とマリヤは自分でネックレスのヘッドを直しながら、体よく社長をあしらった。

動揺した善行がテーブルのグラスをひっくり返すと、ズボンが濡れてしまった社長はトイレに立ち、マリヤと善行の二人きりとなった。気まずい雰囲気の中、マリヤが口を開いた。

「あたしも一杯いただいていいですか？」

マリヤは自分の水割りを作り始めた。善行はマリヤのお腹が気になった。その視線を感じたマリヤは、水割りの氷をマドラーでかき回しながら言った。

「あたし産みますから、子ども」

「えっ？」

驚く善行に、社長には黙っているし、結婚の邪魔をする気はないとマリヤは告げた。

「じゃあ、お、堕ろしてへんのか、あんた？」善行は顔をしかめつつ、身を乗り出して言う。

「怖い顔しないでくださいよ。別にいいじゃないですか。この子はあたし一人で育てますから」

そう言ってマリヤが水割りを口に運ぼうとするのを善行は慌ててグラスを奪いとり、鬼のような形相で怒鳴った。

「お、お前な……せやったら酒なんか飲むな、アホ！」

怒った善行は、社長を置いて帰った。マリヤは善行の思わぬ言葉に戸惑いを隠せなかった。


純がエレベーターの近くを通ると、エレベーターの中から謙次と愛人が仲良さそうに出てくる。愛人がトイレに行くと、残された謙次と純の目が合った。咄嗟に作り笑顔で純が対応していると、「何やってんの、あなた？」と凄みのきいた声がした。二人が振り返ると、多恵子が歩いてくる。

「なんでここにいるの？　出張とか言ってなかった？」立ちすくむ純と謙次を多恵子が追及する。

多恵子の問いかけに、謙次は純をダシに使って、愛のことで挨拶をしに来たと答えた。多恵子は怪訝に思いながらも、その場を立ち去った。なんとか危機を切り抜けた純は謙次に問いかけた。

「あの、余計なお世話かもしれませんけど、なんで浮気なんかするんですか？　誠ちゃんとかが知ったら、どうするんですか？　まさか、離婚なんて考えてないですよね？」

「人にはそれぞれ生き方があるというか、私はこうしなければ生きていけない弱い人間なんです」

謙次は耳を押さえながら苦しそうに答え、今日は耳鳴りがひどいからと逃げるように去った。

純は謙次の勝手さにあきれながら、持ち場に戻ろうと角を曲がると多恵子が立っている。作り笑顔でごまかしていると、多恵子は持っていた名刺を押しつけ、この病院に明日にでも愛を連れていくようにと命令した。純は、愛は自分と暮らしているからその必要はないと答えた。

多恵子が何かを言いだす前に、純は、愛が抱える問題は自分がなんとかしてみせると啖呵を切って去ろうとすると、すかさず多恵子は切り返した。

「あなたには無理よ、愛と生きていくのは。必ず耐えられなくなる、一緒にいるのが」

「そ、そんなことありません。あたしは愛君のことを信じてるし」

振り向いて懸命に答える純に、多恵子は、互いに何も知らないまま、好きです、信じてますと甘い考えを並べるのはままごとと一緒だし、そんなことで愛を救えるなどというのは思いあがりもはなはだしいと一喝した。

純は、言い返せない自分が悔しくて、感じたままを口にした。

「お、お義母さんは、北風みたいな人ですね。愛君の服を無理矢理脱がせるようなことしても、あいつのためにならないと思います、あたしは」

純は多恵子の顔も見ずに「失礼します」とその場を後にした。

一方の愛は、あいかわらず人の顔を見られないことが原因で、荷物仕分けの仕事をクビになっていた。すっかり落ち込んだ愛は、戒めのように鏡の中の自分を見た。歪んでいく自分の顔から目を背けそうになった時、笑顔の純が「大丈夫だよ、あたしを見て」と鏡の中に入ってきた。

純の顔を見ると愛の幻覚は消えていった——。

「仕事だって、もっといいのが見つかるよ。愛君の能力を生かせるような」

愛は自分を信じてくれる純の気持ちがうれしかった。一緒にいることが幸せだと心から思える。このまま、誰にも会わずに純と暮らせれば一番いいのではないかと言うと、純は、頑張って仕事を探すよう励まし、多恵子から渡された病院の名刺を密かに破り捨てた。

純が自分の力で愛を救いたいと意気込んでいると、愛は、純が多恵子に会ったことを察した。

心の中まで読まれていることに、なんだか息苦しさを純は感じていた。

それからの愛は、子ども向け図書館の受付、水族館、植物園、害虫駆除など、さまざまな仕事にチャレンジしたが、結局どの仕事も人の顔を見ないわけにはいかず、長くは続かなかった。

純は正直、何をやってもクビになる愛に、少々あきれる気持ちが芽生え始めていた。しかし、それを感じ取ってしまう愛のことを考えると、悟られないように自分が無にならなければならない。多恵子の言葉や、晴海の言葉を忘れようと、気晴らしにデートに誘った。

街中《まちなか》を二人で並んで歩くと、愛はどうしても通行人を避けてうつむいてしまう。支えるように純が腕を組むと、通りかかる人が不思議そうに見ている気がしてしまう。

すると、愛がいきなり立ち止まった。純がまた心の声を読まれてしまったのかと思っていると、愛は純のほどけた靴ひもを結びだした。

「こうやって二回結ぶと、ほどけにくいですから」

しゃがみながら、蝶結びの結び目を二重にして結んでいる愛の姿はとても優しく、純は足の先から温かい気持ちに包まれ、今日は職探しの話は避けようと思った。

しかし、レストランに入っても、人の目を気にしてうつむいて食事をする愛に、純はつい言ってしまった。

「この店より愛君の料理のほうが絶対美味しいよね。やっぱ、レストランにしたら？　愛君ならすぐ一流シェフになれるんじゃ……」

また職探しの話題になったことで、二人はなんとなく気まずくなった。

純は多恵子に愛が病気だと言われたことで、焦っている自分がいると感じていた。

レストランを出た二人は、海に沈もうとしている夕陽を見つめた。大阪の海はきれいだという愛に、宮古島の海と同じ海とは思えないと話す純。

「宮古の海って、そんなにきれいなんですか？」

「そりゃあもう。絶対、愛君にも見せてあげたいって感じ」

「そうなんだ……」と、宮古島の海に思いを馳《は》せる愛。その横顔を見て純は思わず微笑んだ。

（こうしてると、普通のカップルと同じなんだけどな……）

そう思っていると、若いカップルが愛にカメラのシャッターを押してほしいと頼んでいる。顔を伏せて躊躇している愛の代わりに、純がシャッターを押した。そんなことすらできない自分が愛は情けなくなり、「すいません」と頭を下げる。そんな愛に、純は笑顔で言った。

「そうだ、あたしたちも写真撮ろうよ」

純は戸惑う愛と肩を組んで、海をバックに携帯電話のカメラで写真を撮った。フレームに収まった引きつった笑顔の愛が、本当の笑顔になることを純は心から望むのだった。

楽しいはずのデートだったのに、翌日の純はどこか疲れていた。そのせいか、名前を間違えたことで客の機嫌を損ね、富士子と米田に叱責された。米田は客から届いたあるクレームレターを純に向かって読み上げた。

『ベルガールから「お客さん」と呼ばれ、不愉快でした。その女性は言葉遣いも乱暴で、とてもオオサキプラザホテルの一員とは思えません。反省を望みます』

まさしくそれは純のことだった。さすがの純もショックを隠せないでいると、その様子を近くで見ていた千香は小さく鼻で笑う。米田は、純がホテルのルールを守らないことで、スタッフだけでなく、客にも不快な思いをさせていると責めた。

純は何も言い返せず、最近何をやってもうまくいかないことに苛立った気持ちで家に帰った。愛の出迎えと美味しい料理には癒やされるが、今の気持ちを愛に読まれないことに必死になる。

ふと、テーブルの上の就職情報誌に目がいくと、愛は申し訳なさそうにある提案をした。

それは、仕事をせずに純の帰りを待ち、食事や掃除をし、家でできる内職で経済的に迷惑をかけないようにしたいということだ。

「できれば、純さんだけを見て生きていきたいんです。純さんが目標に向かって頑張っていくのを支えますから、お願いします」愛は頭を下げた。

愛の気持ちはうれしかったが、他の人と会わないで生きていくというのは違うと純は言った。

「つーか、そんなこと考えちゃいけないんだよ。だって、ほら、あたしたちは、たくさんの人たちと一緒に、今この世界に生きてるんだからさ。ねえ、頑張って普通の仕事をしない？　愛君、なんでもできるんだからさ」

すると、愛は「わかりました」とだけ言って、キッチンに戻った。

純は、愛の姿を見つめながら、自分の考えが間違っていないことを願った――。

純の思いが通じ、愛は以前働いていた電気修理の会社で働くことになった。オオサキに出入りしている会社だ。純は、愛の仕事が決まったうえに職場も同じであることに安心する。

しかし、純は言葉遣いやルールのことを叱責されて以来、調子が出ない日々が続いていた。

「なんだか悲しいよ。最近元気ないし、仕事ぶりも君らしさがどんどんなくなってる気がして」

水野が痛いところをついてくる。水野は追い打ちをかけるように、それは愛と暮らし始めたことが原因であり、純には自分が一番合っているのだと豪語した。純は、誰がなんと言おうと愛と別れるつもりはない、とはっきり言ってその場を離れた。

悔しそうに見送る水野に、千香が何事もなかったかのように近づいてきて、「今日そっちの家に行ってもいいですか?」と、微笑んでみせた。すると、水野は顔色ひとつ変えずに言う。

「悪いけど、僕は君に対して大切な仲間以上という感情がどうしても持てないんだ。だからもう、付き合ってると勘違いするのはやめてくれるかな?」

さっさと立ち去る水野に、残された千香の顔は、屈辱で真っ赤になった。

その頃、客室前の廊下で、愛は電球を取り換える作業をしていた。

「どう、仕事は? 大丈夫?」と純が優しく声をかけると、「なんとか」と愛は答えた。

愛の顔を見て安心し、「頑張ってね」と去ろうとして言葉を続けた。

「仕事終わったら、美味しいもの食べに行こうか。愛君の就職祝いに」

「だったら、僕が何か作ります」と、笑顔で答える愛。

二人が楽しそうに献立の話をしているのを、いつの間にか千香が物陰から見つめていた。

しばらくして、純は米田に呼び出され、またしても客からのクレームを見せられた。

『ベルガールが仕事中、恋人らしき男とイチャイチャしています。不謹慎ではないでしょうか』

純は言葉に詰まった。それでも、仕事はちゃんとしていますと訴えるが、純のおかげで宿泊部全体の緊張感が足りないと誤解されるので、始末書を書けと怒鳴られてしまう。

がんじがらめの純は、自分らしく客に接することができなくなっていた。メッセージカードを書いている客を見ると、自分へのクレームを書いているように思えてしまうのだ。

翌日、純に追い打ちをかけるような問題が起きた。

呼び出された純が慌てて宿泊部に行くと、愛がうなだれ、そのそばで千香が泣いている。

「いったいどういうつもりだ、恋人を使って同僚を恫喝するなんて」と米田が純を責め立てる。

「えっ⁉　どういう意味ですか⁉」

訊けば、純をおとしめるようなことをするなと、愛がいきなり千香に殴りかかったという。

「僕は殴ってません。ただ注意をしようとしただけで……」と愛は懸命に訴える。

「嘘です、殺されるかと思いました、あたし」と、怯えたように泣く千香。

何を注意しようとしたのかと愛に訊ねると、千香は水野にフラれた腹いせで純へのクレームをメッセージカードに書いていたのだという。

「わたし、そんなことしてません。この人、頭がおかしいんです」

千香は水野の顔をうかがいながら、顔を真っ赤にして訴える。純は千香の言い分に腹を立てた。米田は、愛が人の顔をろくに見ないのはやましいことがあるからだと決めつけ、電気修理会社を即刻クビにさせ、二度とホテルに出入りするなと言い放った。

その夜、愛は純に身の潔白を訴えた。

「すいません、迷惑かけて。でも、本当に彼女がクレームを書いてたんです。何か怪しかったんで、思い切って彼女の本性を見たらわかって……」

愛の言葉が嘘じゃないのはわかっている……だが、百パーセント信じられない自分がいることに、純は困惑していた。

「……信じてくれないんですか？」

「ううん、そんなことないけど……ねえ、愛君。一度病院に行ってみない？」

うつむいていた愛は、思わず純を見た。

「誤解しないでよ、あたしはこれ以上、愛君が苦しんでるのを見るのが嫌なの。人の本性なんて見えなくなったほうがいいんだし。一度、精神科の先生に相談したら？　そうすれば、幻覚が見えなくなるかもしれないし……」

純をじっと見つめていた愛が、辛そうにうつむく。その姿を見て、今の自分はきっとひどい顔をしているのだろうと純は思った。すると、愛はトイレに駆け込んでしまった。

純が今すぐ返事をしなくてもいいから考えてほしいと、ドア越しに優しく問いかけると、以前、自ら精神科に行ったことがあるのだと愛は告白した。

愛は、診察にあたった医師の本性がひどくて我慢できなかったという。二度と今日みたいな騒ぎは起こさないので、病院だけは勘弁してほしいと哀願した。純は仕方なく頷いた。

トイレのドアを見つめながら、同じ部屋にいる愛のことをどこか遠くに感じている純だった。

翌朝。愛チャリでホテルの近くの角を曲がった瞬間、純は急ブレーキをかけた。千香が仁王立ちで待ち伏せしている。千香は、昨日のことを謝ってほしいと言い出した。

「あなたの恋人と称する人物に言いがかりつけられたんですよ、あたし」

悔しいけど謝るしかないと純が思っていると、水野が現れ、その必要はないと言った。

水野は、自分に宛てた千香の自筆のメモ書きを見せる。

『今夜、そっちの家に行ってもいいですか、ウフ♡』

その筆跡は、クレームのメッセージカードの筆跡と同じだった。

「君のほうこそ謝ったほうがいいんじゃないか、彼女に」

そして、このことは誰にも言わないからと、千香のメモを破り捨てると、千香は顔を真っ赤にし、目に涙を浮かべて積もりに積もった思いを吐きだした。

「水野さんがいけないんです！　水野さんが、こんな人好きになるから！」

逃げるように去っていく千香を水野はバツが悪そうに追いかける。純は呆然と見送った。


「どうやら、あたしの言ったとおりになってるみたいね？　愛とうまくいってないんでしょ？　一緒に暮らしてちょうど一週間ぐらい？　ミンミンミンミンうるさいセミみたいだと思ったら、寿命も同じなのね、あなた」

ホテルのロビーで多恵子は見下したように純に言った。

純は動揺を悟られまいと、二人の生活は楽しくて仕方がないと虚勢を張ると、多恵子は、時間の無駄だから早く別れて愛を病院に連れていくように再び命令する。

「き、北風みたいなやり方はしたくないんです、お義母さんみたいに。愛君は今、本当に苦しんでるんです。なんとか普通の人みたいになろうと頑張ってるんです。お願いですから、邪魔するようなことはやめてください。すいません、失礼します」

多恵子は去ろうとする純の襟首をつかみ、「あなたみたいな女に何がわかるの？」と睨む。

「もし、あなたの決断が、あの子の一生を台無しにするようなことになったら、その責任を負う覚悟があるの、あなたに？　あなたはいつでも逃げ出せるかもしれないけど、わたしはそうはいかないの。どんなに辛くても耐えるしかないの、弱音を吐くわけにいかないの、闘うしかないの。じゃなかったら、こんなもの飲まないわよ！」

多恵子はいきなりバッグから大量の薬袋を出して、床にぶちまけた。

純は驚いて、散らばった薬を見つめることしかできない。多恵子はもう一度、病院に連れていくようにと言い、名刺を押しつけて去っていった。

多恵子の足音が消えた頃、純は大量にぶちまけられた薬を拾い集めた。

その晩、重い足取りで純が家に帰ると、純の好きなものばかりがテーブルいっぱいに並べられていた。ごちそうの理由を愛に訊ねると、愛はいきなり現金の束を差し出した。

「今月分の生活費です」

純が金の出所を訊ねると、愛は麻雀をやってきたと平然と答える。

「相手の待ちとか全部わかるんで、楽勝でした」

純は言葉を失った。静かに札束を手に取ると、「こんなの……こんなの逃げてるのと一緒じゃない！」と札束を床に叩きつけた。純は悔しくて仕方なかったのだ。

「辛いのはわかるけどさ、でもどうして闘わないの？」

純は昼間の多恵子を思い出し、多恵子だって辛いのに必死で頑張っているのにと心の中で問いかけた。すると、愛は「母に会ったんですね」と心を読む。純は耐えられなくなり、トイレの中に駆け込んだ。

「このまま、一生、人前でうつむいてる愛君を見るのが嫌なの。付き合ってるんだから、普通のカップルみたいに、堂々と顔を上げて二人で歩きたいの。ダメ、そういうのって？」

純がトイレの中から思いの丈を吐きだすと、黙っていた愛が口を開いた。

「……わかりました。明日、行きます病院に」

「本当？」と純がドアを開けると、愛は「……二人のためですもんね」と言い、静かに背を向けて味噌汁を温め始めた。


病院の待合室の清潔感と無機質さは、どこか冷たさを感じさせる。

順番を待っている時間は緊張するばかりだ。ずっとうつむいている愛に純は話しかけた。

「ねえ、前に一回精神科に行ったことがあるとか言ってたけど、その時はなんて言われたの？」

「統合失調症だそうです」愛が答えた病名は幻覚症状がある一種の精神分裂病だった。

愛が受付の女性に呼ばれた。診察室へと消えていく愛の姿を、純は祈るように見つめた。

しばらくして、純は担当医師の小沢《おざわ》に診察室へ呼ばれた。小沢は、人の本性が見える愛を信じている理由を聞かせてほしいという。

純は財布を盗んだ老女のことや、指輪の盗難騒ぎのこと、何より自分が思っていることをすべて言いあてられていることを正直に答えた。純は、まるで自分まで病人扱いされているような気がしてならなかった。

待合室で診断結果を待っている間、愛はあいかわらずうつむいていた。

「終わったら、美味しいもの食べに行こうか。そうだ、今日はあたしが何か作るね。愛君、何が好きなの？」

「僕はいいです、純さんの好きなもので」

愛の好物を教えるよう食い下がる純に、愛は考えた末に「バナナとリンゴ」と答えた。

「それは料理じゃない。つーか、あんたは猿か?」

純がおどけて言うと、愛は笑った。純はその顔を見てドキリとしてうつむいた。

(この人を笑顔にしてあげたいのに、何やってるんだろう、こんなところで……)

そんな純を愛が見つめていると、再び診察室に呼ばれた。純も一緒に診察室へ入る。

診断結果は〝統合失調症〟ではないかということだった。

純は落胆している愛を見つめ、小沢にこれからどうすればいいのか訊ねた。

「焦らずじっくりやりましょう。薬を飲めば症状は楽になると思いますから」

「そんなもの飲んでも、これからも人の本性は見えると思うんで、薬もいらないし、もう来ません。そう母に伝えといてくれますか? どうせ、このあと連絡するんでしょ、母に」

興奮気味に訴える愛に、純は落ち着くよう制した。最初から病気と決めつけてないでほしいと小沢に言って愛は帰ろうとした。冷静さを装っていた小沢は、感情を少しあらわにして挑発する。

「じゃあ、わたしの本性が見えますか、今」

愛は小沢の顔をジッと見つめて、早口でまくし立てた。

「あ〜、面倒くせえ、こっちは忙しいんだよ。どうせ統合失調症なんだから、薬もらってとっとと帰れよ。何が本性が見えるだよ。お前の母親のコネがなかったら、今日だって診察なんかできなかったんだぞ。うちの病院がどれだけ有名で予約が取れないかわかってるか、坊主?」

図星を指され動揺しつつも、そのくらいなら勘の鋭い人間ならわかるだろうと小沢が反論すると、愛は小沢の秘密をしゃべり出した。受付の女の子にちょっかい出そうと企んでいること、高級クラブで金でなんとかなる女を探す趣味など……。

狼狽して逃げようとする小沢を愛は呼びとめ、慌てて止める純に構わず怒鳴った。

「当たってますよね、先生？　だったら、病気じゃないですよね。俺が病気じゃないって言えよ！」

純は愛を必死に引っ張って、診察室から連れ出した。


「いったいどういうつもり？　逆に病気だと思われるだけでしょ、あれじゃ……」

部屋に戻った純は、鏡から目を背けうつむいている愛に、心がきれいで人より何倍も思いやりがあって優しいだけなのに、それなのになんであんなことをしたのか訊ねた。

「あれが……俺の本性だからです」と悪ぶるように言う愛に純が動揺していると、愛は続けた。

「本当は、うちの母親みたいに自分以外の人間をみんな軽蔑したり、父親みたいにいい人のフリして、人を傷つける人間なんです、俺は。愛と書いて〝いとし〟とかいう名前つけられても迷惑なんだよな。俺には愛なんかないし。目の前の人間は全部ぶち殺したくなるんですよ。死ね、死ね、死ねって」

純は愛の言葉が信じられなかった。「あたしを見て、愛君」と言うと、愛はゆっくりと顔を上げた。純は、今の自分がどう見えるか遠慮しないで言ってほしいと頼んだ。

「顔ブレまくりで、もうどれが本当の顔かわかりません。ホテルで働くならルールを守れとか言われてびびっちゃって、その辺のサラリーマンみたいになってますよ」

愛が軽蔑したように言うと、いろいろと大人にならなければならないこともあると、純は言いわけをした。愛は、そんな情けない人間が魔法の国を作るなんて無理に決まっていると吐き捨てた。これには純も腹を立てて反論したが、逆に言い返される。

「あなたが心配なのは自分でしょ。俺と付き合って後悔してるんですよ、みっともないと思ってるんですよ。恥ずかしいんですよ、俺と付き合うのが。あなたはもう狩野純なんかじゃない！」

その瞬間、純は愛の頬を叩いた。

「あんたは……やっぱりおかしいわよ。病気よ、絶対！」

しばらく黙っていた愛は、「じゃあ、もうやめましょう」と言い、着替えなどの荷物をバッグに詰め出して、止める純の問いかけには答えずに玄関へと向かった。そして、靴を履きながら、純が自分のことを病気ではないと信じてくれたことが、本当にうれしかったと言った。

「あなたといれば、自分が恐れるような嫌な人間にならずにすむと思ったから……」

そう言って、愛は合鍵を置いて出ていった。

純は呆然と立ち尽くした。力なく部屋に戻ると、『眠り姫』の本が置いてある。そっとページをめくると、優しい愛の顔が甦り、あの言葉が目に飛び込んできた。

「僕はこれからあなたのことを、自分のことよりもっと愛します」

純はそばにあった『北風と太陽』に目をやった。

（何やってんだろ、あたし……結局、あたしが北風じゃん……）

情けなくて悲しくて……純は心の中で絶叫した。

第6章

らぶすとーりー

愛がいなくなって一か月が過ぎた。

純は、新米ベルガールとしてホテルのルールに従い、品行方正な日々を送っていた。そうでもしていないと、すぐに愛を思い出してしまうからだ。

誰も出迎えてくれない自宅に戻っても、純は何も手がつかない。愛が忘れていった『眠り姫』のページをめくっては愛の言葉を思い出している。

純はレトルトのクリームシチューを器に盛り、浮かない顔で食べはじめる。純は携帯電話を手に取ると、海に沈む夕陽を背に笑っている愛の顔を見つめた。

（あ～、どうしよう。こっちからは電話しにくいし、メールにしとこうかな……）

そう思うたびに、何を書けばいいか迷ってしまい、結局、何も書かずに携帯電話を放り出し、「も～、どこにいるんだよ」と心の中で叫んだ。だが、橋の上から身を乗り出していた愛の姿をふと思い出すと、携帯電話に手を伸ばし、『生きてるかどうかだけ知らせろ』とメールを送った。

最近の純の朝は、愛からメールが来ていないかのチェックから始まる。

期待して確認してもメールはなく、そこへ、代わりに晴海から電話がかかってきた。

「何、お母ちゃん?」と、純は不機嫌な声を出した。

「何じゃないわよ。あんた、正の結婚式来るわよね?」

「行かないよ、そんなもん出たくないし」

借金返済のための結婚なんて……。それに宮古島には二度と帰ってくるなと言われているのだ。

晴海が、善行も今回は特別に許すらしいと伝えると、善行がいきなり電話に出た。

「ガタガタ言わんと出ろ。兄の結婚式だろうが!」善行は怒鳴って電話を切った。

頭にきた純は電話をかけ直し、愛想よく電話に出た善行に怒鳴り返した。

「誰が出るか、そんな式! マリヤさんの気持ちも少しは考えろ、このクソオヤジ!」

電話を叩き切ると、朝から今日一日が台無しになるほどの最悪の気分になった。


ベルガールの仕事は「ほうれんそう」が肝心。「報告、連絡、相談」と純は頭の中で繰り返し、客からの要望をまめに水野に報告する。去ろうとする純に、水野は複雑な表情で声をかける。

「それでいいの? なんか君らしさがどんどんなくなっていく気がするんだけど、この頃」

ホテルの一員としてルールに従うのは当然だと純が言うと、水野は、社長になるのはあきらめたのかと訊ね、「別にいいけど、こっちはライバルが一人減るからさ」と皮肉をぶつける。

純は痛いところを衝かれ、何も言えない自分が歯がゆかった。水野は、愛と付き合うようになったから純がおかしくなったのだという。

「あいつは関係ありません、それに、もう別れたし……」

純は、愛のせいにされるのだけは嫌だと思った。それを聞いた水野は性懲りもなく、純を食事に誘った。食事をしながら純の話を聞いた水野は、「人の本性が見えるなんて、信じるほうが無理だし」と、愛が病気と言われるは仕方がないと意見した。

周囲から愛のことをそう言われると、純は愛をかばいたくなった。水野は、愛が自分の本性についてなんと言っていたか訊ねた。純は躊躇したが、この際だからとはっきり言った。

「……あたしに優しくするのは、エッチしたいだけですって」

水野は一瞬絶句したが、真顔になり純に向き直った。

「いけないかな？　好きな人とエッチしたいと思うのは、そんなにいけないことかな？」

堂々と言う水野に、むしろ、純は潔さを感じた。

「ぼくは君を魅力的だと思ったから好きになった。その魅力を失ってほしくない。ぼくの力でもっと魅力的な女性にしたい。覚えてる？　トルストイの言葉」

「『わたしの愛があなたを作り、あなたの愛がわたしを作る』ですか？」

「そうならなきゃ、男と女は付き合う意味がないと思わない？」

「あ、あの……すいません、ちょっとトイレに」

水野の甘い微笑みに戸惑いながら、純はトイレに駆け込んだ。

（あそこまで言ってくれるし、水野さんと付き合おうかな……）

携帯電話の愛の写真を見つめ、胸が苦しくなった。

純をマンションの前まで送った水野は、急に口数が少なくなった。純が、「あの、今日はごちそうさまでした」と、マンションの入り口に向かおうとすると、水野はいきなり純を抱きしめた。

「あの、水野さん……」

「嫌だったら、やめるから……」

優しく言われると純は力が抜けた。純が抵抗しないので、水野はキスをしようとする。純が目を閉じた瞬間、「もう男替えてんだ?」と背後から声がした。

純と水野が驚いて振り向くと、マンションの入り口に誠が立っている。マスクをして睨んでいる誠が愛の妹だとわかると、水野はバツが悪そうに帰っていった。

純と二人になると、誠はマスクを外した。

「愛ちゃんから伝言あるんだけど」

「え? じゃあ、生きてるの、あいつ?」と、言いながら純は誠のそばに寄った。

「ちょっと、今日はかなり臭いよ、あんた」と誠は慌ててマスクをする。

純も慌てて自分の臭いを嗅ぎながら、誠から離れた。愛の伝言は、「結婚式に出てください」だった。それが正の結婚式のことを指すならば、どうして愛が知っているのか不思議だった。

純の部屋にあがった誠は、純から離れて座った。誠は、純が愛を病院へ連れていったことに落胆したという。多恵子に啖呵を切ったことが嘘のようだと罵り、純と愛は互いを信じて一生愛し合っていくと思っていたのに残念だとなじった。

「あ〜あ、あたしは一生人を好きになるのなんかやめよう」

投げやりな言葉を残して帰ろうとする誠に、純が泊まっていくように引き止めると、臭いが我慢できないと言って帰っていった。

純は愛にメールを送った。

『誠ちゃんから伝言聞きました。兄貴の結婚式に出ろってどういうこと？　つーか、今どこにいるのよ？　一回ぐらい返事しろよな〜』

しかし、愛からの返信はなく、またタイミング悪く『飛行機のチケット送っときました。結婚式三日後なのよ、必ず来てね』と晴海からのメールが代わりに届いた。

翌日。あいかわらず愛からの連絡はなく、仕事中も愛のことが頭から離れなかった。

携帯電話の画面を見ながらため息をついていると、そこへ水野がやってきた。

「君が自分の魅力を取り戻すためならどんなことでもするから。愚痴でもなんでも聞くし」

カラオケボックスで「うれしいひなまつり」を十回続けて聞かされることはなかなかない……。純に連れてこられた水野は、歌い続ける純をあきれて見ていた。酔っぱらった純がトルストイの言葉を要求すると、水野は甘い顔で囁くように言う。

「わたしの愛があなたを作り……あなたの愛がわたしを作る」

純が水野を見つめた。水野の唇が近づくと、純は思わず目を閉じた。だがその瞬間、愛との初めてのキスが頭に浮かび、純は水野の唇が触れる寸前に目を開けた。

「ちょっとトイレに。あの、吐きそうなんで」

純はトイレの鏡で自分の顔を見た。愛が見たら、今の自分はどんな顔をしているのだろうと思っていると、携帯電話にメールが届いた。愛からのメールだ。しかし、内容は、ある那覇市内の住所が書かれているだけだった。知らない住所だったが、もしかするとそれは愛の居所かもしれないと思い、急いで個室に戻る。純は真剣な顔で水野に向き合った。

「すいません、あたし、今は何やってても、どうしても、愛のことを思い出しちゃうんです。こんな気持ちで水野さんと付き合うのは失礼だと思うんです。だから、今日は帰ります。すいません、ホントすいません」

一息に言うと、純は店を飛び出していった。一人残された水野は呆然とソファに座りこんだ。

純が店の外に出ると、千香が真っ赤な顔をして純を睨みつけていた。今までずっと待っていたかと思うと恐ろしい……。純は千香をまっすぐ見据え、「安心して、水野さんとは何もないから」と言い残して逃げるようにその場を去った。

翌朝。抜けるような青い空の下、純はスーツケースを引き、愛からのメールの住所を見ながら那覇市内を歩いていた。住所のマンションの前に辿り着くと、部屋の前で立ち止まり、大きく深呼吸をして部屋のチャイムを押す。

すると、中から出てきたのはマリヤだった。まずそのことに驚いたが、マリヤの腹の大きさを見て、純はさらに驚いた。

純は部屋に入れてもらった。マリヤの首に光るネックレスは今日もずれている。マリヤは、どうしてここがわかったのか訊ねたが、愛の話をしてもマリヤに通じるわけがなかった。純が正の結婚式の話をすると、マリヤは知っていると答え、自分と正はもう関係ないと言った。

「じゃ、なんで産むんですか、あんなアホ兄貴の子ども」

「それは……」

「ホントはまだ、好きなんじゃないですか？　兄貴も別れてからずっと、マリヤさんのこと気にしてました。別れて初めて、いかにマリヤさんが大切か気づいたんだと思うんです。まだ間に合いますよ。あんな結婚式ぶっつぶしてやりましょうよ。あたしも応援しますから」

「じゃ、聞くけど、正と結婚して、あたしが幸せになれると思う？」

純は、その問いかけに即答できなかった。しかし、どんなにダメな兄でもお腹の子の父親は兄一人しかいない、マリヤがいないと正はもっとダメになると説得した。

「なんなの、あなた？　もう、ほっといてくれる？」

「この前会った時、言ったの覚えてます？『あたしは、家族を大切にしない人は信じない』って。今マリヤさんがやろうとしてるのって、その子を大切にしてるってことなんですか？」

マリヤは反論する純を、「うるさい！」と外に追い出してドアを閉めた。

（あたしはいったい何をしに来たんだ、ここに……）

純は大阪に帰ろうと思ったが、なぜかその足は宮古島に向かっていた。

実家の前に行くと、家の中から、ギターのメロディーに乗った変な歌が聞こえてくる。剛が正の結婚式の披露宴で歌う曲を練習していたのだ。

「あんた、二度と家には帰らないんじゃなかったの？」

「しょうがないだろ、冠婚葬祭なんだから。おネエこそ、式に出るんだ？」

「あ、あたしはちょっとダメ兄貴に用があるだけで……」

家の中をのぞいたが正はおらず、純はサザンアイランドへ向かった。

サザンアイランドの宴会場では、正と晴海と善行が翌日の披露宴の準備をしていた。善行は張り切ってあれこれ指示している。善行がフロントに向かった隙に、純は晴海と正の元に駆け寄った。純の姿に大喜びする晴海をよそに、純は正に詰め寄った。

「……なんだよ？　ノーサンキューだからな、ウエルカムじゃない話は」

「マリヤさんと会ったんだけどさ。知ってるの、お兄ちゃんの子ども堕ろしてないこと」

動揺している正と晴海を無視するかのように、純は続けた。

「お兄ちゃんにとって結婚ってなんなわけ？　このまま結婚して後悔しないの？　明日、相手の前でちゃんと愛を誓えるの？　一生愛せるの？」

「いい加減にしろよ、借金ペイできなかったら、このホテルがバーストするかもしれないんだぞ。明日のウェディングは俺のミッションなんだ」と正は懸命に自分を正当化しようとする。

そこへ戻ってきた善行に、純は食ってかかった。

「お父ちゃん、あたしはまだ反対だから、こんな式。自分が作った借金返すために息子を結婚させるなんて、父親として恥ずかしくないの？　おじいのホテルを潰したら承知しないからね」

「言うとくけどな、このホテルをどうするか決めんのは俺や。お前のたわごとを聞いてる暇は一切ない。そんなくだらんことを言いに来たんやったら、とっとと大阪に帰れ」

「そうやってさ、家族みんなを不幸にしてるの、いい加減に気づいたら？　お母ちゃんも、お兄ちゃんも、剛も、みんなお父ちゃんのせいで辛い思いしてんの、お父ちゃんが何かやるたびに。この際だから言っとくけど、あたしはお父ちゃんみたいな人間にだけは絶対なりたくない！」

善行が、「なんだと?!」と純につかみかかるよりも早く、晴海が純の頬を叩いた。

「娘にそんなこと言われて、親がどれだけ傷つくかわかってるの？　大阪に行ってちょっと変わったんじゃないの、純！」

純は母の言葉が痛かった。何より、母に叩かれたのは初めてだった。正は純を見つめ、善行はただオロオロしている。

「……な、何よ。あたしは、こんな式絶対出ないから！」

純は溢れる涙を必死に堪えながら、捨て台詞を吐いて立ち去った。ホテルの外に出て歯がゆい気持ちで歩き出すと、靴紐がほどけている。純は靴紐を結んでくれた愛を思い出した。

夕暮れの砂浜で、純は一人波打ち際にたたずんでいた。海に映る自分の顔は、波によってブレて見える。純は心の底から愛に会いたかった。きれいな宮古島の海を愛に見せたいと思った。愛の携帯電話にかけてみても留守番電話が答えるだけ。堪えていた涙が溢れ出そうになる。

「ごめんね、愛君のこと信じ切ってあげなくて……あたし、なんで別れたんだろ。会いたいよ、愛。つーか、今どこにいるんだよ⁉」

純が絶叫すると、「ここにいます」と近くで声がした。振り返ると、岩場の陰から愛が現れた。

「……なんでここにいるの？」

「この前、純さんに言われて、宮古の海が見たくなって」

「そ、それだけ？」

「あ、それから、純さんのふるさとだし、ここに来て考えるのが一番かなと思って……なんであなたを好きになったのか。本当にあなたが好きだったのか。他の人と違って、まともに顔を見ることができたから、好きだと勘違いしてただけじゃないかって」

その答えが出るまでメールの返事もできなかったという。純は恐る恐る訊ねた。

「それで、どうだったの？　わかった？　な、なんであたしを好きか？」

「それが、まだ……」と愛は辛そうにうつむいた。

「なんじゃ、そりゃ⁉　悪いけど、あたしはあんたが出てってから何も考えてないよ。ただ、愛君のことを思いだして、会いたくて会いたくて、会えなかったらどうしようって思うと不安で不安で。一緒に歩いた道は一人だとものすごく長く感じるし、どこでクリームシチュー食べても、愛君が作ったのにはかなわないし」

愛は純の顔をまっすぐ見つめた。

「それだけじゃダメかな？　そういうこと感じて、ここが痛くなるだけじゃダメかな？」

純は左胸をおさえて、愛を見つめた。愛は首を横に振った。

「ぼくはもう……純さんと別れたくありません。あなたとずっと一緒にいたい。もう離れたくない……それだけでいいですか？」

うれしくて、うれしくて純は何度も頷いた。すると、愛が何かを純に差し出した。それは、ハートの形をした白い珊瑚のかけらだった。

純はニッコリと微笑んで受け取った。

「一緒に大阪に帰ろう。今なら最終便間に合うし」

「嫌です」とすぐに返答した愛に、純は拍子抜けする。

愛は今までサザンアイランドに宿泊していた。そこで、狩野家の人々の行動を目の当たりにしていたのだった。メールにも書いたように、明日の正の結婚式に出席したほうがいいと愛は純を説得する。それならば、純が愛を家族に紹介したいと言うと、愛は遠慮がちに言った。

「本当にいいんですか、ぼくみたいなやつを紹介して……」

「殺すよ、二度とそんなこと言ったら」

　純は微笑みながら言い、今の自分はどう見えているか訊ねた。

「今、あなたは……本当の狩野純です」愛は純をしっかりと見据えていた。

　純は、「ありがとう」と微笑んだ。

「宮古に来てからいつもここからホテルを眺めていました。あれが純さんの魔法の国なんだって」

　二人はホテルの外観を眺めた。

「今は魔法がとけて、冴えないホテルになっちゃってるけどね」と、純は寂しく微笑む。

　明かりの点いている宴会場をのぞくと、披露宴の準備が続いていた。二人が中へと入っていくと、善行は、今までホテルの客だった愛が純と一緒にいることに困惑した。

「実はあたし、この人と付き合ってるの」

　堂々と宣言する純に、一同は虚をつかれた。

「初めまして。あ、あの、正確にはそうではないですが、正式にご挨拶するのは初めてなので。あの、待田愛です」と、必死に顔を上げて言う愛。

　晴海が、「そうだったんですか」と愛想よく家族を紹介しようとすると、善行はたちまち不機嫌になり、用件を早く言えと促した。純が翌日の結婚式に出席すると告げると、晴海は喜び、愛にもぜひ参加してほしいと言う。愛はうつむいたままだった。

　その姿を善行はうさんくさそうに見て、愛の職業を訊ねた。愛が仕方なく「今は無職です」と答えると、善行はさらに怪訝そうな顔つきになる。

「ほら、今はこんなご時世だからさ」と、純が慌ててフォローする。

「ご両親はなんにもおっしゃらないんですか、それについて？」と善行がさらに問い詰める。

「あの、親とは、高三の時に家を出てから、まともに会ってないんで……」

「ということは、もしかして高卒ですか、あなた？」

愛が「正確には中退です」と言うと、善行は「そうですか……」と蔑むように愛を見た。

「何よ、バカにしたような顔して。愛君は英語とかペラペラだし、料理もうまいし、とにかく、なんだってできるんだからね！」

純は、善行がすぐ人を学歴や見た目で判断することに嫌気がさした。善行は、「明日は問題なんか起こすなよ」と純に嫌みを言う。正と晴海は、また親子ゲンカに発展しては困ると思い、善行に先に帰るよう促した。

夜も更けた頃、純は愛にホテルの中を案内し、土産物コーナーで純は懐かしそうな顔をした。

「昔は、この辺におじいが集めてた楽器がいっぱい置いてあってさ。おじいが、お客さんに聞かせてあげてたの。その辺に椅子ズラーッと並べてさ、子どもにはマジックとか見せたりして……みんな喜んでたな～」

「そうなんだ……」愛は純の輝く目を見つめた。

純は珊瑚Tシャツや、ストラップを見て、今度はうんざりした表情になった。

「今はこんなもんばっかり。全部オヤジのアイデア。金儲けのことばっかり考えちゃってさ」

純は売店の隅にあるジュークボックスに駆け寄った。

「おじいが集めた物で残ってるのは、これぐらいかも」

「すごい。まだ動くんですか？」

今となっては、広告を貼る掲示板のような役目になっている。愛はジュークボックスの電源を入れ、百円玉を入れて選曲した。しかし、まったく動く様子はなかった。

「やっぱ、ダメだね……」と、寂しそうな顔をする純を愛は見つめた。


翌日、ホテル前のビーチで結婚式が行われた。ウェディングマーチが流れ、砂浜に敷かれた真っ赤なバージンロードを、花嫁が父親に手を取られて入場してくる。行く手にある真っ白な祭壇には、白のモーニングを着た正がボンヤリと待っている。剛はノンキに写真を撮り、晴海はどこか複雑な表情で見守っている。善行は、目の前の光景を満足そうに眺め、感極まってひときわ大きな拍手を送っている。

純は善行の姿を冷ややかに見つめた。ふと、正の本性が気になり愛に訊ねると、正は駄々っ子みたいに殻に閉じこもっていると言う。

「心の中で、ずっと一人の女性の名前を呼んでます」

それはマリヤだと純は思った。牧師の声が、誓いの言葉を読み上げ始めると、純は正が思い直すことを望んだ。しかし、正の「誓います」の声が聞こえ、式は滞りなく進んでいく。

「もしこの結婚に異を唱える者がいれば、今名乗りでよ。さもなくば一生その口を閉じよ……」

牧師が唱えた次の瞬間、誰かが「異議あり」と叫んだ。一同が声のほうを振り返ると、マリヤがいた。純は「待ってました！」と正を見る。当の正は開いた口がふさがらないといった様子だ。

「正、あたしと結婚して！」

ざわめく一同を無視して、マリヤがお腹の子と三人で暮らそうと言った。

「あたしがあなたを幸せにしてあげるから」

正は言葉なくマリヤを見つめた。花嫁の父親が、「いったいどうなってる」と、善行に詰め寄ると、善行は懸命にとりつくろいながらマリヤを連れ出そうとする。

「お兄ちゃん、このままほっとくの？　まだ好きなんでしょ、マリヤさんのこと」

純が立ち上がり、正に迫るが正は煮え切らない。

「あんたの名前はなんだよ？　今ぐらい名前どおり正しいことやれよ、正！」

再び純が発破をかけると、正はマリヤの元へフラフラと歩き出した。「おい、何やってんねん、正」と慌てた善行が声をかけるが、正は次第に足を速めていく。

「おい、アホなまねはやめんか！　一生後悔するぞ！」

「だって……マリヤのネックレスがずれてるんだ……俺が直さなきゃ……」

正がマリヤのネックレスを直すと、マリヤはうれしそうに優しげな眼差しで正を見つめた。そして次の瞬間、正の手をしっかりと握ると、マリヤは正と一緒に逃げだした。

善行は「おい、ちょっと待て！」と追いかけようとして愛とぶつかった。

（おじい、やった！　ラブストーリーだわ、まるで）

純と愛は、二人が逃げていくのを、うれしそうに見つめた。

「狩野さん、いったいどういうつもりですか⁉　うちの娘にこんな恥かかせて」

花嫁の父は、烈火のごとく怒る。傍らで泣いている花嫁に、「ごめんなさいね」と晴海が謝る。

「そ、それがあの、わたくしも驚天動地《きょうてんどうち》と申しますか、茫然自失《ぼうぜんじしつ》と申しますか……」

善行がいくら言いわけをしても後の祭りで、父親の社長は、今後一切付き合うことはないと言い、花嫁を連れて帰っていった。

　正はマリヤとともに那覇へ行くと予想した善行は宮古空港の搭乗口に行き、手荷物検査に並ぶ乗客一人一人を食い入るように見て、正を血眼になって捜した。その顔はまさに鬼の形相だ。晴海が止めても耳に入らない。

「お父ちゃん、いい加減にしたら？　もう来ないって」と純が止めようとすると、善行は純の企みだろうと責め出した。その時、純の携帯電話に正から電話がかかってきた。純はとっさに善行に気づかれないように演技をして電話に出た。

「あ〜、どうも。ご無沙汰しています。今どちらですか？」

　正とマリヤは船で那覇に向かっていた。

　正は純に、「ありがとうな、純」と礼を言い、最後に付け加えた。

「マリヤが言ってたぞ、お前のおかげで勇気が出たって」

「ありがとう、純ちゃん」と電話口で叫んでいるマリヤの声を聞き、純は胸の奥が熱くなった。


　サザンアイランドの宴会場は、重苦しい空気に包まれていた。

　空気を読めない剛は、マイクを片付けながら、「一曲歌いたかったな〜」などとノンキに言っている。晴海が黙々と片付けながら善行を気にすると、突然、善行が持っていたテーブルクロスを叩きつけ、怒りに満ちた表情で純の前に立ちはだかった。

「お前は、どれだけ俺の人生を邪魔したら気ぃすむんや？　そんなに俺が嫌いか？　そんなに父親が憎いか？」

「ちょっと待ってください、お父さん」さすがの晴海も善行の言い分に驚いた。

善行は、純がマリヤをけしかけて結婚式を壊したおかげで莫大な損害が出たうえ、先方の親は慰謝料を請求すると言いだしたと純を責め立てた。

純は、善行が借金返済のために正を政略結婚させようとしたことや、マリヤが子どもを堕ろしていないことを前から知っていたのに黙っていたことを責めた。善行がマリヤの店に行くのを愛は見ていたのだ。

スパイのようだと善行が愛を罵ると、純はさらに善行に詰め寄った。

「昨日泊まって改めて思った。おじいがやっていた時はここにずっといたいなと思ったけど、今は全然楽しくない、夢もロマンも何もない。あるのはただ金儲けをしたいっていういやしい根性だけ。こんなホテルにしちゃって、おじいに恥ずかしくないの、お父ちゃん？」

「おじい、おじい、おじい、おじい！　こざかしいんや、お前は！　これは俺のホテルや。俺がどんな気持ちで今まで頑張ってきたか、お前みたいな奴に何がわかる？　二度と、おじいのホテルなんぞ言うな！」

「ちょっと、二人とももうやめて」と晴海が必死に止める。

「あの、なんなら、俺が歌おうか……」と剛が剛なりに気をつかっている。

善行は、「不愉快やからとっとと出てけ！」と純を怒鳴りつけた。背を向けて後片付けを始める善行に、純は子どもの頃動物園で迷子になった時の話を始めた。迷子になった純を見つけた時、血相を変えて飛んできて、純の手をぎゅっと握って帰るまで放さなかった善行。

「あたし、今でもその時の夢見るの。それはお父さんの愛情を感じたからですよって、愛君に言われたけど、あたしはそうは思わない。だって……あなたには愛情なんかひとつもないから！」

「なんやと、コラ⁉」と、純を殴ろうとした善行の腕を愛がつかんだ。

「ぼくのことはなんと言われても構いませんが……純さんのことを、これ以上傷つけたら許しませんから」

そう言った瞬間、愛のポケットから薬袋がドサッと落ちた。愛が慌てて拾おうとすると、サッと善行が奪い取った。精神科でもらった薬袋であることがわかり、晴海や剛が驚いて愛を見ると、純は、愛は病気ではなく特殊な能力があるのだと言った。

「おネエ、何？　その特殊な能力って？」

単刀直入に聞いてくる剛に、純は意を決して告白した。

「愛君は……人の本性が見えるの。なんでかわからないけど、相手の顔を見ると、その人が本当は何考えてるかとか、隠してる秘密とかが全部わかっちゃうの」

「お前、自分が何言うてるんかわかってるんか？　アホらしい」

初めは驚いていた善行も冷静になって鼻で笑い、「ほな、言ってみい。俺の本性を」と言いだした。うつむいていた愛は、ゆっくりと顔を上げて善行を見つめた。

「とっても悲痛な顔で叫んでます。俺のことをもっと見ろ！　もっと大事にしろ！　俺を愛せ愛せ愛せ愛せって。特にお義母さんに向かって」

純が驚いて善行を見ると、明らかに狼狽している。剛が面白がって「じゃ、俺は」と訊ねた。

「剛君は、小っちゃな男の子みたいに飴《あめ》をなめながらお義母さんに甘えてます。見て見て、ぼくこんなこともできるよ、褒めて褒めてって」

剛はそんなことないとむくれるが、純は当たっていると思った。晴海の番になると、晴海は背を向けて嫌がった。しかし、純はこの際、晴海の本性を知りたかった。

「お義母さんは、目をギラギラさせ、ものすごい唸り声あげて、今にも飛び掛かりそうな獰猛《どうもう》な野獣みたいです。それがどんどん大きくなって風船みたいに破裂しそうです。お義父さんと一緒にいるのが疲れた、結婚したのは間違いだったかもって」

「あたしはそんな……」と晴海が動揺した瞬間、善行は「人を弄《もてあそ》ぶな！」と叫んで愛につかみかかり、それを止めに入った純に今度は食ってかかった。

「お前がおると、みんなが不幸になる！　今後一切、うちに近づくな！　連絡もすんな！　お前はもう、俺たちの家族やない！　お前みたいな娘は生まれてこうへんかったらよかったんや！」

純は言葉も出せず呆然と立ち尽くした。晴海は娘に声をかけることもできず、ただうつむいている。善行は何事もなかったかのように片付けを始めた。

愛が心配そうに純を見つめた瞬間、純は逃げるように飛び出していった。


純が寂しそうな顔でホテルを見つめている。

後を追ってきた愛が「大丈夫ですか？」と声をかける。純は明るく振る舞っていたが、ショックを受けているのが愛にはわかった。

「すいません、ぼくのせいで……」

「何言ってんの、愛君が悪いんじゃないし、それに面倒くさい家族と縁が切れて、せいせいしたって感じ？」

「そう言いながら猫背になってますよ、純さん」

純は落ち込むと猫背になる癖がある。愛には嘘はつけないと思った。純は、愛が持っていた薬袋を握りしめ、もう病院に行かなくていいと言った。

「あたしの愛で、あなたを変えてみせるから」

純は愛の顔を見つめながら、自分の運命を自分で決める時が来たと決意した。

二人は純の母校の高校に行った。純は高校時代、ハンドボール部でゴールキーパーをしていたのだ。純は校庭にあったボールを拾い上げると、どんなシュートでも跳ね返す自信があると愛に自慢した。

「信じてないでしょ？　だったら、やってみる？　絶対入れさせないから」

愛にボールを渡し、「よっしゃ、こい！」と体勢を整えた……次の瞬間、愛がシュートを打つと、純の顔面にボールが見事に命中し、たまらず純がひっくり返った。

「だ、大丈夫ですか？」と、慌てて純に駆け寄る愛。

「大丈夫じゃない。少しは手加減しなさいよ。痛くて涙出てきちゃったじゃない。あ～鼻血も」

愛が謝りながらハンカチを渡すと、純はせきを切ったように泣き出した。

「何やってんだろ。オヤジにあんなこと言われたけど、絶対泣くもんかって思ってたのに……」

その涙のわけを愛はわかっていた。そんな純の姿が愛おしくて、愛は決心した。

「あの、だったら、涙が止まる前に一本電話していいですか」

愛は多恵子に電話をした。多恵子は愛からの電話だとわかると、ひと呼吸置いてから出た。

「ぼくはもう病院には行きません。純さんと一緒にいれば辛くないし、お母さんがどう思おうと、ぼくは病気じゃありません、と信じることに決めました」

愛が勇気を振り絞って言った言葉に、多恵子はしばらく沈黙した後、口を開いた。

「本当にこのままでいいと思ってるの？　病気さえ治れば、あなたは無限の可能性と能力を持った人間なのよ。そんなくだらない女のために一生を台無しにするなんて。あなたは必ず後悔する。あたしのほうが正しいって気づく。あたしはあなたの母親なのよ」

「いいえ、お母さんはわかってない。純さんは、ぼくなんかよりたくさんの人を幸せにできる人間です。なぜかわかりますか？　愛がいっぱい溢れているからです。どんなに辛くても理想や希望を捨てないからです。そのせいで誰からも愛されなくなっても、信念を曲げるくらいなら一人ぼっちでいるほうがいいと思える強い人間だからです」

純は愛を見つめた。愛が言ってくれるような人間になりたいと思った。

電話の向こうの多恵子は、愛の言葉に怒りを感じていた。

「その女を取るなら、あなたはもうあたしの息子じゃない……縁もゆかりもない赤の他人です」

「……わかりました……ぼくは純さんを取り――」

愛が最後まで言う前に、多恵子は電話を切っていた。


ハート岩のあるビーチで砂浜に座っている愛に、純は小さくて細いまっすぐな一本の珊瑚を差し出した。「何に見える？」

「いや、そう言われても別に……」

「何言ってんの、愛君の〝I〟でしょ。実は、純の〝J〟も見つけちゃった」

先端が曲がっている珊瑚を、純は愛の手のひらに乗せ、愛からもらったハート形の珊瑚をIとJの間に置いた。愛は手のひらの三つの珊瑚を見つめている。純は愛をまっすぐ見据えた。

「愛君。あたしたち、結婚しよう。もう、二人とも家族はいない」

愛は自分のような人間に、その資格があるのかと迷っていた。

「トルストイさんはこう言ったんだって。わたしの愛があなたを作り、あなたの愛がわたしを作るって」

純は心の声を聞かれても、本性を見られても構わない。むしろ、ブレないようにずっと見ていてほしいと思った。

「愛と書いていとしと読む、待田愛さん。あたしの家族になってください。そして、あなたの未来をあたしにください」

まっすぐ純を見つめる愛に「歩いていかない？　二人で」と促すと、「ダメです。靴紐がほどけてます」と愛は言い、しゃがんで純の靴紐を結びだした。純は、自分の靴紐がほどけたら、これからもずっと愛に結んでほしいと思った。愛はひざまずき、純を見上げて言った。

「ぼくの心と体は、永遠にあなたのものです……あ、すいません、やっぱり変えます、今の『眠り姫』のパクリなんで。えーと、なんて言うか、これからいろいろ辛いことがあって大変だろうけど、でも、どんな時も……俺がついてるさ、ベイビー」

そう言って愛が笑顔で手を差し出すと、純はその手をしっかりと握りしめ歩き出した。

（おじい、あたしはこの人さえいれば、何もいらない）

純は心からそう思った――。

第7章

けっこんしようよ

婚姻届は二人で一緒に出しに行きたい――。

純の思いを叶えるために、二人は市役所の住民課を訪れた。緊張した顔の純の背中に、愛が顔を隠して入ってくる。そんな二人の姿を居合わせた人々は好奇の眼差しで見つめた。

純は周囲の目を吹き飛ばすようにカウンターの職員に、「婚姻届を取りに来たんですけど」と声をかけた。職員に婚姻届を渡され、純は記入台でボールペンを取った。

「早く出して、美味しいもの食べに行こう」と純が書き始めようとすると、愛は「今日は無理です」と止めた。純は、愛が結婚をするのが嫌になったのかと思い、不安そうな視線を向ける。

「あ、そうじゃなくて、証人が二名必要だし……」

その時になって互いに証人のあてがないことに気づいた。

帰宅して、結婚するために決めなければならないことを箇条書きにしたメモを愛は見せた。

――新居は？　一部屋しかないのは二人では狭いので、安くていい物件を探す。

――結婚指輪は？　ほしいけど、高価な物は無理。

——経済的な問題は？　純の手取りだけでは厳しい。しかし、愛が外で働くのもまたトラブルの種になりかねない。当面は、愛が家でできる内職でなんとかすることにした。

——家事の分担は？　愛がすべてをやりたいと申し出たので、純はそれに甘えることにし、休みの日はできるだけ協力することにした。

——結婚式はどうするか？　互いに両親に勘当されたも同然だった。家族に祝福される結婚式などできるわけがない。

純が甘い新婚生活との程遠さを感じていると、愛が純の肩をつかんで真面目な顔で言った。

「しましょう。新婚生活を満喫」

「あの、あの、もしかして、心の声聞こえちゃった？」と純は照れる。

この時ばかりは、心の声を聞かれたことが純はうれしかった。

するとそこへ玄関のチャイムが鳴った。突然の来訪者は誠だった。誠に弁護士事務所を継がせようと、今まで以上に干渉がひどくなった多恵子から逃げるようにして家を出てきたのだ。

誠はテーブルの上の婚姻届を見つけた。

「何これ？　本当に結婚するの、愛ちゃん？」

「あ、うん……」照れくさそうに言う愛。

「もしかして、誠ちゃんも反対？」

純が心配になって訊ねると、誠はマスクを取って二人の臭いを嗅ぎだした。

「別にいいんじゃない。二人とも臭わないってことは、幸せなんだろうし」

二人は顔を見合わせてホッとし、証人の一人は誠に頼むことにした。

ホテルに出勤すると、米田が満面の笑みで純に声をかけた。

「今日からブライダルのほうに異動になったから。俺としては狩野ちゃんみたいな貴重な戦力を失うのは痛いけど、うちのホテルは新人にいろいろな職場を経験させるって決まりがあるからさ」

うれしそうな表情を浮かべ、米田は純に辞令を渡した。

ブライダル部門は料飲部に属している。料飲部長の露木は露骨に嫌な顔をしていた。

「最近はお前も心を入れ換えておとなしくやってるらしいから、俺としても期待してるけど……」

そう言って、大きなくしゃみをした。

ブライダル課のベテラン、池内《いけうち》音子《おとこ》は、挨拶にきた純を観察するように見た。

「池内です。あなたが、噂の社長さん？」

「あの、もう勘弁してください、それは――」純が説明しようとするのを音子はさえぎり、新しい客への応対の補佐をするよう指示した。

初めての客は、美人の新婦と地味でさえない感じの新郎という若いカップルだ。音子が式の日取りを訊ねると、「いつなら空いてます？　一番大きな宴会場」と新婦が即答する。さらに、バッグから招待客名簿や食事のメニュー、引き出物などすでに決めてきたものを提示し、一日も早く式を挙げたいと迫った。横にいる新郎は何ひとつ口出しすることなく黙っている。

カップルが帰った後、純は音子に訊ねた。

「何かおかしいと思いませんか？　新婦さんは焦って式を挙げたがってるし、新郎さんは言いなりで何も言わないし」

音子は、パソコンのキーボードを叩きながら、客のプライバシーに立ち入るのではなく、リクエストに応えるようにと注意した。

（あ～、また余計なことするなって顔されちゃったな～）

純が落ち込んだ様子でロビーを歩いていると、向こうからやってきた水野に声をかけられた。

「ブライダルに移ったんだって？　この機会にぼくたちのウェディングも考えてみたら？」

自慢の甘い微笑を投げかけてくる水野に、純はこの際はっきり言わなければと、愛と結婚することを告白した。水野は信じられないという面持ちでその場を去っていった。

新婚生活は居候の誠と三人でスタートとなった。純が家に帰ると、誠はすっかり馴染んでいる。クリームシチューを食べながら仕事をしている純に、誠が話しかけた。

「ねえ、やっぱ式はやったほうがいいんじゃないの？　一生に一度きりのことなんだし」

さらにウェディングドレスを着なくていいのかと訊ねられると、純は複雑な心境だった。愛はそんな純を申し訳なさそうに見つめる。

すると、誠の携帯電話に謙次から電話がかかってきた。

「お願いだから、帰ってきてくれよ、誠。ママと二人きりだと辛くてさ」

「だったらパパも家出したら？　浮気相手のところにでも。最近、疑問に思うんだよね、弁護士になること自体に。ちょうどいいからママに言っといて、今のこと。ついでって言っちゃなんだけど、愛ちゃんは純さんと結婚するみたいだから、それも伝えとけば？」

一方的に電話を切られた謙次が愛の結婚話で動揺していると、いつの間にか多恵子が傍らにいた。愛が純と結婚するつもりらしいと告げると、「お願いしたはずよ、二度とその名前は出さないよう」と多恵子は静かに去っていった。

ブライダルサロンで、純は先日のカップルと打ち合わせをしていた。相変わらず、何もかも一人で決めてしまう新婦に疑問を感じた純は、新郎に質問した。

「あの〜、お二人は、どうやって知り合ったんですか？」

動揺する新郎を見ると、新婦は、余計な質問はしないでほしいと言って新郎を先に帰した。

「前から気になってたんだけど、あなた、あたしの結婚に何か文句でもあるわけ？」

「あ、いえ、そういうわけでは……」純がうろたえていると、「何やってるんだ、お前」と新婦を呼ぶ声がした。声のほうを見ると、恰幅のいい中年男性が怒りに満ちた表情で立っている。

「ちょっと、何してんのよ、お父さん？」

「この辺のホテルや式場全部捜してたんだ。バカなまねはやめて、今すぐ式をキャンセルしろ」

新婦を連れ去ろうとする父親を純は慌てて制し事情を訊く。父親によれば、ずっと付き合っていた恋人との結婚に反対したことで、新婦はやけになって知り合ったばかりの男性と式を挙げようとしているのだという。

「心配しなくても大丈夫よ、バージンロードは家族代行サービスの人と歩くから」

憎まれ口を叩く新婦につかみかかろうとする父親を純と音子が必死に止めた。

新婦と父親を帰した後、純は社員食堂にいた富士子に相談した。すると富士子は、客のプライバシーに立ち入りホテルのルールに従わない純を叱責した。

「あ、それは、あの、やっぱりあきらめたくないんです、自分のやり方を。もちろん、みんなには迷惑かけないようにしますから」

「好きにしなさい、わたしはもう直属の上司ではないし」

去っていく富士子の後ろ姿を見つめ、純は一抹の寂しさを感じた。

エレベーターの中で純は婚姻届を広げ、ため息をついた。富士子に証人を頼むことができなかった。そこへ大先が乗り込んできて婚姻届をのぞき込んだ。

「あれ？　社長、もしかして結婚するの？」

「あ、はい、実は……」

「へ～、だったらお祝いしないと。何がいい？」

その瞬間、純は証人になってもらおうと思いついた。

大先が居室として使っているスイートルームのデスクで、大先は婚姻届にサインをしてくれた。

その間、純は広い部屋を興味深く眺めていた。

「あの、ここにずっと住んでいらっしゃるんですか」

「あ、うん、社長室を兼ねてね。ほら、働くより泊まるほうが好きだからさ、ホテル」

純の目は壁に貼ってある、オオサキの創業時の写真に釘付けになった。今のオオサキより、人の温もりを感じる外観――。純は泊まってみたいという好奇心に駆られながら、ホテルの前で笑っている先代社長の笑顔を亡き祖父の面影に重ねていた。

大先が婚姻届を渡しながら「相手はどんな人？」と訊ねると、「あたしを大切にしてくれるとってもすてきな人です」と純は答えた。大先に結婚式の予定を聞かれると、二人とも両親に勘当された身なので式は挙げない予定だと告げた。

「だったら、なおさらやったら？　仲直りするためにも」と、大先は当たり前のように言う。

大先の気持ちはありがたかったが、証人になってくれたことに感謝して部屋を後にした。


「証人も二人ゲットしたし、明日出しに行こう、市役所に」

「でも、ちょっと待ってください」と愛ははやる純を止め、苗字の問題を持ち出した。

純は「待田」でいいと言うが、愛と誠は、純が亡き弟の名前と一緒になることを懸念していた。

「ぼくは狩野でいいですよ」と愛が言うと、「そしたら、ますますあたしが養子取れとか言われちゃいそうなんだけど。待田って姓の人間がいなくなるから」と今度は誠が難色を示す。

指輪も買えず、新居も見つからない状態だった二人は、なかなか結婚への課題をクリアできないことに頭を抱えた。愛は一番の問題が他にあることを考えていた。

「あの、やっぱり、お父さんたちに報告したほうがいいんじゃないでしょうか、結婚すること」

「それなら、もういいって言ったでしょ」

純にそう言われても、愛は自分のせいで純の家族の関係が気まずくなってしまったことを気に病んでいた。

その頃、宮古島の狩野家では、善行と晴海が二人で食事をしていた。善行は不機嫌そうにビールを飲み、速いピッチでグラスを干している。晴海がビールを注ごうとすると、「ホステスみたいなことするな」とすねたように背を向けて自分でビールを注ぐ。

晴海が優しく接すると、愛の言葉を気にして機嫌を取っているのだろうと、善行は卑屈になる。

「言うとくけどな、俺はあんなこと、これっぽっちも思ってないからな。お前はどうか知らんけどな、俺と結婚したことを後悔してるらしいし」

「あ、あたしだって、そんなことちっとも……」晴海は本音を悟られないように必死だ。

晴海が正の行方を心配すると、善行は怒鳴りだした。

「やかましい。純といい、正といい、なんでお前はろくでもない子どもしか産まへんねん」

その瞬間、晴海は、バンッと乱暴に茶碗を置いた。心ない善行の言葉に無意識に怒りが表に出たのだ。見たことのない妻の行動に、善行はひるんだ。

晴海の様子をうかがっていると、剛が「お母ちゃん、腹へった」とノンキにやってくる。晴海が、「はいはい、ちょっと待ってね」と剛に気を取られた隙に、善行は剛に水を向けた。

「正がおらんようになったんやから、お前がうちのホテルを継ぐんやぞ。わかったら、明日から手伝え。このアホ」

そう言って善行は部屋から出ていった。


翌日、ブライダルサロンでは、例の新婦が一人で音子と打ち合わせをしている。懸命にプランを話す新婦を純が見つめていると、新婦はそれに気づいたのか、純に挑むように訊ねた。

「あなたはどう思う？　あたしが考えたプラン」

「とっても、すてきな式になると思います。相手が本当に好きな人なら」

「……え？」新婦は言葉につまった。音子は何を言い出すんだとばかりの表情で純を見ている。

「こんなにいい結婚式は本当に好きな人とすべきです。だから、今すぐキャンセルしてください」

新婦は絶句した。純は、新婦が別れた恋人との結婚を夢見て作ったプランだと考えていた。そうであれば、本当に好きな人と結婚式をするべきだと新婦に訴えた。

「あんたみたいなお節介、担当からおりてくれる？」

新婦は怒りで興奮して帰ってしまった。音子は、「申し訳ありません」と頭を深々と下げ、純は呆然と見送るしかなかった。

純を待っていたのは、露木と音子の説教だった。

「お客様のプライバシーに立ち入るなと何度言わせるの？　それでなくても、ブライダルの人間は担当したお客様に感情移入しやすいから、常に冷静な判断が求められるの。あなた向いてないわ、この仕事に」と、音子。

「もういいから。新しい担当と引き継ぎをやっとけ！」と、露木の一言で純は担当を外された。

純が落ち込んで歩いていると、水野が来て純に声をかける。

「今、君が立ってる場所をなんて言うか知ってる？　岐路だよ。人生の岐路」

純が思わず自分の足元を見ると、水野は続けた。

「このまま愛と結婚したら絶対後悔する。世界で君を幸せにできるのは、ぼくだけなんだ。ウィリアム・コングリーヴはこう言っている。人は急いで結婚し、あとで退屈して後悔すると」

聞いていられないとばかりに、純は早々に水野の前から立ち去った。

翌日、新婦はドレスの衣裳合わせをしていた。担当を外された純は、ホテルに来てもらった愛と一緒にその様子を遠くから見つめている。純はニコニコしている新婦を切なく感じた。

「彼女、本当はどんな顔してるの？」

「怒ったり、泣き喚《わめ》いたり、苦しんで身悶《みもだ》えしたり、大変です」

愛の返事に純が納得していると、自分たちと同じように新婦を見つめている男に気づいた。

「元彼です」と愛は男の本性を見て察し、逃げようとする男を純が捕まえて話した。

「あなたからなんとか式をやめさせるよう説得してくれませんか、彼女に」

「なんで俺がそんなことしきゃいけないわけ？　もう関係ねえし、あんな奴」

「下手な芝居はやめてください、今でも彼女が好きで好きでたまらないくせに」

「な、何言ってんだよ、あんた」愛に心の中を読まれた男は動揺している。

「あなたは小説家を目指して、アルバイトをしながら頑張ってきたけど、全然先は見えないし、心臓が弱くて倒れたこともあるから、彼女のお父さんに『娘を一生食わせていけるのか』と問い詰められて、『はい』と言う勇気がなくて、別れるって条件で手切れ金みたいなものを受け取ってしまった。だから、今さら彼女の前に出ていけないと思ってるんです」

愛の言葉に、男は観念したようにつぶやいた。

「……だから、もうほっといてください。ぼくなんか彼女を幸せにできないんだから」

「今、あなたが立ってる場所をなんて言うか知ってる？　岐路よ。人生の岐路」

純は水野の受け売りの言葉を男に投げかけた。

「そのまま行っちゃったら一生後悔しますよ。彼女はまだあなたのことが好きなんですよ。そんなことわかるのかよって顔してますけどね。わかるんですよ、あたしにゃ。一緒に準備すればするほど、本当はあなたと式を挙げたかったんだなって。それってきっと、絶対後悔しないって宣言したかったんじゃないですかね、お父さんに。何が『ぼくなんか彼女を幸せにできない』よ？

彼女はね、他の人じゃダメなの、あんたに幸せにしてほしいの。わかったら、とっとと彼女に一緒になろうって言ってきたら⁉」

純は大演説をして衣裳部屋のほうを指さすが、言い出す勇気のない男は、「すいません、やっぱり無理です」と逃げるように去っていった。

しかし、純はそう簡単にはあきらめなかった。翌日、ホテルのチャペルで式の説明を受けている新婦に、元彼が心臓発作で倒れたと告げ、ロビーにいる元彼のところへと連れていった。新婦が慌てて駆け寄ると、元彼はソファに座ってケロリとしている。

「あなたが、発作で倒れたってこの人が……」新婦は純を指さす。

「いや、俺は、この人から、君がどうしても会いたいと言ってるって」と、元彼は愛を指さした。

騙されたことに気づいた新婦が純を責めると、純はどうしても二人で直接話してほしいと頭を下げた。新婦は、純と愛がお節介を焼く理由を訊ねると、うつむいていた愛が話しだした。

「ぼくたちも結婚するからです。ぼくも仕事をしていません。人には理解してもらえない病気みたいなものもあります。それでも、彼女はぼくと結婚すると決意してくれました」

新婦と元彼は純を見つめた。

「ぼくも自分なんかが彼女を幸せにできるかと思ったけど、彼女は、いっぱい勇気が出る言葉で励ましてくれました。『この世には不完全な男と不完全な女しかいない』『わたしの愛があなたを作り、あなたの愛がわたしを作る』って。だから、ぼくらに負けないよう頑張って幸せになりませんか、お二人も」

愛の訴えを聞いた元彼は、意を決したように新婦に向き直った。

「お願いだからやめてくれよ、結婚式なんか。君のお義父《とう》さんに許してもらえるよう頑張るから。もちろん、お金も返すから。こんな不完全な男でよかったら、もう離れないでくれないか。俺は君がいないとダメなんだよ」

涙をぼろぼろと流して泣いている元彼を、新婦はただ見つめている。純と愛は二人が離れないことを期待して見つめていると、黙っていた新婦が口を開いた。

「悪いけど、式はやめないから」

みんなの頭の中に「?」が広がった。だが、新婦は清々しい顔で言葉を続けた。

「あなたとするの」

新婦は、驚いている元彼を見つめ、「嫌なの?」と訊ねた。元彼は、首を振って「ありがとう」と答えるのだった。

「じゃ、そういうことなんで段取りよろしく」

新婦は純を改めて担当に指名した。純は本当に好きな者同士が結婚する喜びを感じていた。

しかし、まだ問題が残されていた。新婦の父親が式に出ないことだ。「来るわけない」とあきらめている新婦に、純は自分の姿を重ねていた。

翌日、ブライダルサロンに、〝元彼〟から晴れて新郎となった男が一人で現れた。訊けば、新婦の父に結婚式に出てくれるよう頼み、きちんと金を返したいということだった。新婦の父親をここに呼んでいるので純に立ち会ってほしいという。突然の申し出に純が慌てている間に、恐い顔をした父親がサロンに入ってきた。

「……聞いたぞ、娘と式を挙げるんだって?」

新郎は金の入った封筒を差し出すが、父親は受け取らない。新郎は「娘さんとの結婚を許してください、お願いします」と頭を下げた。

「定職もないし、体も弱いのに、子どもでもできたらどうする気だ？　家族をちゃんと守っていく自信があるのか？　娘の幸せを考えるなら、こんな式すぐ中止にしろ！」

怒りに体を震わせて去っていく父親を、新郎は追いかけることさえできない。純は慌てて父親の元に駆け寄り、二人の結婚を許してくれるよう頭を下げた。翌日の結婚式は新婦がコツコツと貯金をし、すべてのプランを自分で考え、彼と一緒になって絶対に幸せになるという覚悟や決意に溢れたすてきな結婚式であり、そんな式に父親が出席できないのは寂しいと訴えた。

だが、父親は娘が生まれた時に、何があってもこの子は絶対に不幸にさせないと誓った、だから、あの男との結婚は絶対に許すわけにはいかないという。

「でも、結婚って幸せになるためにするんじゃなくて、もしかしたら、この人となら不幸になってもいいと思える人とするものじゃないでしょうか、きっと、と今思いました、すいません」

純は思いの丈を父親にぶつけたが、父親は「バカバカしい」と一言残して、立ち去った。

「本日はおめでとうございます」

ウェディングドレス姿の美しい新婦を見ていると、純はどうにかして父親が来てくれることを願ったが、式の時間は刻々と迫るばかりで、父親は現れる気配がない。

「僭越ながら、本日は父親代わりを務めさせていただきます」

父親役を引き受けた大先はどこかうれしそうだ。ウェディングマーチが流れ出し、大先が新婦の手を取る。扉が開きかけた時、「待て！」という声がした。振り返ると新婦の父親がいた。

「よかった、やっぱり来てくれた」純は慌てて扉を開けないように無線で指示を出し、大先を押し退け、父親に新婦の腕を取らせた。再び音楽が始まり扉が開いた瞬間、父親は「来い！」と新婦をいきなり連れ去ろうとした。

あ然とする純をよそに、父親は抵抗する娘の手を鬼の形相で引っ張っていく。

「ちょっと待ってください」と純が追いかけても構わず外に飛び出そうとするが、ドアが開いた途端、誰かとぶつかり転倒する。ぶつかった相手は愛だ。愛が父親を抱き起している間に、純は父親に駆け寄り、「お願いです、お父さん。式に戻ってください」と頭を下げる。

だが、父親は断固拒否し、新婦の手を引っ張っていく。新婦が手を振り払うと、父親は「あんな奴と結婚しても、幸せになれるわけないいんだ！」と怒鳴った。

「昔からそればっかり。だったら、消えてよ、あたしの人生から！」

罵声を浴びせた新婦の頰を父親は思い切り叩いた。

「勝手にしろ、もう、お前なんか娘と思わん」と、父親は悲しそうに言う。

「あ、そ。今までお世話になりました。ほな、さいなら」

新婦は涙目になって、二人は逆方向に別れていく。純は父親を追いかけて、歩み寄るよう説得した。新郎はスタスタと式場に戻っていく新婦を見つめて迷っている。

心配してやってきた愛が新郎を説得した。

「今考えてることを、そのまま言ってください」

愛の言葉に決意した新郎は、新婦に向かって叫んだ。

「やめよう、結婚式！」

新婦も父親も驚いて振り返った。

「やっぱり、お義父さんが出ない式なんて、やっちゃダメだよ。全部ぼくが悪いんだから、認めてもらえるまで頑張るから、お義父さんに許してもらってから結婚しよう。どんなことがあっても、もう絶対逃げないからさ、俺」

新郎は新婦の元に駆け寄り手を握った。新郎の決意を知った新婦が、心を込めて頷いた。

「でも、いいんですか？　キャンセルはきかないので、費用は全額負担していただくことになりますけど……」

「構いません、二人で必ず返します」

新郎は清々しい決意の顔で純に言い、「申し訳ありませんでした、ご迷惑かけて」と今度は父親に深々と頭を下げた。新婦の手を取りその場を去ろうとすると、その姿を見つめていた父親が、「バカか、お前ら！」と声をかけた。新郎新婦は立ち止まった。

「俺がいくら反対しても、どうせ結婚するんだろ？　だったら今やればいいだろうが」

その言葉を待ってました！　と純と愛はうれしそうに父親を見た――。

バージンロードを歩く父と娘は、とてもいい顔をしている。祭壇の前で待っている新郎の元に娘を託す姿を見つめて、純の目にも涙が溢れた。

式後、純のもとに新郎新婦が訪れた。

「二人で話してたんです、担当があなたで本当によかったたって。ありがとうございました」

二人は笑顔で純に礼を述べた。

（おじい、あたしはやっぱりお客さんのこんな笑顔が見たいから、この仕事をやってるんだ）

上司に褒められることなどどうでもいい。自分にしかできないサービスをしたいと純は思った。


その夜、初めて担当した結婚式の成功を自宅で祝った。誠に続いて、宮古島から家出してきた剛も転がり込んでいた。

「よかったですね、初めての結婚式が大成功で」と愛は純を見つめて言う。

「ありがとう。愛君のおかげだよ」純も愛を見つめ返す。

「うっま～、愛さんの料理サイコーっすね」

剛が食べながら誠に接近すると、誠は鼻をつまんで遠ざかる。

「これがなかったら、こんなところ我慢できないけどね、二人でイチャイチャするから」

「あのさ、悪いけど、二人ともいつまでもここに置いとくわけにいかないから」

純の申し出に剛と誠が困っていると、純は新居が見つかったことを報告した。今日の新婦の父親が不動産業を営んでいて、格安の物件を紹介してくれたのだ。剛と誠は新居にも置いてほしいと頼み込んだが、純と愛は互いの弟と妹の将来のためにも断った。

そこへ玄関のチャイムが鳴った。ドアを開けると、なんと富士子が立っている。

「あなた、結婚するの？」

「あ、はい、実は……」

「だったら、なんで早く報告しないの、会社に」

明日の休みに婚姻届を出してから報告するつもりだったと純が告げると、「明日は出社しなさい」と富士子は言った。

「模擬結婚式があるのは知ってるわよね。それが終わったら、会場や衣裳を借りて、ついでにチャッチャとあなたたちの結婚式をやってあげてよ、という社長命令なの」

「え？　あ、でも、あたしたちは、式を挙げるつもりは……」

「だったら、社長に早く断りなさい。従業員もできる限り参列するように言われて、みんな迷惑してるんだから」

富士子はすぐさま携帯電話を取り出し、大先に電話をして純に直接話すように促した。純は断るつもりで愛に同意を求めると、愛もそのつもりなのがわかった。大先に断ろうとすると、誠が電話を奪い取って電話を切った。

「お言葉に甘えてやったら、結婚式。一生に一度のことだし、堂々と写真撮ってさ、ママたちに送り付けてやればいいじゃない」

やらなければ証人をやめると脅かすように誠は付け加えた。続けて剛も、絶対に似合わないであろう純のウェディングドレス姿を見てみたいと冷やかす。

純は、やるからにはせめて兄弟には見届けてほしいと思い、正に電話して正とマリヤにも来てもらうことにした。

翌日、オオサキの控室には、ウェディングドレス姿の純と、タキシード姿の愛が、それぞれ緊張した様子で座っている。

「大丈夫？　今日、たくさん人がいるけど」純は愛を心配する。

「あ、はい。頑張ります。一生に一度のことですから」と頑張る姿勢を見せる愛。

一生に一度のことなのに……。二人は互いの両親に連絡できなかったことを気に病んでいた。

チャペルの前に移動すると、「お待たせ」と言って現れた大先が、「さ、どうぞ」と誰かを案内している。見ると、なんとそれは善行と晴海だ。

「う、嘘？　なんで？」と純は驚愕し、善行と晴海も純の姿を見て固まっている。そこに、中津留が「こちらです」と誰かを案内すると、多恵子と謙次が入ってきた。それぞれがこの場の状況を飲み込めず、呆然としている。

「社長さん、どういうことですか？　わたしはうちのホテルに融資してくださるって言うから」

「だから、その話は娘さんの式が終わった後ゆっくりと」と大先は善行の追及をかわす。

「申し訳ないですが、こんな奴、もう娘と思ってないんで」

善行が言い放つと、多恵子と謙次も大先に呼ばれていたことがわかった。多恵子が不機嫌そうにチャペルのドアを開けると、中にいた愛は多恵子の姿に驚き、多恵子は愛を一瞥した。

「こんなみっともないもの見るに堪えないわ」と多恵子が帰ろうとすると、善行も「俺たちも帰るぞ」と出ていこうとした。次の瞬間、二人はすごい勢いでぶつかった。

「何するんですか？　痛いじゃないですか」怒りをあらわにする多恵子に、「何言うてるんや、そっちがぶつかってきたんやないか」と善行も応戦し、険悪な空気が漂う。

「まあまあ、なんとか式だけでも出てもらえませんか。娘さんと息子さんも口には出せないけど、本当はご両親に出てほしいと思ってるはずだし」と大先がとりなそうとする。

家庭の問題だから他人には関係ないと善行は去ろうとするが、融資の話を大先に持ち出され、思わず足が止まる。多恵子は、人の貴重な時間を奪うことの罪を大先に問いただすが、中津留と多恵子が頻繁に会っている話を後で訊きたいと大先が逆に釘を刺した。

タイミングを見計らって、富士子が両家の家族を別室に案内した。

少し遅れてやってきた正とマリヤが合流すると、善行はさらに不機嫌になった。重苦しい空気の中、純が家族の紹介を始めた。善行から順番に紹介し、マリヤの番になり口ごもった。

「あの、お父さん、お母さん、TPO的にどうかと思うけど、俺とマリヤも籍入れたから」

正の告白に晴海は驚くが、善行は顔も見ない。

「勝手にせい、お前みたいな奴はもう息子と思ってない」

「お父ちゃん、いい加減祝福してあげたら？　お兄ちゃんとマリヤさんは愛し合ってるんだし」

そのやりとりを見ていた多恵子が鼻で笑う。

「ずいぶん、個性的なお子さんをお持ちみたいですね」

善行が多恵子を睨みつけ反論しようとしたところに愛が割って入り、待田家の紹介を始めた。だが、多恵子は時間の無駄だと言って誠に家に帰るように命じた。誠は憤慨し、司法試験を受けず、もうこれ以上多恵子の言いなりにはならないと反抗した。謙次はただ、母と娘の間で仲裁に入ることしかできない。多恵子は、勝手に式を挙げようとした愛と純に、祝福する気持ちは一切ないと断言した。

「浦島太郎みたいに、せいぜい今を楽しみなさい。いずれ玉手箱が開いて、自分たちがくだらぬ夢を見ていただけと気づくから。あなたたちの未来は暗い、いや、未来なんかない」

多恵子の言葉に、苦しそうにうつむく愛を純は見つめた。多恵子は追い打ちをかける。

「わかったら、愛のために別れなさい、あなたのせいであの子の一生を台無しにする気？　あなたは、いずれこのホテルの社長になるとか言いふらしているらしいけど、そんなのは絶対無理よ。あなたはそんな器の人間ではない」

「あたしは愛君を愛してるから、なんと言われても別れる気はありません。彼の一生を台無しにしたら、お義母さんよりあたしのほうがずっと辛いので、そんなことにはさせないよう命かけます。このホテルの社長になれるかどうかはわからないけど、希望と理想は持ち続けさせてもらいます。それくらいの権利はあると思うので。と、今まさにそう決めました。すいません、以上です」

純が負けじと言い返す。

すると今度は、愛が他人の本性が見えることについて善行は責め立て、今まで言ったことを取り消せと愛に文句を言い出した。純が善行を責めると、激昂した善行が純を突き飛ばした。その瞬間、愛は善行につかみかかった。

「言いましたよね、ぼくのことは何を言ってもいいけど、純さんを傷つけることだけは許さないって」

恐ろしい形相ですごむ愛に、善行が「せやったら、どうするんや？　殴るんか？　やってみろ」と虚勢を張る。愛は思いっきり善行にタックルを食らわせた。善行が愛を殴りだすと、正と剛が慌てて止めに入る。そこに「やめろ、愛」と謙次も加わり、男たちの騒ぎが大きくなると、今度はマリヤがいきなり唸りだした。

「ドラマで、家族がもめた時、赤ちゃんが生まれて仲直りするの見たから～」

必死にいきむマリヤに「無理だよ、まだ六か月だし」と正が制した。

善行は愛に現実を突きつける。純は、自分の思い込みのせいでこれからも問題ばかり起こし、周囲に迷惑をかけていく。自縄自縛《じじょうじばく》のように、自分のやることでどんどん身動きが取れなくなり悶え苦しんでいくのだと。

「何があっても、僕が、純さんを守りますから」

「お前みたいな仕事も学歴も夢もない、人の顔もまともに見られへん男がどうやって守るんや?」

「美味しいものをいっぱい作ります。疲れた時はマッサージします。愚痴を言いたい時は、徹夜で聞きます。リクエストがあれば歌ったり踊ったりします。暑い時は扇風機になります。寒い時は太陽になります。すいません、自分でも、何言ってるかわからなくなってきましたけど、ぼくの夢は、純さんの夢が叶うことと……それからいつかお義父さんに認めてもらうことです。と、今決めました、そっちは」

「そんな日なんぞ永遠に来るか!」と善行が出口に向かうと、また多恵子と激しくぶつかった。それから再び両家の家族全員による大ゲンカが始まった。純と愛は、そんな家族の姿を離れたところで眺めた。

「ねえ、今どんなふうに見えてるの?」純は興味深そうに訊ねた。

「はっきり言って、怪獣大決戦みたいになってます」

愛は残っている懸案事項を決めたいと続けた。

「呼び方なんですけど、純さんでいいですか? 純だと、どうしても死んだ弟のことを思いだしちゃうんで……」

「あ、そうか、ごめんね、気づかなくて。じゃ、あたしも今までどおり愛君でいい？」

「はい、それから、指輪ですけど。やっぱり買うのは高いんで、これでいいですか？」

愛はIとJの珊瑚で作ったペンダントを純に渡した。

「結局、なんか全部愛君に決めてもらっちゃったね」純はペンダントを握りしめた。

「これから二人が人生の岐路に立った時、どうするか全部あなたが決めるんです。ぼくはそれに従いますから」

「……ありがとう」

純は愛の決意を受け止めた。

その夜、二人は市役所に婚姻届を出しに行った。婚姻届の性は「待田」になっている。これも純が決めたことだ。二人の胸には、珊瑚のペンダントが揺れている。すでに受付が終了になっていて、守衛が「ご苦労さまです」と代理で受け取るだけの提出となり、なんとなく拍子抜けする。

（おじい、この頃考えるんだ。あたしたちダメな人間が、地球とか自然に誇れるものってなんだろうって。きっと、それはひとつしかなくて、一生愛し合っていくことなんじゃないかな……）

二人はしっかりと手をつないで歩くのだった。

第8章

まもってあげたい

新しいマンションの一室。セミダブルベッドの中で純と愛が眠っている。

純は愛を後ろから守るように抱き、時折、目覚めては愛の寝顔を見つめる。愛と出会ってからいろいろなことがあったが、今一緒にいるこの瞬間に幸せを感じていた。だからこそ、目を開けた時に、愛がいなくなっていたらどうしよう……と不安にもかられる純だった。

「純さん、起きてください」と愛の優しい声で純は目覚め、愛の姿を見て安心する。

珊瑚のネックレスを首につけ出勤の準備を終えて純がテーブルに着くと、愛の手作りの朝食が出てくる。

(こんな朝食を食べられるなんて、なんて幸せ者なんだ、あたしゃあ)

純が美味しそうに食べていると、キッチンから出てきた愛が「あの、これ」と弁当を差し出す。

「倹約しなきゃいけないし、これから毎日作ろうと思うんですけど、いいですか?」

「あ、もちろん。ありがと〜」純は手放しで喜んだ。弁当をバッグに入れている愛の首にある、珊瑚のネックレスを純は見つめる。「ねえ、愛君、ずっと一緒にいようね」と純がうれしそうに言うと、愛は笑顔で純を見つめ、「もちろん」と頷く。「いなくならないでね」と純がしおらしく続ける。

「……どうしたんですか？　そんなこと言って」

「え？　あ、ほら、なんか会社行きたくなくて。愛君と別れたくないからさ」

「ダメですよ、そんなこと言っちゃ。ほら、本当に遅れますよ」

「わかってるよ……」と純が仕方なく立ち上がると、愛の手から「ハンカチ」「携帯電話」と手渡され、仕上げには、ピカピカに磨かれた靴が玄関に用意されている。純が「幸せすぎて怖い〜」と心の中で思っていると、それもすっかり読まれている。嘘偽りのない純には、心を読まれてもなんの問題もなかった。


（結婚した途端ブライダルにも異動するし、きっとこれは天職ってことね。ブライダル最高〜）

ホテルのチャペルの前で浮かれていると、目の前に音子が不機嫌そうに立っている。

「狩野さん、ちょっといい？」

「あの、すいません、今日から待田なんで」

純がネームプレートを見せると、音子は睨みつけながら、披露宴を翌日に控えているカップルに挨拶をするように言った。

ブライダルサロンで待っていた今度のカップルは仲が好さそうだ。純はひと安心して挨拶をすませると、新婦の携帯電話にメールが届いた。「ちょっとすいません」とそのメールを確認すると、新婦の表情が曇った。その表情は幸せそうな花嫁とはとても思えないものだった。

しばらくして、気になった純はロビーまで新郎新婦を追った。お節介かと思ったが、どうしても気になる純は、新郎がトイレに行っている間に新婦に声をかけた。

「あの、間違ってたらすいません。もしかして、何か心配なことでもあるんじゃないですか？」

「え？　なんでですか？」新婦は明らかに動揺している。

純が自分にできることがあれば協力すると言うと、新婦は言い淀みながら、新郎には内緒にしてほしいとメールの内容を見せた。

そこには『結婚式、メチャメチャにしてやる』と書いてあった。

「お願いです、もしこの人が乗り込んできても絶対式場に入れないでもらえませんか」

訊けば、メールの相手は新婦の元彼で、今の新郎にプロポーズされて別れたという。元彼は付き合い始めた当初は優しかったが、徐々に嫉妬深くなり暴力を振るうようになったらしい。新婦が警察沙汰にしたくないというので、ホテルスタッフ全員に元彼の写真のコピーを携帯させ、警備に万全を期すことになった。

休憩スペースで弁当を食べながら、純は愛に電話した。愛は慣れた手つきで内職をしながら、イヤホンを着けて純と話している。

しばらく愛との会話を楽しんでいると、いつの間にか水野が純を見ていた。その視線に恐怖を感じた純は、「もうすぐ休憩終わるんで、切るね」と電話を早々に切った。水野は思いつめた顔で純の前に立ち、純のネームプレートに目を落とし「籍入れたんだ？」とつぶやく。

「あ、はい、お蔭様で」と純が明るく答えると、水野はいきなりいじけ始めた。

「俺の何がいけないんだよ？　身長も収入も愛よりずっと高いし、顔やスタイルだって俺のほうが勝ってるし、いずれ社長になりたいっていう目標や夢だって君と一緒じゃないか」

「いや、別に水野さんが悪いんじゃなくて……」

「愛と結婚しても、君が幸せになるとはどうしても思えないんだよな、ぼくには」

すねたように愚痴をこぼして水野は立ち去った。幸せいっぱいの純には何も答えようがない。

フロントの前を通ると、千香が暗い顔をして立っている。一度は通り過ぎたが、千香のそんな顔を見てしまうと、つい気になってしまう純。

「ねえ、何かあった？　元気ないけど」と声をかけると、千香は「……あたし、仕事辞めようかな」とポツリと答えた。千香は、水野のことが大好きなのに、全然相手にしてくれないので同じ職場にいるのが辛いと漏らした。

仕方なく純が励ましていると、一人の男性客がチェックインをしに来た。「予約した灰田《はいだ》ですけど」と名乗る男性の顔を見て、純は固まった。持っていた写真を確かめると、間違いなく同一人物だ。しかし、すでに元彼はチェックインをすませ、姿を消してしまった。

結婚式当日の朝。ブライダル担当のスタッフが集まり、警備の配置場所を確認していた。まさか元彼が予約していると思わなかった千香は、チェックインさせたことを露木に激しく叱責された。

純は部屋から出る気配のない元彼を、水野と一緒に見張るはめになった。

「あれからいろいろ考えたんだけどさ、俺って、そんなに魅力ないかな？」

あいかわらずいじけた様子の水野に、「いやいやいや、そんなことは」と純が困惑していると、部屋のドアが開き、元彼が出てきた。彼の姿を見た純と水野は驚愕した。なんと、真っ白なタキシードに身を包んでいるのだ。

「すみません、お客様、どちらへ?」水野が前に立ちはだかると、「別に勝手でしょ、どこへ行こうが」と、水野をよけて通ろうとする。

「あの、映画のまねとかして、花嫁さんを奪って逃げようなんてことは考えてないですよね?」

純が慌てて言うと、「だったら、なんですか?」と元彼は開き直った。

「申し訳ありませんが、式場に行くのはご遠慮いただけますか」

水野が毅然として言うと、新婦は一時の気の迷いで結婚しようとしているから、早く止めなくてはならないと元彼は言う。さらに、何年も付き合って結婚の約束もしていたのに、一方的に好きな人ができたから別れてほしいと言われ、それ以来いくら頼んでも会ってくれないと嘆いた。

「このままじゃどうしてもあきらめられないんです。別れるにしても、本人の口から理由を聞きたいんです。そうじゃないと、彼女を忘れることが一生できなくて……」

純は元彼を気の毒に思い、新婦に会うように頼んでくると言った。

「何言ってるの? そんなことして新婦様に怪我でもさせたらどうするの?」

「どうしても悪い人に思えないんです。会ってちゃんと話せばわかってくれる気がするし」

純の行動を叱責する音子を純が説得していると、「なんでそんなことしなきゃいけないの?」と、新婦がウェデイングドレス姿で現れた。

「お願いです、ちょっとでいいですから」と純が言うと新婦は怒りをあらわにした。

「いい加減にしてよ! あの人はね、別れてくれって必死に頼んでも、『殺す』とか言って何度もストーカーみたいなことしたのよ。警察呼んで早く追い出してよ!」

新婦は、ホテルとしてきちんと守ってくれなければ、怖くて式が挙げられないと憤慨した。

純は元彼の部屋に戻り、新婦に会う気がないことを告げると、元彼は力なく言った。

「じゃ、式が終わるまでこの部屋から出ませんから、それでもいいですか？」

それに対し、純と水野は、部屋の前で見張らせてもらうことを条件に出すと、元彼は「構いません」と同意する。その姿を、純はなんだか切ない気持ちで見つめた。

元彼と花嫁、どちらの言っていることが本当なんだろうか……。


披露宴はつつがなく終わり、新郎新婦は参列者に見送られて幸せそうに去っていった。

「お二人無事に出発しました。みなさん、お疲れさまでした」と、純はスタッフにインカムで伝えた。それを聞いた水野は、元彼の部屋のチャイムを押すが、反応がない。仕方なく、「式が終わったので、ご自由に部屋を出ていただいて結構です」とドアに向かって声をかけた。

純は元彼のことが気になり、フロントの千香に元彼のチェックアウトの確認をすると、まだしていなかった。純の頭の中で嫌な予感が広がっていく。

「千香ちゃん、マスターキー貸してくれる？」千香と二人で元彼の部屋へと向かった。

「灰田様、灰田様」

ノックして、いくら声をかけても反応がない。純は焦って「すいません、部屋に入らせていただきます」と言うと、千香がマスターキーでドアを開け、すかさず純が中に飛び込んだ。

そこで目にしたのは、ベッドに倒れている元彼の姿だった。千香は思わず「キャッ」と悲鳴をあげる。ベッドサイドに睡眠薬らしきものを見つけた純は、「灰田様、大丈夫ですか？　灰田様」と揺り起こそうとした。それでも灰田の反応はなく、千香は慌てて医務室に走った。

「しっかりしてください、なんでこんなバカなことするんですか？」

純は死なせてなるものかと、さらに強く揺り起こした。すると、灰田が目を開けた。

「何やってるんですか？　あなた」と目の前の純に驚いている。

「気がつきました？　よかったぁ……」純は全身の力が抜けた。灰田は寝ていただけだという。

「すいません。死んだのかと勘違いして」と純は慌てて離れた。「余計なお節介して、すいませんでした、失礼します」と去ろうとすると、灰田は、「嘘です」とつぶやいた。

「死のうとしたけど、できなかったんです……バカみたいでしょ。フラれて当然ですよね」

「ほら、あれですよ、あなたはとっても愛が溢れてるだけで、それに気づく人が現れますよ、すぐ。祖父がいつも言ってました、この世に意味のないことなんかひとつもないって。きっと、フラれたのも、本当の運命の人と出会うためですよ」

なんとかして励まそうとした純の言葉に、灰田は救われた気がした。

「ありがとうございました。おかげで吹っ切ることができました」

純が、「本当ですか？」と喜ぶと、灰田は笑顔で「あなたに会えてよかった」と頭を下げた。


翌朝、ブライダルサロンでカタログを整理している純に、「すいません」と客が声をかけた。顔を上げると、灰田が立っている。純が「いらっしゃいませ、あの今日は？」と訊ねると、灰田は明るく、純の名刺がほしいと言った。純は元気になってよかったと思い、喜んで名刺を渡した。

「実は、こちらで結婚式を挙げようと思って」

「え？　もう、お相手が見つかったんですか？」

「はい、あなたです」と灰田。純は「はい？」と面食らう。

「ぼくと結婚しましょう。待田純さん」

「ちょ、ちょっと待ってください。なんでそうなるんですか？」

「昨日、あなたに言われることがなんでいちいち心に入ってくるんだろうって考えたら、わかったんです。あれは、ぼくに対するプロポーズだって」

ありえない……。純はそんな勝手な解釈は困ると言うと、灰田は、フラれたのは運命の人と出会うためで、その運命の人は純だと主張する。純が自分は結婚していると言うと、「嘘だ、結婚指輪してないし」と灰田はわかってくれない。純は、指輪代わりの珊瑚のネックレスを見せて、必死になって説明した。


「それで、納得してくれたんですか、その人？」

愛は純にマッサージをしながら、その日の一部始終を聞いていた。

「なんとか。同じ人間なんだから、話せばわかるって感じ？」

「本当にそうならいいけど」と、純の首をグギッと鳴らした。愛の意味深な言葉を、「アタタタ。何言ってるの、大丈夫だよ」と受け流していると、自宅の電話が鳴った。愛が「もしもし」と出た途端に電話が切れた。突然の無言電話に不安を隠せない純だった――。

翌日、純がブライダルサロンで新たなカップルを接客していると、灰田が思いつめた顔でやってきた。

「やっぱり、あなたと式を挙げたいんで、式場の予約だけでもしてもらえますか」

「ちょっと待ってください、あたしは結婚してるって言いましたよね」

「予約するのは勝手でしょ。ホテルだって儲かるし、別にいいじゃないですか」

灰田はこれ見よがしに現金を見せる。純は「そういう問題じゃなくて」と困惑すると、客のカップルもあ然として灰田を見ている。さらに灰田は名刺を出し、一流企業に勤めていることや、実家にもそこそこ財産があることを主張する。

「だから、そういうことじゃなくて！」と純は叫び、その場を急いで立ち去った。

愛が作ってくれた弁当を食べようと休憩スペースに入った純は、コーヒーを飲んでいる富士子を見つけた。灰田の件を相談しようとすると、相変わらず富士子はすべてを把握していた。

「あたしはただ、あのお客様がフラれて死にそうな顔してたから励ましたかっただけなのに」

「お客様を友達か何かと勘違いしてるんじゃないの、あなた」

思いもよらない言葉に純は驚いた。純を蔑むように見ていた富士子は立ち上がって言った。

「そういう人の心にズカズカ入っていくやり方が、相手にとっては傍《はた》迷惑だったり、誤解を生むことをいい加減学んだら？」と富士子は去っていく。


一刻も早く愛に会いたい純は、愛チャリを猛スピードで走らせ自宅に向かった。マンションの前まで来ると、「おかえりなさい」と声がしたので「ただいま、愛君」と純は笑顔で振り返る。

だが、その声の主は、なんと灰田だった。驚きの表情を浮かべる純に灰田が近づいてくる。

「何やってるんですか？　いい加減にしてください。言ったでしょ、あたしは結婚してるって」

言い捨てて逃げようとする純に、灰田は言葉を投げかけた。

「別れたほうがいい。君のことを本当にわかって、幸せにできるのはぼくしかいないんだから」

「だから、そういう気持ち悪いこと言うのやめてくれます？」純の怒りは爆発寸前だ。

しかし、本当は結婚してないんじゃないかと灰田は純の言うことをまったく信じようとしない。

「あ〜、もう面倒臭い！　だったら、家に来れば？」と灰田を家に連れていった。

「これが正真正銘、あたしの夫、旦那、配偶者、ハニーです」

純は堂々と愛を紹介すると、エプロン姿の愛が戸惑いつつ、「どうも。愛と書いて〝いとし〟と読みます。すいません、こんな恰好で」と挨拶した。灰田は、目の前でうつむいている情けない男より、自分のほうが断然いいと高をくくった。

「何言ってんの？　悪いけど、こんないい男、世界に一人しかいませんから。料理はクリームシチューからハンバーグまでなんでも美味しいし。靴は毎日磨いてくれるからピカピカだし。朝は目覚ましかけなくてもちゃんと起こしてくれるし。夜は、後ろから抱きついたら体がポカポカしてすぐ眠れるし。愚痴だって嫌な顔せず最後まで聞いてくれるし。疲れたらちょっと痛いけどマッサージしてくれるし。あ〜、あたしゃ感謝してもしきれないよ。愛君、いつもありがとう。頑張って夢を叶えるから、一生そばにいてね、って感じよ。こんなあたしたちの間にあんたが入り込む余地があるわけ？　ないよね？　だったら、とっとと帰ってくれますか。さようなら！」

純は灰田を締め出して、バタンと思い切りドアを閉めた。

時間が経つにつれ、純は怖くなってきた。風呂上りで濡れている髪をドライヤーで乾かし、スイッチを切った手が、震えているのがわかる。震える手を押さえていると、キッチンで片づけを終えた愛が「どうかしました？」と心配そうに訊ねた。

「ううん、別に。ごめんね、いきなり、変なの連れてきて」

「いえ、うれしかったです。あんなこと言ってもらえて」

「これでもうバカなことやめてくれるよね、あっちも」と、純が努めて明るく言った瞬間、電話が鳴った。純はビクッと肩を震わせた。愛が電話に出ると、また無言のまま電話は切られた。


寝室の明かりを消して、愛が横たわっているベッドに純はもぐり込み、愛に後ろから抱きつく。さっきまでの不穏な出来事を拭い去るように二人は寄り添った。愛は純の不安な気持ちを受け止めて言葉にした。

「気をつけてくださいね、このままあの人がおとなしくしてくれればいいけど、もしもってこともあるんで」愛はためらいがちに言う。

「……わかった。いざとなったら、愛君が守ってくれるよね」

「……あ、はい」愛は不安そうに、寝息をたて始める純を見つめた。

翌朝。自分のデスクで、パソコンのメールをチェックして、純は愕然とした。見慣れぬアドレスを開くと、『ドブス、絶対殺す』とある。そこに音子がきて、ホテル関係のサイトにある書き込みを見せた。

『オオサキプラザホテルのブライダル係ＭＪは態度が下品で最悪。どうしようもないエロ女で、客の男を誘惑する』

どう考えても純のことだとわかる。おそらく灰田がやったことだと思い、純が愕然としていると、露木は、純に勘違いさせるような隙があったのではないかと嫌みを言う。誤解だと純は憤慨するが、露木は話を遮るように大きなくしゃみをした。その間にも、デスクにはひっきりなしにクレームの電話がかかり、スタッフは抗議やキャンセルの応対に追われた。

音子は純に「おかげでこっちまで大迷惑よ」と愚痴をこぼし、純は電話の応対に追われる音子を申し訳ない気持ちで見つめるしかなかった。

すっかり落ち込んだ純は、帰りにコンビニに寄って豚まんを買った。

「こういう時は、豚まん食べて元気出そう」と、豚まんにかぶりつきながら愛チャリを見て、純に戦慄が走った。タイヤが無残に切り裂かれているのだ。純は思わず周囲を見渡したが、誰かがいる気配はない。仕方なく、愛チャリを押しながら夜道を急いだ。

しばらくすると、カツカツカツと後ろから足音が聞こえてくる。純は必死に愛チャリを押しながら早足になると、後ろの足音も早足で追ってくる。恐怖心を抑えきれず、思わず振り返ると人影が追ってくるのが見えた。必死に逃げると、次の瞬間、誰かに腕をつかまれた。

「ちょっと、やめてよ」と純はバッグで相手を無我夢中で殴った。すると、相手が驚いて倒れ、「ぼくだよ、ぼく」と声がした。顔をのぞき込むと、それは水野だった。

純と水野は純のマンションまで一緒に帰った。水野は純がストーカー被害にあっていることを知り、家まで送っていこうと思い、純を追ってきたのだった。純は水野に、相手が絶対に傷つくことなのにどうしてストーカーなどするのだろうと問いかけた。

「もしかして、性善説と性悪説のどっちかって言われたら、性善説？」と水野は切り返した。

「もちろんって言いたいけど、何か最近自信なくなっちゃって。水野さんは？」

「もちろん性悪説だよ。人間なんて、だらしなくて、嫉妬深くて、争いごとが好きな、どうしようもない生き物だと思ってるし」

「でも、なんかさびしくないですか、そんな考え方？」

「だから頑張んなきゃいけないんだよ、人間は……って考えるようにしてるけど、ぼくは」

純は水野の率直な意見に納得した。気がつくと、愛が心配そうにマンションの前で待っていた。

「あ、水野さんが送ってくれたの。例の人が会社に脅迫メールみたいなの送ってきたからさ」

「そうですか。ありがとうございます」と愛は水野に礼を述べる。

「じゃ、俺はこれで」と帰ろうとする水野に、純は家に上がっていくように言うと、「遠慮しとくよ、新婚生活邪魔しちゃいけないし」と水野は帰っていった。

愛は、壊された自転車の具合を見るからと、純を先に部屋へと促した。自転車を見ようとしゃがみこむと、目の前に人の気配がした。見上げると、そこに水野が立っている。

「もし、彼女がストーカーに襲われたら、どうするんだ？」水野は見下ろして言う。

「……え？」愛は答えられない。

「お前に守れるのか？　人の顔もろくに見られないのに」

水野はわざと愛にぶつかって去っていく。愛は情けなく地べたに倒れこんだ。


翌朝、ふと目覚めて隣を見た純は誰もいないことに気づいた。「愛君？」と呼びながら部屋中を捜しても愛はいない。すると、ガチャガチャと玄関のドアが開く音がして、愛が帰ってきた。

愛はコンビニで防犯ブザーを買ってきたのだ。ブザーを見た純は「大丈夫だよ、こんなのなくても。ストーカーなんか全然怖くないし」と強がった。

だがその時、すごい音がして思わず純は悲鳴を上げた。「何？　いったい」と恐る恐る見ると、窓ガラスが割れ、部屋の中には石が転がっていた。愛が外を確認するが人の姿はない。純は怖くなり、思わず愛の手から防犯ブザーを取った。

そんな純の姿を愛はただ辛そうに見つめるのだった。

純は、ホテルの中にいても、どこか恐怖心に駆られていた。つい、背後が気になり、きょろきょろと振り返りながら歩いていると誰かにぶつかった。倒れた相手を「すいません」と起こそうとすると、「気をつけなさいよ」と純をにらみつけながら立ち上がったのは多恵子だった。

「あ、あの、どうしたんですか、おか――」

「お義母さんなんて呼ばないでくれる？　あなたを義理の娘と認めた気はないので」

純の言葉を遮ると、純のネームプレートを見て、「待田純……」と忌々しそうにつぶやいた。

多恵子は、純のストーカー被害の一件を知っていて、これ見よがしに苦言を呈した。

「せめて、周囲の人間に被害が及ばないようにしてくれる？　誠が司法試験をやめると言い出したのも、あなたの悪影響のせいに決まってるし、愛が結婚したこと自体、すでに被害に遭ってるんですから、こっちは」

「あたしは、自分のやり方を変えるつもりはありませんから、愛君も応援してくれてるし」

多恵子は、「なんとかは死ななきゃ治らないみたいね」と言い捨て、その場を去った。

純が悔しそうに多恵子を見送りながらエレベーターへ向かうと、いつの間にか愛がそばにいた。

純のことが心配で家からつけてきて、多恵子と話していたのも見ていたという。

「じゃ、なんで出てこなかったのよ？」

「すいません、ストーカーよりあっちのほうが怖いんで」と愛は恐縮した。

確かに……と純は納得すると、もう大丈夫だから帰っていいと愛を促した。エントランスのほうに向かう愛を確認して、純は開いたエレベーターに乗り込んだ。すると、中に灰田がいる。悲鳴をあげそうになる純の口を押え、灰田は強引に中に引きずり込んだ。エレベーターのドアが閉まり、純は後ろから羽交い締めにされた。

「こんなことはしたくないんです。でも、ぼくのこと誤解してるみたいだから。ゆっくり話し合えば、絶対わかり合えると思うんです、ぼくたち」

純は恐怖で抵抗することができない。エレベーターのドアが開くと、そこは地下駐車場だった。灰田は純を車のほうへ連れていこうとした。

その時、誰かが灰田にタックルをした。「逃げて！」と純に叫んだのは愛だった。純は思い切り走った。純を追いかけようとする灰田に愛は必死にしがみつき、今まで両親や好きな人に自分の思いが届かず、苦しんできた灰田の本性を突きつけた。動揺している灰田に愛は続けた。

「本当の自分をわかってもらったような気がしたかもしれないけど、純さんはあなたに笑顔を取り戻してほしかっただけで……」

愛が説明しようとすると、灰田は「うるさい、黙れ！」と愛を蹴飛ばし、純を追いかけた。

純は出口に向かって階段を駆け下りる。徐々に迫ってくる灰田に焦り、足を踏み外し転倒してしまった。起き上がろうにも、足を挫いた痛みで動けない。その間に灰田が悠然と迫ってきた。

「あんたが悪いんだ、ぼくを誘惑するから」

「何言ってるんですか！　あたしはそんなこと……」

灰田は、「うるさい」と、純の珊瑚のネックレスを引きちぎり、震える純に、ゆっくりと触れようとする。だが、その瞬間、誰かが灰田を投げ飛ばした。水野だった。灰田が「何すんだよ」と反撃しようとするが、水野はもう一度灰田を投げ飛ばし、襟首をつかんで言った。

「俺がいるかぎり、彼女に指一本触れさせない。わかったら、二度と現れるな。いいな？」

灰田はおびえたように何度も頷いた。そこに、愛が警備員を連れてきた。駆け寄った警備員に、「警察だけは勘弁してくれ」と情けなく叫びながら、灰田は連行されていった。灰田を複雑な思いで見つめる純に、水野は「大丈夫？」と声をかけた。「ありがとうございます」と、純が立ち上がろうとすると、足に激痛が走り、崩れ落ちそうになる。そんな純を水野は慌てて抱きとめた。

そんな二人を見て、愛は無力感に苛《さいな》まれていた。


足を引きずる純を、愛が支えるようにしてマンションに帰ってきた。

「お腹すいたでしょ、何か作りますね」と愛が言うと、「あ、うん、ありがと」と純。どこか互いに気を遣っている様子でよそよそしい。そこへ玄関のチャイムが鳴った。愛が出ると、ドアの向こうには晴海が立っていた。晴海は複雑な表情を浮かべて「純、います？」と訊ねた。

「ソーキ汁とタコライス作ってきたから、冷凍庫入れとくね」と、晴海は持ってきた手料理を冷凍庫に入れた。愛が手伝おうとすると、「あ～大丈夫よ」とあまり愛を見ないようにしている。

「純、本当に大丈夫？　また襲われて怪我したらどうするの？」

「大丈夫、大丈夫。うちの警備が警察に連れていったから、もう二度と現れないし」

純が明るく振る舞うと、また電話が鳴った。途端にビクつく純に晴海が心配すると、最近、無言電話があることを告げた。愛が出ようとするのを制し、純は勇気を出して受話器を取った。

「もしもし……もしもし？」しかし、反応はない。「あの、いたずらならやめてもらえますか」と電話を切ろうとすると、「……俺だ」と小さな声がする。よく聞くと、声の主は善行だった。

「もしかして、今までの無言電話、全部お父ちゃんだったの？」と純はあきれて訊く。

「やかましい。いっつも、あの男が出るから話したくなかっただけや」

そう言うと、善行は、晴海がそこに行っていないかと訊ねた。事情を知らない純は、「いるよ。ちょっと待って」と晴海に代わろうとした。晴海は小声で「いないって言ってよ」と文句を言うが、純に押し切られ仕方なく電話に出た。

善行は晴海が書き置きした、『ちょっと、子どもたちに会ってきます。すぐ帰るので、心配しないでください』というメモのことを追及した。

「ほんまは俺と二人っきりでおるんが、嫌なんやろ？」

「そんなことないですよ。あ、それより純が大変なんですよ。ストーカーみたいな人に怪我させられて。警察に捕まったからもう安心なんですけど」とごまかすように言う晴海。

それを聞いた善行は愛に電話を変わるように言うと、愛が出ると間髪を容《い》れずに怒鳴った。

「貴様、この前、偉そうにうちのアホな娘のことを必ず守るとか言うてたな？　それなのにもう、そのざまか？」

愛が「すいません」と言い終わらないうちに、純が受話器を奪い、愛は何も悪くないと訴えた。

善行が純に、結婚してのぼせ上がっている、相手の男に色目を使ったんだろうと罵声を浴びせると、娘に対して言う言葉ではないと純が反論した。そこでたまらず晴海が横から受話器を奪い、「お父さん、今日の最終便で帰りますから。それじゃ」と電話を強引に切ってしまった。

マンションの外に晴海を見送りに出た純は、晴海がどこか思い悩んでいるように思えた。

「ねえ、お母ちゃん。大丈夫？　本当は家出してきたんじゃないの」

「何言ってんの、そんなことないよ……」

晴海はそう言いながらも、大先から融資を受けて最悪の事態は切り抜けたが、善行がまた事業拡大をしようとしていると漏らした。純は、懲りない父親に腹を立て、愛が言うように晴海が善行との結婚を後悔しているのではないかと訊くが、晴海は決して認めず、反対に純に訊ねた。

「じゃあ、言うけど。あたしはやっぱり、あんたが愛さんと結婚したのは間違いだと思う。あの人と一緒にいても、あんたが幸せになれるとはどうしても思わないよ」

晴海の言葉にショックを受けていると、晴海は「ごめんね」と残して帰っていった。

「そんなこと言わないでよ、お母ちゃん……」と純は晴海の後ろ姿を呆然と見つめた。

純が部屋に戻ると、愛は純の珊瑚のネックレスを直していた。愛は純の気配を感じて振り返り、

「お義母さん、大丈夫でした？」と訊ねた。

「あ、うん、愛君によろしくって」

愛は純がどこか無理をしているのを感じ取っていた。

灰田の一件で、ブライダルの担当から外された純は、山のように積まれたダイレクトメールを封筒に入れる作業をしていた。サロンの前を通ると、自分が担当していたカップルが口論になっている。純は思わず止めに入ろうとするが、足が前に出ず、声をかけることができない。

「助けてくださいよ。待田さんが担当じゃなくなってから何も決まらなくて、俺たち」

新郎にそう話しかけられても、対応することができず、逃げるように事務所に戻った。

（なんでこんなに怖いんだろう。お客さんと接するのが……）

そう思いつつ、事務作業をしているほうが落ち着く今の自分にショックを受けた。

自宅に戻っても気分は晴れなかった。愛は食欲旺盛な純が弁当を残していることが気になった。

「大丈夫ですか？　仕事で何かありました？」

純は、「ううん、別に……」とごまかすが、心配した愛が追及すると純は少し声を荒げた。

「悪いけど、疲れてるから。あんまり仕事の話したくないんだ」

その瞬間、なんて嫌な言い方をしているんだと純は反省した。見ると、愛がうつむいている。

きっと自分がブレているに違いないと思い、愛に確認した。

「ブレてるっていうよりは、小さくて、薄く見えます」と愛は答えた。

（なんなのよ、それ？　人のことバカにして）

そう思えば、それも愛に読まれてしまう。

「あ〜、もう。お願いだから、今日は心を読まないでくれる？」

愛に顔を見られたくない純はトイレに駆け込んだ。愛ともうまく接することができず、二人の仲が壊れてしまうような不安に苛まれた。

翌朝、純がベッドで目覚めると、隣に愛の姿がなかった。リビングやトイレを捜しても姿がない。まさか、いなくなってしまったのではないかと不安になって玄関に行くと愛が帰ってきた。愛は何事もなかったかのように、散歩に行っていたと言い、朝食の支度を始めた。どこか気まずいい雰囲気が漂っている。愛が自分の顔をまともに見てくれないのは、今の自分が自分らしくないことの証しだと、純は心の中で思った。

愛は弟の純の墓参りに向かった。妻の純に対する思いを打ち明けるかのように、純の墓を見つめていると、誠が現れた。誠は純がストーカー被害にあったことを知っていた。

「あの人が普通の奴みたいに臭くなったら、愛ちゃんのせいだからね」

「いや、でもどうしていいか……」

「何情けないこと言ってんのよ。また、待田純って人間が不幸になってもいいの？」

そう言って、誠は墓を見つめた。そうなってはならない……愛は自分に言い聞かせた。

その夜、ホテルの駐車場で水野が純を待っていた。車で送っていこうと思っていた水野は、バスで帰ろうとやってきた純の手を握って言った。

「愛とは別れたほうがいいんじゃないかな。今からでも遅くないから考え直したほうがいいよ。純のことを守れるのは、俺しかいないんだし」

「あの、あたしは愛君以外の人を好きになる気はありませんから」

水野の手を振りほどきながら言うと、水野は放すまいと手に力を込め、なぜ純が愛にこだわるのか理解ができないと迫った。まるでストーカーのようになっている水野に、「離してください」と純が抵抗していると、背後から「やめてください」と愛の声がした。

「何やってんだよ、お前」水野は振り返り、愛を睨みつけた。

「これからは毎日純さんを迎えに来ようと決めたら、思わぬ状況になっていて……」

愛は純を守るように立った。水野は、本当に純を守れるかどうか、自分と勝負して勝ったら信じてやると言った。「ちょっとやめてよ、二人とも」と止めに入る純を制し、愛は受けて立った。

向かい合った次の瞬間、水野は唸り声を上げて愛を投げ飛ばした。愛は思い切り地面に叩きつけられながらも立ち上がる。水野はすぐさま愛をつかみ、再び投げ飛ばしながら叫んだ。

「高校の頃からずっと気にくわなかったんだよ！　お前さえいなければ俺がいつでも一番だったのに！」と恨みごとを並べた。愛が立ち上がると「俺が純と付き合ってたはずなのに」とまた地面に叩きつけた。

「もうやめてください」と愛に駆け寄る純を愛は押し退けて立ち上がり、純に訴えた。

「あなたは、きっとこれからもいっぱい損をすると思います」

純は言葉にならないまま愛を見つめた。

「いろいろな人に傷つけられたり、裏切られたりして、怖い思いもするかもしれません。でも、そんな時はぼくが盾になって守りますから。純さんは、ずっとそのままでいてください」

水野は、一人で盛り上がってる愛が許せず、「俺を無視すんなよ」とまた投げ飛ばそうとした。その瞬間、愛はフッと体を沈め、水野の不意を突き、すごいスピードでカウンターパンチを放った。水野の体が宙を舞い、愛はひざから崩れ落ちながら純を見た。

「ぼくは、まっすぐあなたを見ていたいんです」

「見られなくなるのが辛いんです。だから……立て、胸を張れ、待田純……待田愛はそのために、生きているんだから！」

「え？」

愛の言葉は駐車場内に響きわたり、純の胸の中に力強く響いた――。


翌朝、眠っている純の隣で愛はそっと起き上がった。痛む体に小さく呻《うめ》きながら寝室を後にした。トレーニングウェアに着替え、ランニングをしながら向かった先は公園だ。そこで、腕立て伏せをし、必死の形相でシャドーボクシングをする。ふと、視線を感じると、純がブランコに座って見ている。

「毎朝何してるかと思ったら、こういうこと？」と、わざと呆れたように笑う純。

「あ、すいません……もっと、強くなりますから、俺」

純は、抱きついて何度もキスをしたくなるほど、愛のことが愛おしかった。

愛に守られていると感じた純は、以前のように純らしく接客できるようになった。

他人になんと言われようが、自分にだけは負けたくない。勇気を失うことは、自分を失うことだ……。

（どんなに辛いことがあっても、美味しいお弁当と……ピカピカの靴と……このぬくもりがあれば、乗り越えられるから……）

純はベッドに潜り込み、愛の後ろから抱きついて幸せそうに眠るのだった。

第9章

はっぴーうぇでぃんぐ

早朝の街をトレーニングウェアに身を包んだ愛が走っている。純を守るため毎日体を鍛えている。純がこれからどんな危険な目にあっても自分が守るという決意の表れだった。その思いを受け止めた純は、珍しく愛が出かけている間に自分で目を覚まし、朝食の準備を始めた。

帰宅した愛は、純が朝食を作っていることに驚き、思わずどうしたのかと訊ねた。

「うん、たまには朝ぐらい作らないとバチが当たるなと思って」

「いいですよ、ぼくがやりますから」

「いいから、シャワー浴びてきたら？　ばっちり用意しとくからさ」

だが、フライパンの目玉焼きは崩れ、トースターのパンは焦げている。おまけに牛乳をこぼす始末。愛は見ていられなくなり、「お願いですから、ぼくがやります」と買って出た。

愛が朝食を作れば、いつもの美味しそうな食事がテーブルに並ぶ。純は安心したように「いただきます」と笑顔で言うと、愛はグラスに牛乳を注いだ。その愛の顔を見た純は、こうやって愛が注いだ牛乳を飲み、トーストの匂いを嗅ぐだけで幸せだと思い、笑顔になった。

（おじい、あたし決めたよ。愛君のためにも、もう絶対負けない。うちのホテルを魔法の国にするため、死ぬ気で頑張るから）

思いを新たに純はホテルに出勤した。

ブライダルサロンでパンフレットの整理をしていると、純が担当するカップルがやってきた。新郎はどこか暗い顔で、式をキャンセルしたいという。純が驚いて事情を訊くと、新郎の父親が経営していた会社が倒産し、莫大な借金が残った。父親はそれを苦に自殺を図ったというのだ。命に別状はなかったが、新婦の両親が娘の将来を案じて反対し始め、新郎の母親も新婦の耳が不自由であることをもともと不安に思っていたこともあり、キャンセルしたいという。

「え？　じゃ、結婚もやめるんですか？」

「いえ、ぼくは彼女と一生別れる気はありません」

新郎がそう言うと、新婦も手話でどんなことがあっても新郎と離れないと伝えた。純は胸をなでおろすが、式を挙げる経済的余裕もないし、親同士が絶縁状態になったため、役所に婚姻届を出すだけにすると新郎が言った。

「なんか悲しいよ、こんなの……」純は切なくてたまらない。

音子が差し出したキャンセルの用紙に新郎がサインをしようとした時、純がある提案をした。

「せめて、お二人で写真だけでも撮ったらいかがですか？　ほら、新婦さん、昔、お母さんが着たウェディングドレスで結婚式するのが夢だって書いてらっしゃるじゃないですか」

純の提案に初めは悩んだ二人だったが、翌日にウェディングドレスを持参して、スタジオで撮影することとなった。

音子と一緒に露木に報告しに行った純は、辛い状況でも互いを信じ合っている二人に、写真撮影だけじゃなく、どうにかして式を挙げさせてやりたいと提案した。

「コストや人間はどうするの？　ホテルは、ボランティアじゃないのよ」と音子は眉をひそめた。

「そ、それは工夫してなんとかなりませんか？」純は真顔で答える。

「魔法でも使う気か、お前は。それでなくても、こっちは忙しいんだ」と露木は壁に貼ってあるポスターを指さし、オオサキ六十周年のイベントの企画を考えなければならないうえ、最近、変な噂もあって対応に追われていると苦虫を嚙み潰したような顔をして、大きなクシャミをした。

変な噂……。純には皆目見当がつかなかった。ロビーに向かって歩いていると、大先が哀愁を漂わせるようにロビーを見つめている。純は大先に噂について訊ねてみた。

「知らないの？　うちのホテルが外資系ホテルに吸収合併されるって記事が出たんだよ」

そう言うと、純に経済新聞を見せる。あたかも他人事のような態度の大先に純は面食らった。

リーマンショック以来、融資してくれていたメインバンクが返済をやたら迫るようになったのだという。だが、今回の合併はオオサキの名前や文化は残す対等合併で、基本的には今までと何も変わらないから安心するようにと、大先は笑顔を見せて純に説明した。

「本当に大丈夫なんですか？　その記事だと完全な吸収合併って感じですけど」

経済新聞を読んでいる純に愛はマッサージをしながら訊ねる。

「あたしは、社長の言うことを信じる、ことにする、と決めた。ほら、あれこれ心配してもしょうがないしさ、いい加減っぽいけど、部下を裏切るような人じゃないと思うし」

「そうですか……」愛はどこか腑《ふ》に落ちなかった。

頭の中が、例のカップルに式を挙げさせてやりたいという思いでいっぱいの純は、頭を掻きむしりながら、いいアイデアがないか愛に訊ねた。

「じゃ、明日、弁当を忘れてください」

「やだよ、お腹すいて死んじゃうし」

「大丈夫ですよ、撮影の時に届けますから」

何を考えているのか知りたがる純に、計画を知ると不自然な芝居をしそうだから聞かないほうがいいと愛は答えた。

翌日、ホテルの撮影スタジオで、例のカップルの撮影が始まった。新婦は母親から譲り受けたウェディングドレスを身に着け、新郎はタキシードを着ている。カメラマンがポーズをつけ、シャッターを押そうとした瞬間、「すいません」と、慌てふためいた愛がスタジオに入ってきた。

「すいません、うちの奴がお弁当を忘れちゃって。うっかりもんだから。ダメだぞぉ、こいつぅ」

と、純のおでこをコツンとやる。「あ、ありがとう」と純は言ったものの、愛の変貌ぶりに動揺を隠せない。愛はそのキャラクターのまま、新郎新婦に一言だけ礼を述べたいと言う。

音子が止めに入るが、すぐに帰りますからと強引に居残った。新婦に向かって「おめでとうございます」と手話で伝えると、新郎が「すいません、ありがとうございます」と言い、新婦もうれしそうに頭を下げた。純は愛が手話もできることに驚いた。

「お二人のためにオレンジジュース作ってきたんで、飲んでください」

そう言ってポットに入ったジュースをグラスに注ぎ、「どうぞ」と新婦に渡そうとする。だが、次の瞬間、新婦のウェディングドレスの上に、ジュースを盛大にこぼしてしまう。スタジオ内は騒然となり、純はその事態にあ然とするばかり。愛は「すいません！」とシミだらけになったドレスを拭こうとして、ますますシミを大きくしてしまう。

ドレスが完全にきれいになるには一週間かかる。新郎は写真撮影をあきらめると言うが、クリーニング代を弁償し、写真代もサービスすることを条件に、改めて一週間後に撮影させてほしいと純は申し出た。写真代とクリーニング代は純たちの持ち出しだ。愛のアイデアは撮影を延期させ、その間に結婚式もできるように段取りするということだったのだ。

「あの二人は心から愛し合ってたし、どんなことがあっても、お互いを支えていく覚悟でした。純さんの力でいい式にしてあげてください」二人の本性を見た愛が純にこっそり伝える。

「わかった。ありがとう。こうなったら、オオサキを魔法の国にするプロジェクト第一弾だ！」張り切る純の姿を、愛は頼もしそうに見つめた。

「お願いです、一週間あればなんとか準備もできるし、お二人のためにサプライズで結婚式やらせてもらえませんか」

二人はもともとオオサキで式の予約をした客であって、本当は式を挙げられず悔しくて寂しい思いをしているはず。そこをオオサキのみんなでなんとか祝福しようと、純は露木と音子に訴えた。露木は純の熱意に押されそうになるが、音子は、来週のその日はミニライブのイベントが入っていてチャペルが一日使えないから無理だと言う。

「じゃ、あの、その次の日は？」純はなんとか粘ってみようとするが、「いい加減にしなさい、お客様はあの方たちだけじゃないのよ！」と音子は純を叱責し、話はそこで終わってしまった。

その日の夜、純は落ち込んで食が進まなかった。

「そんな落ち込まないで、ごはん食べてください」と愛は内職をしながら純を励ます。

「だってさ、気のせいか、何か食事も質素になってる気がするし」

チャペルが使えないうえに、クリーニング代と撮影代が思ったより高くついたことで食費を切り詰めなければならなくなり、さらに落ち込む純。それでも新郎新婦が一週間待ってくれている間に、なんとかいいアイデアを考えなければと思っていた。愛がふと提案する。

「宮古のお義母さんに電話してみたらどうですか？」

「え？　む、無駄よ、いいアイデアなんかあると思えないし……」

「でも、あれから連絡取ってないんでしょ。この前来た時、元気なかったから心配なんじゃ？」

「……もしかして、何か見えたの？　お母ちゃんの本性っていうか、本音みたいなの」

愛の話では、晴海は噴火寸前の火山のように自分の人生についていろいろな思いが体中から噴き出していたという。そして、本性を家族の前で暴露した愛のことを相当嫌っているらしい。

純は愛の気持ちを汲み、緊張しながら実家に電話した。だがなんと、電話に出たのは正だった。

「お兄ちゃん？　なんでそこにいるの⁉」

「那覇に俺にジャストフィットする仕事がないって言ったら、お母さんにうちのホテルで働けばいいじゃないかって頼まれてさ。それにマリヤが子ども産む時、こっちにいたほうが安心だし」

正の言い分に呆れていると、遠くから「お義母さん、手伝います」と、マリヤの声がする。

純は、善行がよく正を許したと思っていると、融資のおかげで設備投資をしたのでマンパワーが必要なのだと正は言った。正が晴海に電話を代わろうとすると、その間も電話の向こうからはマリヤと晴海の会話や、善行と正が議論する様子などが聞こえてくる。

「もしもし、純、どうしたの？」と晴海の声は明るい。

「あ、別に大した用はないんだけど、なんかにぎやかだね、そっち」

「そうさぁ。あのさぁ、この頃ホテルのお客さんも多いし、家もいきなり三人増えたから大変」

どうやら剛も帰っているらしく、剛は宮古島でのＵＦＯ目撃情報をもとに証拠写真を撮影することに張り切っているという。遠くから「カモン、ＵＦＯ！」と叫び声が聞こえた。

そこで善行がいきなり電話を代わった。

「おい、用事はなんや？　こっちは危急存亡《ききゅうそんぼう》の時に深謀遠慮《しんぼうえんりょ》で艱難辛苦《かんなんしんく》を乗り越え、捲土重来《けんどちょうらい》の時を迎えて忙しいんや。見とけよ、あっと言う間に今より何倍も利益上げて、金なんかすぐ返したるからな」

さらに、結婚式の予約が増え、外国人タレントのミニライブ、かりゆしファッションショーなどイベント続きで大忙しだと豪語している。

純は負け惜しみのようにサプライズの結婚式の話をしたが、気がつくと電話は切られていた。純は宮古島のにぎやかな様子に、どこか寂しさを感じた。愛がその姿を心配そうに見つめた。

翌日、サプライズ結婚式の計画が立たず、ため息交じりに純がロビーを歩いていると、同様にため息をついている大先を見かけた。

その時、大先の足元にコロコロとボールが転がってきた。向こうのほうで小さな男の子が投げたボールらしい。母親らしき女性が「すみません」と謝っている。大先は「いいんですよ。ほら、いくよ」と笑顔で投げ返した。

「子どもの頃、俺もよくここで遊んで怒られたな、オヤジに」

「そうなんですか……」遠い目をして言う大先を純は見つめた。

大先は「そうだ、これ知ってた?」と、柱の目立たない所に貼ってあるプレートを指さした。

「ラテン語で、『歩み入る者に安らぎを、去りゆく者には幸せを』って書いてあるんだ」

それは大先の父でもある先代社長が好きな言葉だった。「オオサキに来た人みんなにこういう気持ちになってほしい、これがうちのホテルの精神だ」といつも話していたという。

「歩み入る者に安らぎを、去りゆく者には幸せを……」純はその言葉を噛み締めた。

「ここはただの玄関じゃなくて、たくさんの人が出会い、いろいろな人生が交錯する場所なんだ。本当はもっと椅子とか置いて、ゆっくりくつろいだり語り合ってほしいんだけどな、お客さんに」

大先がそう言った瞬間、「ここだ～!」と純は叫んだ。

「社長、おかげでいいアイデア浮かびました!　ありがとうございます!　失礼します」

純は大先を残し、あっという間に走り去っていった。

デスクに戻った純はすぐに企画書を作り、興奮気味に露木と音子に企画書を差し出した。

「例のお客様の結婚式、ロビーでやったらどうでしょう?　お二人には、サプライズで」

突然のことにあ然とする露木と音子に、意気揚々と思いを伝えた。

「もちろん、他のお客様のチェックインとかの邪魔にならないように、ロープで仕切ってスペースは確保しますから。それに、ウェディングドレスの花嫁さんを見たら、いいことに出会ったような気持ちになると思うんです。他のお客さんにも、五分でも十分でもいいから二人を祝福して、幸せな気持ちになってもらえれば最高じゃないですか」

聞いていた露木はあっさりと「無理だな」と言った。ロビーでやる場合は他の部署の協力も必要なうえ、ロビーを管理している宿泊部長の許可が必要だと言う。

「じゃ、あたしが宿泊部長の許可をもらってくれば、許可してもらえるんですね？」

純は部屋を飛び出し、宿泊部に向かった。

企画書を読んだ米田は、クレーム対応に警備など、すべてが宿泊部の責任になると却下した。

「ブライダルに行ったからもうお前のトラブルに巻き込まれなくてすむと思ったのに。それにな、こういうことはまずお前んとこの部長の許可取ってから言うのが筋だろうが」

米田はそう言って立ち去った。米田に門前払いされた純は、デスクにいた水野に協力を頼むと、水野は「遠慮しとくよ、どうせ俺なんか何もできないし、君のために」と去っていった。

そばにいた千香にも部長を説得してくれるよう協力を仰ぐが、「無理ですよ。あたしなんか何もできないし」といじけている。純が「何言ってんの、いっぱいあるよ」と励まそうとするが、いい例が何も思い浮かばない。千香は顔を真っ赤にして部屋を出ていった。

純が落ち込んだ様子で通路を歩いていると、富士子を見かけたので、声をかけ企画書を見せた。

「協力できないわよ、ロビーウェディングなら」富士子は間髪を容れずに言う。

純は大先に教えてもらったプレートを富士子に見せ、今の社員は前例がないことや仕事が増えること、リスクばかりを心配して、誰もこのホテルの精神を実践する人がいないと嘆いた。

「組織なんて所詮、そんなものなの」と純の訴えに取り合わず去ろうとする富士子に、「桐野さんは、オオサキはいいホテルだと思いますか？」と声をかけた。

「あたしはいいホテルだと思います……と、信じたいんです」

純の言葉に富士子は立ち止まり、純を見つめて答えた。

「あなたは、自分が言ってることは正しいんだから、人は協力してくれるだろうとか、協力すべきだっていう希望的観測で動いてるだけじゃない。そんな甘い考えで人が説得できると思う？　協力は期待するものでも、要求するものでもなく、うまく引きだすものよ」

そう言って富士子は立ち去った。純は何も言い返せない自分を悔やんだ。


翌朝、純が目覚めると企画書が分厚くなっている。愛が問題点を整理して直したのだ。

「理想論に走りすぎているというか、押しつけがましい印象が拭えないので、その辺をもうちょっとソフトにしつつ、他の人が恐れるコストやリスクに関しては、安心感を与えるような記述を加え、ロビーウェディングがホテルにとっていかにメリットがあるかも強調しておきました」

「嘘……いつの間に？」

「あとは、純さんの情熱でみんなを説得してください」

純は愛に感謝し、こうなったら、ホテルのトップである大先に頼もうと部屋を訪れた。

勇んで企画書を見せようと思ったが、ホテル創業時の写真を見つめ、一段と哀愁を漂わせている大先が気になり、「あの……何かあったんですか、社長」と訊ねた。

大先は、外資との合併が対等合併ではなく吸収合併になっており、このままだとリストラはもちろん、清掃部門やブライダル、レストランまでもが外部委託になりかねないとこぼした。

「先代が残したオオサキの理念やロマンが全然残らないんだよ、このままじゃ……」

大先同様、純も気が気ではない。何か策はないのかと訊ねると、大先は別室のドアを開けて、怪しげな衣裳をまとった女性や男性たちを紹介し始めた。彼女たちは、今まで大先とともに部屋に入っていった人たちで、全員、有名な占い師だという。風水、占星術、タロット、姓名判断、前世占い……。あらゆる分野の占い師たちが顔を揃えていた。

「オオサキの正念場なんです。みなさんの力をぜひ貸してください」と大先が頼もうとする。

「ちょちょちょ、社長、占いなんかに頼ってる場合ですか？　こんなことしてたら、先代に笑われますよ」純は慌てて別室のドアを閉めると、大先は不安そうな顔をする。

「あたしにできることならなんでもしますから、お父さんが作ったオオサキを守るために頑張ってください。このホテル大好きだし、社長のおかげで入ることができて本当によかったって感謝してるんですから」

純の言葉に大先は勇気をもらった気がした。


占い師を追い返したりしているうちに、純は企画の話を大先に言いそびれてしまった。ため息をつき、エレベーターを待っていると、中から多恵子と中津留が出てきた。

「あら、あなた、まだ生きてたの？　ストーカーに殺されたのかと思ったのに」

純は負けじと、愛が何があっても守ってくれるのだと言い返した。不愉快そうに多恵子と中津留がその場をさっさと去ろうとするのを追いかけ、純は中津留に企画書を差し出した。

総支配人室で中津留が企画書を読んでいる間、純は不安そうに中津留を見つめた。

「……いい企画書じゃないか」中津留がポツリと言う。

「……じゃあ、許可していただけるんですか？　ロビーでの結婚式」

純が意外な答えに興奮していると、中津留は各部署に根回しして許可を取ってくれれば、すぐにでも許可を出すという。純が料飲部も宿泊部も相手にしてくれないことを告げると、「そこをなんとかするのが、企画立案者のやる気と熱意でしょう。頑張って」と中津留は取り合わない。

純が廊下で猫背になって落ち込んでいると、企画書を持った多恵子が現れ、企画書の冒頭に中津留の座右の銘を入れたことを褒めた。

『ホテルマンに不可能はない。みんなが一丸となって、同じ目的に向かえば』

その言葉が企画書に明記されていたため、中津留がいい企画書だと言ったのだ。

この言葉は、純がオオサキを魔法の国にすることを応援している愛が付け加えたのだと話すと、多恵子は、オオサキを魔法の国にすることなど不可能だと話す。

「このホテルが外資系ホテルと合併する話は知ってるわよね？　そこの代理人なの、わたし」

「……え？」

「あなたがいくら頑張っても、夢やロマンで経営が成り立つ時代はもう終わってるのよ」

多恵子は純を一瞥して、総支配人室へ戻っていった。

純は信じたくなかった。大急ぎで宿泊部に向かって米田に許可を仰ぐが、先に料飲部長の許可を取ってこいと言われ、料飲部で露木に許可を仰ぐと、やはり受け入れてくれない。音子は「いい加減あきらめたら？」と諭し、誰も何も言ってくれなかった。

憤懣《ふんまん》やるかたない様子で帰ってきた純は、部屋に入るなり、慌ててトイレに立てこもった。

「どうしたんですか？　お腹の調子でも悪いとか」慌ててトイレのドア越しに話しかける愛。

「顔見られたくないの。会社の奴に対する怒りとか、イライラとか、あきらめとか、寂しさとか、殺意とか、絶望感で、あたしの醜くて凶暴で悪魔のような本性がむき出しだと思うから、今」

「そんなこと言わないで出てきてくださいよ」

「あ～、もう無理無理。あんなホテル乗っ取られちゃえばいいんだ、お義母さんに」

「え？　母に会ったんですか？」

純は多恵子が吸収合併する外資系ホテルの代理人であることを教え、味方は愛しかいないと嘆いた。愛は純の気持ちがわかる人が必ずいると勇気づけた。

「え～？　なんか適当に言ってない、今？」

「すいません。でも、腹が減ってはなんとかって言うし、早く出てきてください。そうだ、今日は大好きなカレーですよ。それに、豚まんもありますけど」

それを聞いた瞬間、純はトイレから出てくるのだった。


（でも、どこにいるんだろ、あたしの気持ちをわかってくれる人が……）

純はロビーで企画書を持ちながら、働くスタッフを見まわした。ふと見ると、広報部の新井民《あらいたみ》子《こ》が、ロビーを見ながら深刻な顔で悩んでいる。人のことを気にしている場合ではないが、どうしても気になり、純が声をかけると、民子は「え？」と我に返った。

「あ、すいません、さっきから相当悩んでるみたいだったから」

「ばれちゃった？　あたしオオサキの創業六十周年企画で、ロビーを使ったイベントを考えなきゃいけないんだけど、いいアイデアが全然思いつかなくて」

それを聞いた純は、興奮のあまり声が出なかった。ひと呼吸おいて純は民子に伝えた。

「ぴ、ぴ、ぴ、ぴったりの企画があるんです！」

企画書を差し出すと、民子は「いいじゃない、それ」と賛同した。オオサキの莫大な宣伝効果、イメージアップに繋がると民子はアピールし、広報部長の許可をもらった。次にブライダル担当、宿泊部と続けて許可がおり、最後には中津留のお墨付きとなった。純は、会社というものが利益次第で動くことに寂しさを感じたが、例の二人に式をプレゼントできると思うと安心した。

各部署の人間が集まって、企画会議が始まった。

ロビーの使い方、他の宿泊客への対応、スタッフの人数、花嫁の介添え、メイク、衣裳、段取り……次々と懸案事項が解決されていく。その中で露木がある案件を純に指示した。当日、マスコミのカメラが入って結婚式の取材をすることを、事前に新郎新婦に伝えておいてほしいという。

「あ、でも、それじゃ、サプライズにならないんじゃ……」

純の言葉に、一同は沈黙した。さらに純は続けた。

「今気づいたんですけど。これって、もしかしたら、お客さんの結婚式をホテルの宣伝に利用してるだけじゃないですか？　お客さんのための結婚式じゃなくて、ホテルのための結婚式になってるような気がするし……」

「あたしはそんなつもりは……」

民子は心外そうに答えるが、もし新郎新婦が取材をやめてほしいと言い出したら、それでも結婚式をやるのかと純は質問した。

「あたしはもともとこのお二人が大変な人生の船出をしようとしてるからなんとか励ましたかっただけなんです。ホテルの宣伝とか利益とか、そういうのを度外視するから、お二人もオオサキがすばらしいホテルだと思ってくれるんじゃないですか？　またここに来ようって思ってくれるんじゃないですか？　それが結局、宣伝とか利益になると思う……ことに決めました、あたし。だから、取材抜きでお二人を祝福しませんか？」

水野や千香、民子は複雑な思いで聞き、富士子と音子は静観している。露木と米田は、今さら何を言ってるんだと文句を言い始めた。

「でも、総支配人も年頭の挨拶で言ってるじゃないですか？『ホテルマンに不可能はない。みんなが一丸となって、同じ目的に向かえば』って。あたしはその言葉を証明したいんです、オオサキで働いてるみんなと」

純の発言に露木と米田が困惑する。するとそこへ、中津留が入ってきた。一同が立ち上がる中、中津留は純を見つめて言った。

「……待田君」

「はい……」純は期待に満ちた目で中津留を見た。

「仕方ない、君にはこの企画から外れてもらうしかないですね」

純は耳を疑った。わかってくれると思っていたのに……。中津留はみんなで決めたことに従えないなら出ていけと言う。純が悔しそうに荷物をまとめて、「おじい、やっぱ無理だよ、このホテル」と出ていこうとした時、突然、富士子が立ち上がった。

「申し訳ありません。私もこの企画からおろさせていただきます」

理由は、もし自分が結婚するなら、こういう結婚式には出たくないからだという。その圧倒的な迫力に一同は沈黙するしかない。

「今みなさんが考えてらっしゃるように、私が実際に結婚できるかは別の話ですが」

露木は場の雰囲気を変えようと、音子に新郎新婦に連絡するように指示した。

「すいません。お断りします。わたしは、お二人を説得する自信がないし、ブライダルの人間として、待田が言ってることに反論できないからです。それに、桐野は今残っているたった一人の同期で、しかも同じ独身なので」

そう言って音子も立ち上がると、今度は千香が顔を真っ赤にして立ち上がって言った。

「あの、すいません。あたしも独身で、待田さんと同期なので……あ、どうせ、あたしなんかいなくても困らないと思うけど……」

口を真一文字にして黙っている民子に米田が水を向ける。

「なんで黙ってる？　まさか、君も独身か？」

「いいえ、バツイチです。でも、あたしも、取材抜きでお客様のためだけに結婚式をしたほうが、オオサキの本当の宣伝になるような気がしてきました。すいません」

頭を下げて言う民子に、中津留たちは言葉を失った。

（おじい、あたし、やっぱ、このホテル好きかも……）

晴れて、ロビーウェディングの許可が下りた。当日まで二日しかないスケジュールで準備をするのは並たいていの忙しさではなかった。

午後一時からの結婚式に備えて、チェックアウトする客が一段落する十二時〜二時の間に、セッティングから撤収まで全部すませなければならない。そのためには、宴会部にある人員配置センターに、当日、必要な人間を割り当ててもらうよう頼む必要があった。生花業者には、予算の枠内で、こちらのリクエストに応えてもらうよう必死に交渉した。

富士子から厳しいダメ出しが次々と追加され、純は自宅に戻っても仕事に忙殺されていた。さらに、問題がふたつ残っていた。音楽をどうするかということと、神父をどうするかということだ。予算の問題でどちらもプロに頼むのは厳しかった。

頭を抱える純に、愛はニコニコしながら「大変ですね」と言った。「ちょっと、何笑ってんの？」と純がむくれると、「だって、ブツブツ言いながら、とっても幸せそうだから、純さん」と愛は微笑んだ。そして、そのふたつの問題は心配いらないと言った。

式の前日、会議室に集まった一同に、純は最終確認事項を報告した。

神父役には、シビルウェディングミニスターの資格を持っている水野に頼んだ。それは、宗教にかかわらず、結婚式を執り仕切ることのできる資格だ。水野は初め躊躇したが、富士子、音子、民子の三人に頼まれ、断れずに引き受けた。音楽は、アマチュアながら、バイオリンとチェロとピアノの演奏者を確保していた。二件とも愛が提案したおかげだった。

「あ！　すいません、あの、コーラスもあったほうがさらに盛り上がる気がしてきて……」

純が思いついて提案するが、米田は予算的に無理だと却下する。だが、民子が遠慮がちに、五年前に廃部になったコーラス部があって、その時のメンバーが三人残っていると助言した。

「え？　じゃあ、今から他の二人に頼みに行ってもらえませんか」と純が言うと、富士子は、

「その必要はありません」と言い切った。なぜならば、そのメンバーは、富士子、音子、民子の三人だったのだ。純は、みんなの力で結婚式が盛り上がっていく喜びを感じていた。

その夜、ロビーを見つめる大先の姿があった。

純は大先に、明日のロビーウェディングで、花嫁とバージンロードを歩いてほしいと頼んだ。

「ホント？　喜んで。なんか俺だけ蚊帳の外みたいで寂しかったんだ」

どこか寂しそうな大先に、純は外資との交渉が難航しているのではないかと訊ねた。

「今の世の中なんでも効率第一で、苦しくなったらリストラすりゃいいっていうのも、なんか安易な考え方だと思うんだよな。ホテルの存在意義って、単に利益を上げるだけじゃなく、ここに来た人に特別な時間と空間を提供することのような気がするし。それに、俺はやっぱり経営するより泊まるほうが好きなんだよな、ホテル」

「結構いいこと言ってるのに、最後に尻すぼみしないでくださいよ。あたしたちほら、同じ社長なんだし、これからも頑張りましょう、オオサキのために」

純は大先を励ますように両手でガッツポーズをしてみせた。

「そうだな……なんか、君といると元気出るよ」

大先は純に微笑んでみせた。


式当日、写真スタジオで純がサプライズの段取りをスタッフに説明していると、千香が血相を

変えて飛び込んできた。

「あの、た、大変です。新郎様と新婦様が結婚式に出たくないって言い出して……」

理由を訊くと、米田が調子に乗って、いかにも自分のアイデアのようにプランをしゃべってしまったという。純は怒りを押し殺しつつ米田を一瞥し、新郎新婦の元へ向かった。

「彼女がロビーで結婚式なんて大げさなこと、気が引けるし、恥ずかしいって言ってて……」

新婦は、他の客に迷惑をかけたくないから、予定どおり写真撮影だけにしてくれという。

「こちらが勝手なことをして、戸惑われてるのはわかりますけど、あたしはお二人にはなんとしても幸せになってほしいから、上司や同僚に散々無理言って、今日の結婚式をやらせてくれって頼んだんです。そしたら、いつの間にか自分が想像した以上にえらいことになって。でも、それって、この結婚式をなんとかいいものにして、お二人に喜んでもらいたいっていうみんなの思いがそうさせたんだと思うんです、きっと。だから、せめてあと五分だけ待ってもらえませんか？お二人のために、今も頑張ってる人がいるんで」

その時、ドアがノックされた。愛が新郎新婦の両親を連れてきたのだ。

二人の結婚に難色を示していた両親を、愛が説得して連れてきたのだった。両親の顔を見た二人は、頑なな気持ちが和らいでいくようだった。

音楽が鳴り響く。愛がバイオリン、謙次がチェロで、誠がピアノの〝待田家トリオ〟はアマチュアとは思えない演奏だ。ただひとつだけ、誠がマスクの代わりに鼻バサミをしているのが滑稽だが。それを剛がビデオで撮影しているが、目当ての誠ばかり撮っている。

いよいよ、バージンロードを父親と新婦が歩き、祭壇の前で父親から花嫁が新郎に託された。新郎新婦が神父役の水野の前に立つ。すると、どうも水野の様子が変だ。水野は、「やばい、どうしよう」と無線を通して頭が真っ白になったと伝えてきた。

純は慌てて「あれですよ、困った時は、トルストイさんですよ、トルストイさん」と言うと、水野は静かに新郎新婦に語りかけた。

「トルストイは言いました。この世には所詮、不完全な男と不完全な女しかいない。だから、互いを励まし補い支え合って生きてゆこう。わたしの愛があなたを作り、あなたの愛がわたしを作るんだと」

水野の言葉を、新郎が新婦に手話で伝えると、新婦は思わず涙ぐむ。二人は誓いの言葉を述べた。水野が、「それでは、誓いのキスを」と言うと、新郎は新婦のベールをあげてキスをした。

拍手が鳴り響き、讃美歌の合唱が始まった。富士子、音子、民子の三人の迫力に吸い込まれるかのように、周囲に客がどんどん増えていく。「幸せのおすそわけでーす」と菓子を宿泊客に配る純は、うれしくて仕方なかった。

式の最後に緊張してマイクを握る新郎の姿があった。

「ここにいるみなさんに誓います。ぼくはこれから死ぬ気でオヤジの会社を立て直して、会議もパーティーも全部オオサキでやらせてもらいます。食事とかも必ずここのレストランでします。子どもの結婚式も絶対オオサキでやります」

新郎の言葉の後に新婦は手話を続けた。新郎は涙で声を詰まらせながら通訳する。

「彼女は、こんなすてきな結婚式をしてもらったんだから、絶対幸せになります……と誓ってます。みなさん、ぼくたちのために本当にありがとうございました」

二人は深々と頭を下げた。純はうれしくて力いっぱい拍手した。富士子も水野も千香も、スタッフみんなにとって、何にも代えがたいうれしい言葉だった。

花嫁を送り出した純のもとに千香がやってきた。

「あたし、もうホテル辞めるとか言わない……みんながひとつになって、こんな夢みたいなことできる仕事なんてなかなかないもんね」

純はそのとおりだと思いながら、式の片付けをするスタッフを見つめた。

（おじい、あたしは改めて思う……オオサキに入り、みんなに出会えて本当によかったって）


翌朝、人影もまばらなロビーにたたずみ、オオサキの理念が書かれたプレートを見つめる大先の姿があった。純が話しかけると、大先は昔話を始めた。

「実は、先代が死んだ時、このホテルを継ぎたくなかったんだ、俺……」

大学を卒業して、先代のもとでホテル修業をしたが、いつも「お前はダメだ。ホテルに向いてない」と言われ、一度はクビになって他の会社に就職した。昨日のロビーウェディングを見たら、みんなと一緒に心からオオサキで働きたいと思ったという。

「俺は決めた。絶対外資の言いなりにはならない。君が本当の社長になるまでここを守らなきゃな……」

純にとって、心から大先が頼もしいと思えた瞬間だった。

第10章

すーぱーまん

「どんなことがあっても社長についていきますから、あたし」

大先を頼もしいと思った純は身を乗り出して言った。

「じゃあ、俺の秘書になってくれない？」

「……はい？」思いもよらない言葉に純は言葉を失った。

「オオサキプラザホテル創業六十年、この最大の難局に、俺のことを助けてほしいんだ」

「ちょちょちょ、待ってください。なんであたしなんか……」

慌てる純をよそに、大先は、明日の合併相手のＣＥＯが来る合併交渉に純がいてくれれば、臆せず言いたいことが言えるという。だが、秘書経験がない自分には無理だと純は断る。

「スケジュール管理とかは他の人間がやるんで、俺のそばにいるだけでいいんだから」

大先は、純がロビーウェディングを実現させ、客やスタッフを笑顔にするのを見た時、先代がオオサキを作った思いを絶対に守らなくてはならないと思ったのだという。

純はロビーの片隅に埋め込まれたプレートを見つめた。

その夜、大先の秘書になることを断ったと純から聞いた愛は驚いた。

「だって、秘書って柄じゃないし、ロビーウェディングがネットで評判になって問い合わせが殺到してるから、やらなきゃいけないことがいっぱいあって」

食事をしながら言う純を愛はジッと見つめ、本当はまだ迷っている純の心を読んでいた。外資に吸収合併されて、オオサキが今までと違うホテルになるのは堪えられないのだ。

「ちょ、ちょっと、心読むのやめてよね」

「あ、すいません。でも、じゃなきゃ、こんなのもらってこないんじゃ？」

愛は仮契約書のコピーを手に取る。

「それは、社長がとにかく読んでくれってしつこいからさ……」

仮契約書には、徹底した合理化の一環として、ブライダル部門も外部に委託すると書いてある。チャペルや宴会場を貸して、スタッフは全員外部の人間にするというのだ。

社員が結婚式に一切関与できない方針に純はもちろん納得できない。

だが、資本提携や合併交渉の話は純には難しくてわからず、そもそも、英語をしゃべるのが苦手だった。愛が専門用語などを調べ、英語の特訓も手伝ってくれると言ってくれるのだが、何よりも一番困っているのは、相手の代理人が多恵子だということだ。

翌日、純が複雑な心境で、ロビーで水野や千香、小野田、皆川が働いている姿を見つめていると、近くのソファに座っていた高齢の常連客である種田典子《たねだのりこ》が純に話しかけた。

「張り切ってるわよね、みんな。この前ここで結婚式やってから、顔が活き活きしてるし。毎日来てるからわかるのよ、あたしは」

　典子は、居心地のいいオオサキのロビーでスタッフと気軽におしゃべりをし、毎日、地下のベーカリーでパンを買うのを楽しみにしているのだ。しかし、典子は一人だけ元気がない人間がいると言う。それはロビーにたたずんでいる大先だった。大先は純に未練がましい視線を送ってきた。


　しばらくして、合併交渉が始まった。大先の後から会議室へ入って来た純を見て、多恵子はなぜ純がいるのかと問い詰めた。

「彼女に、今日から秘書をやってもらうことになりましてね、ジョン」

　大先はCEOのジョンに純を紹介した。ジョンは世界に五千のチェーンホテルを持つカイザーグループの最高経営責任者だ。純がひきつった笑顔で、「ハロー、ウェルカム、トゥ、ジャパ～ン」と挨拶すると、ジョンはただ苦笑した。

「社長、機密情報が洩れるようなことはないでしょうね？　わたしの知る限り、この方、かなり知性と品性に問題があるし、性格も口も軽いみたいだから」

　多恵子のいつもながらの容赦ない口ぶりに純が閉口していると、大先は、純が面接で「社長になるために、このホテルに入った」と宣言した今時珍しい若者で、社長学を学ぶためにも同席させてほしいと大先が説明した。ジョンは「イッツ・オーケー」と微笑んで了承した。

　交渉が始まり、多恵子はオオサキを立て直すために必要な合併合意のための三条件を述べた。サービスや運営の徹底した効率化のため、従業員四百人のうち二割のリストラ。二番目に、ブライダル部門などの外部委託化。三番目に、ロビーなど直接収入を生まない設備面のコストを徹底的にカットし、最も利益率が高い客室販売に全力を注ぐこと。そうしなければ、大先が作った莫大な借金を返済する道はないと多恵子は断言した。

多恵子の剣幕に負けそうな大先は純に意見を求めた。

（あ、あたしにふるのかよ〜）と一同の視線を感じながら、純は困惑気味に立ち上がった。

「なんていうか、これだと、でっかいビジネスホテルみたいですね」

純の言葉に続けて、先代が残したオオサキの理念をなんとしても残したいと大先は提案する。

多恵子は、先代から社長を引き継いだものの、仕事はすべて部下任せでなんのビジョンも示さず、放漫経営を続けた結果、莫大な借金を作り、メインバンクや株主に甚大な損害と不安を与え、先代が一代で築き上げたオオサキを今まさに破産寸前にまで追い込もうとしていることに対する反省が少しも感じられないと大先を追及し、交渉はそこで終わった。

部屋に戻った大先に、中津留は追い打ちをかけた。

「どうなさるんですか、社長。このまま引きのばして、カイザー側が手を引くと言い出したら、オオサキは間違いなく潰れることになりますよ」

カイザーはオオサキの名前を残すことを約束してくれているし、メインバンクに借金を返済して経営を回復させるにはカイザーの案を呑むしかない。返事の期限まで時間がないことを、うなだれている大先に向かって中津留はあきれるように告げた。

大先は、純に弱音を吐いた。

「だいたいさ、俺は争いごとが嫌いなんだよな。あ〜、スーパーマンでも現れて全部解決してくれないかな」大先は電話ボックスのおもちゃを見つめて続ける。

「実は子どもの頃、スーパーマンになるのが夢でさ、普段はダメな男のフリしてるんだけど、困った人がいたら、電話ボックスの中で変身して救いに行くんだ。『空を見ろ』『あれは誰だ？』みたいな感じで……」

純は創業時の写真を見ながら、諭すように助言する。

「先代がオオサキを作った時だって、きっと辛いことも苦しいこともいっぱいあったはずですよ。これくらいの試練吹き飛ばして死ぬ気で頑張らないと、お父さんに怒られますよ」

大先は純を頼もしそうに見つめると、カイザーの条件を呑んで合併するか、合併をやめて自主再建の道を探すかの選択を純に迫った。

「君は本気でこのホテルの社長になるつもりなんだろ？　だったら、決めてくれよ、どうするか」

純は困り果て、言葉にならなかった。

純がロビーでプレートを見ながら悩んでいると、そこへ目を血走らせた米田と露木が「大事な話がある」と言ってやってきた。

訊けば、カイザーと合併したら真っ先に自分たちがリストラされる噂があるというのだ。純はまだ何も決まっていないし、社長が交渉を頑張っているから、現場は余計な心配をせずに仕事に専念しようと励ました。

「社長の秘書になった途端、なんか上から目線じゃないか」米田は面白くなさそうに言う。

「まさか、社長とできてんじゃないだろうな？」と露木が続け、米田とともに去っていった。

純は二人の勝手な主張に開いた口が塞がらず、呆然と見送った。

露木たちに言われたことが腹立たしくて仕方がない純は、夕食時、ひとしきり愛に愚痴をこぼした。気にする必要はないと言いながら、愛は純の顔をまじまじと見た。

「とか言いながら、あたしが本当に社長と何もないか確かめてない？」

「あ、すいません。つい……」

「どうかご心配なく。あたしは、あんなおっさん、男としてまったく興味ないし」

純が、大先に迫られた選択をどうすべきか愛に訊ねると、今のオオサキを好きなのだから自主再建する方法を探すしかないと愛は答えた。

「あきらめずにみんなで頑張ればなんとかなりますよ。言ってたじゃないですか、ホテルマンに不可能はない。みんなが一丸となって同じ目的に向かえばって」と愛はにこやかに言った。

（おじい、今さらだけどさ、ホテルを経営するって大変なんだね……）

純は風呂上がりに髪を乾かしながら、ふと携帯電話を手に取り、実家に電話をかけた。すると、電話口に出たのはマリヤだった。

「やばいよ、純ちゃん、ウチ。かなりやばい、ゲキやば」

「ちょちょちょ、どうしたの？」

「お義父さん、やけ酒ばっかり飲んでるの。この前の台風でホテルメチャメチャになったから、修理するのにいっぱいお金かかるし、予約したお客さんみんなキャンセルするから、借金返すあてなくなっちゃって」

台風の影響で、企画したミニライブも結婚式もファッションショーもすべて中止になったのだ。

「マリヤさん、ちょっと、お父ちゃんと代わってくれる」

マリヤが善行に代わろうとすると、「あんな奴と話すことなんかない！」と善行が怒鳴った。

マリヤが、お腹の子がびっくりするでしょうと、怒りながら受話器を差し出すと、善行は逆らえなかった。不機嫌そうに電話に出ると、純は必死に優しい声を作り、大変な局面だけどやけにならずに頑張ってホテルを立て直してほしいと頼んだ。いつもと違う純の優しい言葉に、善行は薄気味悪さを感じた。

「実はあたし、社長の秘書みたいなことやり出してさ、ホテルを経営するって大変なんだってわかったから」

「今頃気づいても遅いんや、アホ」

「何よ、人がせっかく励ましてあげてんのに」

「お前なんかに同情されるほど、落ちぶれてない。今度のことかてな、俺が悪いんやない。ほれ、あれや、十三年前、宮古に来たのが間違いやったんや、そもそも」

なんてことを……。そのうえ、晴海と結婚したことも間違いだと言い出す始末で、あいかわらずの善行の言い草に純は同情して損したと思わずにいられない。

純が晴海に代わるように言うと、晴海はスピード違反で捕まったという。さらに正は階段から落ちて足を折って入院。剛は、「今日のまことちゃん」と題して誠を追い続け、ストーカーまがいのことをして捕まりそうになったりと、狩野家にはさまざまな災厄がまとめて来たような状態だった。

「だ、大丈夫だよ、それだけ悪いことが重なったら、今度はきっといいことあるよ。そういうのなんて言うんだっけ？　四字熟語で」

いつの間にか傍らで聞いていた愛が、「一陽来復」と書いたメモを見せる。

「えーと、いちようくるふく？」

「『いちようらいふく』や、アホ。それにな、お前なんかに言われんでも起死回生、乾坤一擲《けんこんいってき》の一手を考えてるんや、こっちは」

そう言って、善行は電話を一方的に切った。純はまた善行が変なことを考えないよう願った。


純がロビーを歩いていると、富士子がプレートのそばに落ちているゴミを拾っていた。いつも身につけている首にかかった十字架のネックレスは、誰のプレゼントなんだろうと純はふと気になった。純は思い切って、富士子に社長になったらどうするか訊ねてみた。

「現実的には、カイザーの案を呑んで合併するしかないんだから。ホテルは所詮一企業で、夢やロマンで食べていけないいんだし」

しかし、そこをみんなで頑張ればと純が主張すると、ロビーウェディングの成功でいい気になっているようだが、現実から目をそらして人に過剰に期待していたら、結局、裏切られて痛い目に遭うだけだと富士子は反論し、立ち去った。予想したとおりに叱られたと思っていると、いつの間にか大先が横にいて、「昔はあんなじゃなかったんだけどな、彼女」とつぶやいた。

「今の君みたいに目がキラキラしてて、いつも笑ってたのに、俺のせいで……」

純は聞き間違えたかと大先の顔を見ると、大先は「あ、いや、ま、いいか」とごまかした。

ふとソファを見ると、典子が忘れていったのであろうホテルのパンが置いてある。毎日パンを買うのが楽しみな典子のことを思った。

「あの、社長……決めました。あたしが社長だったら、どうするか」

大先の部屋で、純は改めて自分の考えを述べた。

カイザーと資本提携をしてもリトスラはなし、ブライダルやレストランの外部委託もなし、従業員の給料は半分、役員は社長を含め、全員無報酬にすると提案した。

「給料半分なんてみんな納得しないし、辞めるとか言い出す奴もいっぱいいるんじゃないか？」

「そうかもしれないけど、信じたいんです。上の者がちゃんと身を切って責任を取れば、みんなついてきてくれるって。それだけ、オオサキを愛してくれてるって。ホテルマンに不可能はないんです。みんなが一丸となって同じ目的に向かえば。青臭いこと言ってるのも、現実が厳しいのもわかってます、でも、奇跡を信じて頑張りませんか、社長」

純はキラキラした眼差しで大先に訴えた。しかし、大先は「ごめん」と口にした。

「実はもう、合併するって契約しちゃったんだ」

大先の思わぬ発言に純は耳を疑い、呆然としていると、別室から多恵子が現れた。合併後の新会社の社長は大先にするという多恵子の新しい提案が、合意の決め手になったのだ。

「大先社長は筆頭株主でもあるし、先代が残された理念やロマンを残したいなら、カイザーと資本提携した後に、リストラや外部化も最小限にすればいいでしょ」

ＣＥＯのジョンも納得ずみであることを、いつになく優しく言う多恵子。そして、ジョンと中津留が現れ、ジョンと大先は握手をし、互いの提携を称え合った。

にこやかに去っていくジョンと多恵子を見送った後、純は「本当に大丈夫なんですか？」と大先に訊ねた。大先は総支配人も銀行も同意してくれたから心配はいらないと答え、オオサキを守れたことに安堵している。だが、そんな大先をどこか不安な気持ちで純は見つめるのだった。

数日後、純は改修工事中のロビーで不敵な笑みを浮かべた多恵子に会った。多恵子は、先日の純の大演説は甘い考えであり、永遠に社長になどなれないと小バカにした。

「それとも、あなたが作りたい魔法の国っていうのは、働いている人間に魔法をかけて、操り人形みたいにすることなのかしら?」

「あたしは、うちのスタッフが一丸になれば、不可能はないって信じてるだけです」

「まだそんなこと言ってるの。あっという間に変わるわよ、このホテル」と多恵子は言った。

多恵子の言葉どおり、カイザーグループはものすごいスピードでオオサキを変えていった。経営改善という大義名分のもとに組織の統廃合が始まり、利益を出していない部門は解体し、外部に委託されることになった。ベーカリーもブライダルもその対象だった。年功序列や勤続年数に応じた給与体系も廃止され、上司と部下の立場の逆転も起こり、米田のポストに富士子が、露木のポストには音子が就くことになった。

そして、四十五歳以上の早期退職者の募集と個人面談が始まった。リストラの始まりだ。リストラ面談の中心人物は多恵子だった。主な対象者は、部長やベテラン社員を中心とした英語が苦手な人間や、新体制に適応できないとみられる高給取りたちだった。米田と露木もリストラの対象に含まれ、多恵子の提示するリストラ条件に必死に抵抗して立ち向かっていた。

休憩スペースに集まるスタッフたちも、みんな戦々恐々としていた。その中でも、千香は顔を真っ赤にして一段と困惑している。

「どうしよ、どうしよ、どうしよ。あたしなんか絶対辞めさせられるよ」

「大丈夫だよ、あたしたち若いし給料も安いから、リストラ候補になんかならないんだから」

英語も苦手だと心配する千香を、純は落ち着かせようと励ました。

水野はリストラの心配はないが、他のホテルにヘッドハンティングされていた。純とエレベーターで二人っきりになると、一緒に転職しないかと誘った。

「沈みかかってる船から早く抜け出さないと……ぼくは君を救いたいんだよ」

しかし、純はオオサキを辞めるつもりはなかった。


その夜、純は自宅で、合併の現実が合意の時の話と違うことについて愛に文句を言うと、愛は突然「イングリッシュ、プリーズ」と返答した。英会話の勉強として、自宅での会話はすべて英語にしようと決めていたのだ。

「アーム、だから、エーと、マイホテル、イズ、パニック。ワット、キャナイドウ？　みたいな」

純が片言の英語で話すと、愛は流暢な英語で「肝心の社長はどうしてるんですか？」と訊ねた。

「あ〜、ヒー・イズ、ヒー・イズ……あ〜、雲隠れってなんて言うの」

その時、玄関のチャイムが鳴りドアを開けると、なんと大先が立っていた。

大先は愛の料理を食べながら一人でしゃべり続け、今まで何をしていたのかと訊ねる純をひたすらかわしていた。らちがあかないと思った純は、愛に頼んで大先の本性を見てもらう。

「子どもみたいに泣きわめいてますね。ぼくもう、どうしていいかわからないよ〜。だって話が違うんだもん。リストラとか組織改革とかみんな向こうが勝手にやっちゃうし。カイザーにいくら抗議しても、すべてCEOの指示でやってるの一点張りだし。ジョンに電話しても、全然繋がらないしさ」

「あ、あの、何を言ってるのかな君は？」大先は愛に本性を言いあてられ、あ然としている。

「オオサキにいた部下はもっと闘えとか責めるけどさ、争いごと嫌いだって言ったろ。カミさんだって、別れてくれないのに、結局、マンションと莫大な慰謝料は巻き上げられちゃったし」

続けて本性を語った愛の言葉を聞いた大先は、なぜそんなにわかるのかと興奮した。純が愛の事情を説明すると、疑いもせず、今まで占い師などに頼らないでもっと早く愛に相談していればよかったと落胆した。リニューアルオープンは目前で人に頼っている場合ではないと純が発破をかけると、リニューアルオープンのセレモニーでジョンにガツンと物申すと大先は宣言した。

セレモニー当日。ロビーはシックな雰囲気に様変わりしていた。従業員や得意先、報道陣が集まる中、セレモニーが始まった。ジョンや多恵子、中津留たちをはじめ、緊張しながら大先を見つめる純の姿もある。マイクを握ったカイザーグループの広報担当の女性が挨拶する。

「それではいよいよ、新しいホテル名を披露させていただきます。みなさん、お願いいたします」

報道陣がカメラを構える中、除幕式が行われると、現れた看板に書かれていたのは、「カイザー・オオサキプラザ大阪」の文字だ。大きな拍手の中、純はあ然として大先に訊ねた。

「ど、どういうことですか、社長。オオサキカイザーホテルじゃなかったんですか⁉」

「いや、聞いてないよ、俺……」と、ただ愕然とする大先。

大先の部屋で、カイザーグループとの話し合いになった。

ホテルの名前が違うこと、大先に無断で組織改革やリストラを進めていることを問い詰めても、契約に明記されたことをやってるだけだとカイザー側は主張した。大先が中津留に意見を求めるが、状況が落ち着くのを待って辛抱強くこちらの主張を訴えていくべきだと中津留は答えた。

大先が純にも意見を求めようとすると、多恵子が純の目の前に辞令を出した。

「あなたは今日からフロントに異動ですって」

大先が嫌がらせかと詰め寄るが、優秀な人材は有効に活用すべきだと多恵子は取り合わない。

「社長、あたしなら大丈夫ですから。何かあったら連絡してください。いつでも飛んできますから」

純は、こんなことでは負けないと、辞令を持って部屋を後にした。

それからというもの、ロビーは照明が落ち、無駄な装飾は撤去され、ソファの数も減り、ホテルの雰囲気が暗くなった。新しいシステムが導入され、聞き慣れない横文字や略語が飛び交うので、フロントは大混乱になる始末。千香はベルガールに異動させられ、英語ができないことを苦に辞めたいと思い始めていた。多恵子のリストラ面接はより厳しくなり、ついに米田や露木たちリストラ候補者は、「自己開発部」という名ばかりで、仕事のない部署に集められた。

そこでは、「あなたの能力を向上させるにはどうすればいいのか考え、来週までに提出してください」というレポートを書かされる屈辱の日々が待っていた。

様変わりしてしまったオオサキに胸を痛めながらロビーを歩く純に、典子が思いつめた顔で詰め寄った。新しいオオサキは暗くて歩きづらいし、ロビーに座る場所もないと典子は嘆いた。純はフロントの小野田のもとへ行き、ロビーが好きで毎日来ている客が座れる場所がないことを伝えると、座りたければカフェやレストランに案内しろと小野田は言う。

「そんなことお客さんに言えません」

純は腹立たしかった。ふとロビーを見ると、数少ないソファが空いたので慌ててハンカチを置いて席を確保した。典子の手を取り座らせると、典子は不安そうに純の手を握って訊ねた。

「ねえ、明日からどうすればいいの？」

その問いかけに、純は答えることができなかった。

その頃、大先の部屋を富士子が訪れていた。大先は寂しそうな表情を浮かべ、富士子に訊いた。

「最近、現場の雰囲気はどうかなと思って」

「お知りになりたければ、こんなところにいないでご自分で確かめたらいかがですか」

スタッフに会わせる顔も打開策もない大先は、富士子に意見を求めた。

「私は意見を言う立場ではありませんので……」

「そんなこと言わずに……社長としてじゃなくて、昔、付き合ってた男として聞くんだけど」

富士子はネックレスの十字架を握りしめ、大先を見つめて言った。

「……そんなことはもう忘れました」と富士子は部屋を後にした。


翌日。純がロビーで典子の姿を捜していると、いつかいた親子がボールで楽しそうに遊んでいる。純が微笑みながらその光景を眺めていると、皆川が転がったボールを拾い、ロビーで遊ばないように注意した。笑顔をなくして去っていく親子を見つめ、ここは笑顔を作る場所だったはずなのにと純は切なくなった。そこへ多恵子が勝ち誇ったような表情で現れた。

「言ったでしょ。あっという間に変わるって、このホテル」

多恵子は、カイザーのノウハウを駆使したことで部屋の稼働率が一週間で九割を超えたと言い、順調なすべり出しに満足げだった。

「最初からこうなるとわかって騙したんですか？　合併しちゃえば、社長の思うとおりになるとか言って安心させて」

「あの人の認識が甘いのよ。オオサキはカイザーに助けてもらったのよ。社長でいられるだけ感謝しなきゃ」

鼻で笑いながら去ろうとする多恵子の行く手を、米田や露木などのリストラ候補者たちが遮った。多恵子は動じることなくなんの用かと問いかけると、「いったいなんだと思ってるんだ。毎日毎日人のことをさんざんバカにしやがって」と米田が口火を切った。

「俺はベルボーイから始めてな、オオサキのことをずっと愛して頑張ってきたんだ、今まで」と露木が続ける。

「なんであんたみたいな、皿一枚運んだことのない奴の言いなりにならなきゃいけないんだ」

米田が興奮して声を荒らげると、多恵子は冷たい眼差しを二人に向けて言う。

「こんなみっともないことしてる暇があったら、新しい職場をお探しになったほうがいいんじゃないですか」

多恵子が話にならないとばかりに去ろうとすると、露木が「おい、ちょっと待て」と多恵子の肩をつかんだ。多恵子が「放しなさい」と振り払うと、「謝れ」「許さんぞ」と、あっという間に米田たちが取り囲んだ。一触即発の空気を感じた純が止めに入ろうとすると、警備員や他の従業員が来て、米田たちを排除しようとした。一同の興奮が高まり乱闘に発展し、警備員に突き飛ばされた米田がソファにいた典子にぶつかり、典子が転倒してしまう。

その上に米田たちが押し寄せ、典子がたくさんの足に踏みつぶされそうになっている。

「やめてください、お客さんですよ」と純が必死に守ろうとしても乱闘は収まらない。

「お客さんが倒れてるんです！」純が必死に叫ぶと、一同ははっとして静まり返った。

意識が朦朧としている様子の典子を、米田たちは顔色を失ってただ見つめることしかできない。するとそこへ、富士子が「担架持って来て。医務室に運ぶから」と迅速に指示を出した。さらに、大先も慌てて飛んできて、「大丈夫ですか？」と典子に声をかけた。その声に反応した典子は大先の顔を見て、「あなた、助けて。もう、どこにも行かないで……」とすがるように大先の手を握りしめて放さなかった。

純と大先は、医務室の前で典子の回復を待った。やがて中から富士子が出てくると、典子は頭を打っているため病院で検査をしたほうがいいという医師の指示を伝えた。

純が、なぜ典子が大先のことを〝あなた〟と呼んだのかと富士子に訊ねると、亡くなった夫と勘違いしたのだと富士子は教えた。若い頃の典子はオオサキでデートをし、プロポーズされた場所も結婚式を挙げたのも、すべてオオサキだったという。

「きっと、毎日うちのロビーに来て、ご主人のこと思い出してたのね……」

複雑な思いで、それぞれが典子を見つめた。

その夜。大先と純と富士子がロビーを見つめていると、カイザーの幹部たちが、先代が残したプレートを作業員に外すように指示していた。大先は血相を変えて幹部たちに走り寄った。

「おい、何やってるんだ⁉」

「撤去しろと、CEOの命令なので」

「勝手なことするな。このホテルの社長は俺だ！」

大先の声がロビー内に響き渡った。こんな大先の姿を初めて見たと純は驚いた。幹部たちはCEOに報告すると言い残して立ち去った。大先は先代が残したプレートを見つめた。

「俺はもう逃げない。オオサキをもう一回オヤジが作ったようなホテルにするため、死ぬ気で闘う」

そして、純と富士子に助けてほしいと頼んだ。純がもちろんと答えると、大先は祈るように富士子にも答えを促した。富士子は目を閉じて十字架を握りしめた。そして、思いっ切りネックレスを引きちぎり、髪を下ろした。長くて黒い美しい髪をなびかせ、すごみのある表情で大先を睨んだ。

「遅いのよ、決心するのが」

その迫力に大先はひるみ、純は「き、桐野さんがついにキレた？」とあ然と見つめた。

富士子は人が変わったように作戦の指揮を執り、具体案のない大先に意見した。

「あんたはまだオオサキの筆頭株主で四割近い株を持ってて、他の株主を味方につければ、カイザーから実権を奪い返すことだってできるのよ。それが怖いから、カイザーだってあんたを社長にしたんでしょうが。いい加減、先代に恥ずかしくないような社長になって、オオサキを立て直さないと、結婚もせずにこのホテルで働いてきたあたしがバカみたいでしょうが！」

猛然とまくし立てる富士子に、誰も口出しすることができずにいると、そこへ愛が弁当を持ってやってきた。

「お〜、ありがとう。この前食べたけど、彼が作った料理最高なんだ」と大先がノンキに言う。

「そんな悠長なこと言ってる場合ですか」と富士子が大先を一喝した。愛は富士子がついに本性を出したと安心したように言った。驚く富士子に大先は愛の素性を説明し、今の自分がどう見えるか訊ねた。

「この前よりはいい感じですけど、まだおどおどして情けないですね」

「え？　そう？」と大先ががっかりすると、思わず純と富士子は吹き出した。

「でも、ここにいる人はみんな、見るのが全然辛くないです。桐野さんもずっと背負っていた十字架みたいなものを外して、吹っ切れたみたいだし」

　富士子は気持ちが軽くなったように十字架を握り、清々しい表情を浮かべた。

　しばらくして、愛が持参したノートパソコンを開くと、画面には英語の企画書がある。

「あの、出すぎたまねとは思ったんですが……」

　そう前置きして、愛は自分なりに考えたオオサキの再生改革案を披露した。

　ブライダル部門は、ロビーウェディングの成功でそれ以降五十件の予約が入っている。相乗効果で既存のチャペルウェディングも増えて、前年比三十％の売り上げアップが見込め、きちんと制度化すれば、利益率四十％強を達成できる。

　宿泊部門は、あえて客室の予約を八十％にとどめ、その代わり精一杯のもてなしをすることを提案する。データを見ると、オオサキの売り上げは三十％がリピーターで、うち四十％は地元関西地区の得意客だ。ここをターゲットにして満足度を上げるほうが得策であるという。

最後に、リストラ要員になっている人たちの処遇だが、米田や露木たちは毎年五百名から千名の客に暑中見舞いと年賀状を送っていた。そういった得意客向けの宿泊付き交流プランを、彼らとともに開発することでかなりの売り上げ増が見込め、リストラの必要もなくなると述べた。

聞いていた三人は、開いた口が塞がらなかった。

「ありがとう、俺がやりたかったのはこういうことなんだよ」と、大先は愛の手を握りしめた。

「給与に関しては純さんのアイデアどおり、社長は借金がなくなるまで無報酬です」

大先は少々残念がったが、従業員も三十％の給与カットは仕方がなかった。みんなが納得するか不安なところだが、オオサキを愛する気持ちで理解してくれることを期待した。

「じゃ、俺はこの企画書持って、一人でも多くの株主のところを回るから」

「なんか盛り上がってきましたね」と心がひとつになったことを再確認した四人だった。

そこに、「社長、いらっしゃる？」と多恵子が中に入ってきた。

「あ〜、先生、先ほどはうちの従業員が申し訳ありません。大丈夫ですか、お怪我は？」

「なんてことありません。あの程度のことで動揺してたら弁護士なんかやってられませんし、世界中の人間の九十九％は敵だと思ってますから」

多恵子はそう言うと、愛がいることに気づき不快感を示した。

「すばらしい息子さんですね、頭もいいし、人の本性が――」

「この子は病気なんです。しかも、変な人と結婚したせいで、ますますひどくなってて」

多恵子は大先の話を遮ると、愛を睨みつけた。すると、うつむく愛を守るように純は多恵子の前に立ちはだかった。

「言ったはずです、愛君は病気なんかじゃないって」

「そっちこそ、これ以上愛を変なことに巻き込まないでくれる？　あなたの弁当を作るために育てたんじゃないの、わたしは」

不穏な空気の中、富士子が「先生、ご用件はなんですか？」と助け舟を出すと、多恵子は、リストラ候補者が全員辞める決心をしたことを報告に来たという。大先と純は言葉を失った。

「これで、今度の役員会が終わったらこのホテルに来ることもないかと思うと寂しいですわ、社長」と、鼻で笑うように去っていった。

早く実権を取り返して米田たちを呼び戻せるように、四人は次回の役員会に備えた。

純と富士子は、従業員の給料三十％カットをスタッフに申し出た。当然のように疑問と罵声が飛び交う中、富士子は負けじと発言した。

「そっちこそふざけるな！　嫌なら、ホテルマンなんか辞めちまえ！」

それを聞いた音子は、「昔に戻ったな、桐野」と微笑んだ。一方、愛と大先は、株主の説得に駆け回っていた。愛が株主の本性を見抜いて、信用できる人間を選んで進めていった。


運命の役員会の日がやってきた。

企画書の束を持ち、緊張した面持ちの大先に、純が「プレゼントです」と包みを渡した。大先が中を見ると、胸に大きな〝S〟の字がついたTシャツだ。大先は子どものような笑顔になる。

「今日はスーパーマンになってください、社長」

「じゃ、頼みがあるんだけど……」

一同は近くの電話ボックスに向かい、大先が中で着替えるのを、純と愛と富士子で中が見えないように外からガードした。純が周囲を気にしながら、「社長、これはやる必要あるんですか?」と訊ねると、大先は「ごめん、気分の問題だからさ」と言い、電話ボックスから出てきた。「じゃ、行ってくる」と決意の表情で役員会に向かう大先を、三人は祈るように見送った。

会議中、シャツの下に着たTシャツのSマークを握りしめるように座っていた大先は、立ち上がってオオサキ再生案の企画書を全員に配り始めた。ジョンや中津留は訝しげに企画書を見て、多恵子は冷めた目で書類をめくっている。

「私はホテルに泊まるのが好きで、今まで世界中のたくさんのホテルに行ってきました。だからこそ、オオサキを自分が泊まりたいようなホテルにしたいんです」

ロビーはイタリアの広場のように、用がなくても気軽に入ることができて、好きなだけ楽しめるような場所とし、先代の理念を守り抜く。多額の負債を抱えた責任はすべて自分にあるので、無駄なものを一切排除し、なんでも効率的にするのがベストだという考えもわかる。企業である以上、利益を上げることが使命・義務であり、利益が出なければ雇用も維持できないのもわかる。だが、ホテルは普通の企業とは違う気がするのだと大先は理想のホテル像をあきらめなかった。

「私の部下が日頃言っているように、ホテルはやってきた人みんなが幸せな気持ちになり、笑顔で帰っていく魔法の国じゃなきゃいけないんじゃないでしょうか?」

人生の特別な一日を大切な人たちとすごすだけでなく、パンを一個だけ買いに来る楽しみもかなうような場所。顔と名前が見える家族的なサービスで、客の幸せな時間を演出したい。

大先は企画書を握りしめ、一、二年で結果を出すので自分に任せてほしいと頭を下げる。

「俺は本気です。いや、もしかしたら、生まれて初めて本気になったかもしれない。情けない話ですが、先代からオオサキを受け継いで何年も経つのに、今、心から思うんです。このホテルを経営したい。優秀な部下たちと一緒に、世界一のホテルにしたいって」

大先の演説が終わると一同は静まり返った。ジョンが多恵子に耳打ちすると、多恵子は、大先が主張したことは、カイザーの理念と一致するので議論する必要もないと伝えた。そして、意味ありげに中津留を見ると、中津留は緊張して立ち上がって言った。

「き、緊急動議を！　大先真一郎社長の解任を求めます！」

大先は耳を疑った。中津留の「賛成の方の挙手を願います」の声に、大先以外全員が手を挙げた。多恵子は密かに株主の切り崩しをしていたのだ。

大先は廊下に出る中津留を追って、いったいどういうことか、オオサキがどうなっても構わないのかと問い詰めると、いつも無表情だった中津留の顔が険しくなった。

「あんたなんかより、わたしのほうが何倍もオオサキを愛してる！」

下っ端の営業マンだった自分をかわいがってくれた先代の恩に報いるためにも、ダメな二代目社長を必死に支えてきた、オオサキの危機を訴えても聞く耳を持たなかったくせに、今頃、企画書を出しても遅い、被害者面しないでほしい、と言い残して中津留は立ち去った。

中津留の積年の思いを前に、大先は何も言うことができなかった——。

大先が社長を解任になったことを知った純は、廊下を歩く多恵子の前に立ちはだかった。

「お義母さんは、なんでそこまでやるんですか」

「やめてくれって言ったはずよ、そう呼ぶの」

「あなたは、人を幸せにしたことがあるんですか？」

純に問われた多恵子は怒り、愛に純と係わるのはやめろと怒鳴った。

「いい加減、本当の愛に戻りなさい。わたしはずっとあなたを誇りにして生きてきたのよ。帰ってきなさい、わたしたちは家族なんだから」

多恵子が優しく言うと、愛は、今の多恵子は本当にひどい顔をしていると言った。

「いい加減にしなさい。そんなもの信じないって言ったでしょ」

「じゃ、言い方を変えます。ぼくはもうあなたの顔も見たくない。ぼくの家族はあなたじゃない、純さんです」

多恵子は鬼のような形相で愛を見ると、うつむく愛を突き飛ばすようにして去っていった。純は愛に寄り添うようにして多恵子を見送った。


「結局、最後までスーパーマンになれなかったよ……」

創業時の写真などを段ボールに入れながら言う大先を、純は悔しそうに見つめた。だったら、自分もオオサキを辞めると言おうとした瞬間、大先はいきなり土下座して言った。

「頼む。君は残って、ここを魔法の国にしてくれ……君が社長になるまでなんとか頑張ろうと思ったけど、ダメだった」

純には頑張って、みんなが泊まりたくなるような魔法の国を作ってほしい……。

「その時は、俺が最初の客になるから」

頭をこすりつけるようにして言う大先の言葉を純は受け止めた。大先が顔を上げ、愛に「頼む。

彼女を、ずっと支えてやってくれ」と言うと、愛は「あなたは今、かなりかっこいいです」と微笑んだ。大先は純と愛を見つめた。

「俺も君たちみたいな結婚をすればよかった。そしたら、もっと強くなってたかも……」

大先は富士子に向き直ると、富士子も大先を見つめ返して言った。

「……社長……長い間、お世話になりました。お体を大切に……」

その言葉は、大先との間に流れた特別な時間も意味していた。さまざまな思いを胸に、富士子は深々と頭を下げると、大先は「……ありがとう」とだけ言って去っていった。


その夜、純は実家に電話をかけたが、留守番電話が応えるだけだった。

「あ、もしもし、純だけど。別に用はないんだけどさ……いや、違うか。お父ちゃん、この前、起死回生とか乾坤一擲とか言ってたけど、どうなったかなと思って……」

純は魔法の国の写真を見つめた。

「お父ちゃん、お願い。経営者としていろいろ辛いこともあるだろうけど、なんとか頑張ってうちのホテル守ってね。今まで文句ばっかり言ってごめんね。謝るからさ、お願いします……」

話しているうちに純は涙が溢れてきた。そんな純の肩を愛が優しく抱いて、二人は寄り添った。今日はずっとこうしていたいと純は思った。

第11章

やめないでぇ

「いらっしゃいませ、ようこそオオサ……カイザーオオサキへ」

　接客中、純はフロントでホテル名を言うたびに、思わず複雑な顔になった。もうここは「オオサキプラザホテル」ではないのだ。照明が暗く、他人との接触を拒むかのようなロビーを見つめ、社長の座を退いた大先の言葉を思い出していた。

　本当にここを魔法の国にできるのだろうか……。無表情に行き交うスタッフを、純は寂しげに見つめた。そこに、体をヨロヨロさせながら重そうな荷物を抱えたベルガールの千香がやってきた。純は客のマスターキーを渡すが、千香一人に持っていかせるには心許《こころもと》なかった。

「一緒に行くよ、重そうだし」

　純は別のフロントマンに少しの間その場を任せ、千香の荷物を持った。千香は「あ、ありがとう」としおらしく礼を言い、二人でエレベーターを待った。

「宝くじでも当たらないかな。そしたら、会社辞めて楽して暮らすのに」ため息交じりの千香。

「……ちょっと、そんなこと言わないでよ、千香ちゃん」

千香はさらに続け、自分は力がないからベルガールに向いていない、今まで一緒に働いていた人がリストラでいないことが寂しいし、仕事がやりにくいとぼやいた。

それはみんな同じ気持ちだと純が思っていると、エレベーターの中から中津留と富士子が出てきた。千香は、「あ、社長、お疲れさまです」とペコペコし、純は複雑な顔で「……お疲れさまです」とだけ言う。中津留はいかにも社長らしく新しいシステムの調子などを聞き、「まあ、頑張りなさい」と言った。富士子は「二人とも、無駄話なんかしないようにね」と冷たく言って去っていく。残された二人は、富士子が中津留に売り上げデータを説明している姿を見送った。

「桐野さん、新しい会社になっても全然動じてないって言うか、逆に張り切ってない？　宿泊部長になって。新しい社長ともうまくやってるみたいだし」千香は恨めしそうに言う。

純は「そんなことないと思うけど……」と言いながらも、どこかそう見えてしまう自分もいた。

一方、コンシェルジュでさわやかに接客している水野を見た千香は、水野が他のホテルに移るという噂を口にし、純も一緒に行くのではないかと疑ったが、純は絶対に辞める気はないと答えた。

「前の社長と約束したの、いつかこのホテルを魔法の国にするって……」

純はロビーを見つめて改めて自分に言い聞かせた。

その晩、浮かない様子の純が気になり、愛は内職をしながら話しかけた。

「そういえば、宮古のほうには連絡取れないんですか、まだ？」

あれから、家族のみんなに電話をしても相変わらず留守電で誰にもつながらなかった。純は思い立ったように晴海の携帯電話にかけてみるが、やはりつながらない。

「もう、何やってんのよ……まさか、借金を苦に一家心中とかしてないよね？」

するると、パソコンを見ていた愛がプッと吹き出した。

「ちょっと、笑いごとじゃないでしょ」純は怪訝そうに愛を見る。

「あ、すいません、何かヒントがないかと思って、剛君の例のやつ見てたんで」

パソコン画面の、「今日のまことちゃん」を見ると、神戸の誠の家まで押しかけた剛が、誠に水をかけられている。ストーカーまがいの弟を情けないと思いつつ、誠なら剛と連絡がとれるかもしれないと思い誠に電話した。すると、剛は誠の家にいた。あいかわらず、剛は「もしもし、おネエ？　どうしたの？」とノンキだ。

何をしてるのか訊ねると、誠に遊びに来るように言われ、謙次と三人で食事をしているという。

「それより、何か用？」と逆に剛に訊ねられ、純は実家に電話しても誰も出ない理由を訊いた。

「お父ちゃんが命令したみたいだよ。電話に一切出るなって、借金取りかもしれないから。おネエにも何も知らせるなって、お父ちゃんが。相当やばいこと考えてるみたいだから」

パソコンでサザンアイランドのホームページを見ると、「しばらくの間休業いたします」と表示されている。純は嫌な予感がした。


翌日、純が富士子に連れられてロビーへ行くと、富士子はオオサキの理念を掲げたプレートの前で立ち止まり、「これ、外すから手伝って」と言う。純が驚いて「え？　な、なんですか？」と訊ねると、富士子は「上の命令だからよ」とあっさりと言って外しにかかる。

「で、でも、これはオオサキの理念だし、社長が必死に守ろうとしてたんじゃ……あたし、桐野さんが何考えてるのかよくわかりません」

純は、今も富士子の首に光る十字架のネックレスを見ながら、大先のことがずっと好きだったのなら、解任された時に富士子がついていくはずだと思っていた。だが、むしろ以前よりも張り切っているのはなぜなのかと追及すると、富士子はプレートを外し終えて言った。

「……今晩、付き合ってくれる？」


富士子に連れられてきたのはカラオケボックスだった。中に入ると音子と民子がいる。純がコーラス部が復活したのかと思っていると、富士子は純をまっすぐ見て言った。

「わたしは決めたの、うちのホテルの社長になるって」

「えっ⁉」

富士子は、カイザーを自分が目指す理想のホテルにするために、音子と民子にも協力を頼んでいるという。純が面食らっていると、音子が「桐野、本気だから」と苦笑し、「マジ惚れました、あたし」と民子も微笑んだ。富士子は、そのために今はどんなに辛くても歯を食いしばって自分の能力をフル活用し、宿泊部長として結果を出したいのだという。

「確かに、前社長が解任された時、ついていこうと思ったけど……なんだかオオサキからも、自分からも逃げるみたいで悔しかったの。あなたのおかげで、昔、理想と情熱を持ってた自分を取り戻すことができたからこそ、もう一回オオサキを再生したいと思ったの、彼のためにも。だから、あなたも協力してくれない？　もし、社長になったら、次にバトンを渡したいから」

純はうれしさのあまり声を震わせ、「ありがとうございます。頑張ります」と誓った。

その翌日、純は気持ちも新たに力がみなぎっていた。遅番の純がフロントを交代すると、千香が元気なさそうにやってきて、クレーマーみたいな客がいるから一緒に来てほしいと言う。純は「よっしゃ、まかしとき」と、千香と一緒にその部屋へと向かった。

部屋のチャイムを押すとドアが開いたので、純は「失礼しま～す、お客さん」と満面の笑みで応対し、相手の顔を見て固まった。なんと、現れたのは下着にステテコ姿の善行だ。善行も相手が純だとわかって一瞬動揺するが、冷静さを装い「なんや？」とぶっきらぼうに言った。

「何やってんの、お父ちゃん」

「ちょっと大阪に用があったから、わざわざ泊まってやっとるんじゃ、お前のホテルに。それより、他の客から聞いたけど、ここにはビジネス割引き言うんがあって、普通に泊まるより一泊一万も安いそうやないか。今からそっちに変更してくれ」

純はあいかわらず、自分勝手なことを言う善行に、それはネット予約客の特典だから変更はできないと説明した。それでも文句を言う善行に、宮古島をほったらかしにしていることで苦言を呈すると、善行は「うるさい、なんやその口の聞き方は？　俺は客やぞ、客」と言い、支配人に態度が無礼な従業員がいると文句をつけると息巻いた。

「申し訳ありません、お客様。それでは、わたくしの仕事が終わり次第、改めてご連絡させていただきます」と純が怒りながら去ろうとすると、善行は「おい、ちょっと待て」と呼び止め、部屋からワイシャツやズボンを持ってきて放り投げた。

「明日の朝までに洗っとけ。大事なビジネスがあるんじゃ」

千香が、今の時間はランドリー部門のスタッフがいないので、明日の朝までには間に合わないと告げると、善行はわざと大きな声で文句を言いだした。

「それも合併したせいか？　こんな簡単なこともできへんとは、しょうもないホテルやな」

通りかかった客がジロジロと三人の様子を見る中、千香が拾い集めた洗濯物を善行は受け取り、ドアを閉めようとした。だが、その瞬間、純が善行から洗濯物をひったくった。

「承知しました。明日の朝に必ずお届けします」と純が言うと、善行は鼻で笑いドアを閉めた。


結局、純は自宅に持ち帰り、愛にアイロンがけを頼んだ。

「ごめんね、変なこと頼んじゃって」

「いいですよ、アイロン好きだし。それより、わかったんですか？　お義父さんが何しに来たか」

善行のシャツやズボンにアイロンをかけている愛の横で、純は善行の携帯電話にかけてみたが応答がない。部屋の電話にかけても善行はまったく出ず、大阪に来た理由も聞けないままだ。

晴海なら知っているかと思い電話をしても、留守番電話が応答するばかり。電話を切り、純は不安そうに魔法の国の写真を見た。

「なんかこうしてる間にも、おじいのホテルに嫌なことが起きそうな気が……どうしよう」

「とりあえず、明日これを届けましょう、お義父さんに」

愛はきれいにアイロンをかけたズボンとシャツを差し出した。

翌朝、純は善行の部屋を訪れ、アイロンがけをした洗濯物を善行に渡した。

「どうせまた高い金取るんやろ、お前のホテルは」と善行は憎まれ口を叩く。

「お金なんかいらないから、愛君にお礼言いなさいよ。プロもビックリの本格仕上げだから」

純の後ろから愛がオドオドしながら、「ご無沙汰してます、お義父さん」と出てくると、善行は視線も合わせず「帰れ、貴様の顔なんか見たない」と動揺した。

「すいません、あの、すぐ帰りますから」と言いながら、愛は善行をジッと見た。

愛に一緒に来てもらった目的は、善行の心を読んでもらうことだった。それを避けたい善行は、愛の視線が迫ってくると、突然、愛の目を塞ごうとした。

「痛い痛い痛い、目に指が！」抵抗した愛の目に善行の指が入った。

「ちょっと、やめてよ、お父ちゃん」

「うるさい、お前らがプライバシー侵害するからじゃ。これ出しとくから二度と部屋に入ってくんな、ドアホ！」

善行は二人を締め出し、〝Do Not Disturb〟と書かれたカードをドアノブにかけた。純はカードをうらめしく見つめた。


医務室から出てきた眼帯姿の愛に、純は申し訳なさそうに善行が何を考えていたか訊ねると、愛は突然うわ言のように演歌を歌い出した。

「ちょ、ちょ、何歌ってんの？」

「あ、すいません。こっちに心を読まれまいとして、お義父さんがずっと『浪花恋しぐれ』を歌ってたんで、頭から離れなくて……」

純は「恐るべし、アホオヤジ」と思った。疲れきった愛を支えるように二人は出口に向かうと、行く手に水野が携帯電話でこそこそと話しているのが見えた。

「はい、そちらにお世話になるつもりです。会社には明日にでも伝えますから……」

純と愛の視線に気づいた水野は、慌てて電話を切った。愛が帰った後、純は水野に他のホテルへ移る気なのか訊ねた。水野は、カイザーはコンシェルジュに重きを置いていないと答える。

「もし、今の体制が不満なら、あたしたちの力で変えていけばいいじゃないですか。実はここだけの話、『オオサキを再生させるため、桐野さんを社長にしようプロジェクト』ってのがあるんです。水野さんも入ってくれませんか、仲間に」

「いい加減にしてくれないかな。ホテルが変わったとか上がどうとか、そういうのはどうでもいいんだよ。俺はただ、君と一緒にいるのが嫌なんだ……そうやって、いつもバカみたいに頑張ってるのを見るたび、フラれた自分がみじめになるんだよ」

純は何も言えず、苛立った様子で去っていく水野の姿を見つめるしかなかった。

夕方、純が冴えない顔でフロントにいると、スーツ姿の善行がエレベーターを待っている。純は思わず善行に駆け寄り、「おとう……お客様、お出かけですか?」と声をかけると、「お前には関係ないやろうが」とエレベーターに善行は乗り込んだ。

「ねえ、お父ちゃん。教えてよ、何考えてるか」

「うるさい、さぼってんと仕事せえ」

善行がドアを閉めようとすると、大きな荷物を持った客が「ちょっと待って」とやってきたので、純は閉まりかけたドアを慌てて開き、「どうぞ、お荷物お持ちします」と客とともにエレベーターに乗り込んだ。善行は苦虫を嚙みつぶしたような顔で純を見て、仕方なく出口の階まで一緒にエレベーターに乗った。

「お客様、お急ぎならタクシーをお呼びしましょうか、どちらまで行かれるんですか?」という純の問いかけに、「そんな誘導尋問にひっかかるか、アホ」と善行は言い放つ。

客の荷物を近くのベルボーイに委ね、その間に急いでタクシーに乗り込もうとしている善行を猛ダッシュで追いかけようとした瞬間、純は誰かに思い切りぶつかりひっくり返った。「申し訳ありません」と謝りつつ転倒した相手を見ると、それはなんと晴海だった。

「お母ちゃん、何やってんの⁉」

「純が電話くれたから来たんでしょう、お父さんがいるって」

一緒に来ていた正とマリヤが懸命に晴海を起こそうとしている。前方を見ると、善行を乗せたタクシーが発進している。純は慌てて、「お兄ちゃん、あのタクシー止めて!」と言うが、「え? なんで?」と正は状況がつかめない。

「お父ちゃんが乗ってるの!」

「あ〜、ちょっと待って。ウェイト、ウェイト!」

正は追いかけようとするが、ギプスに松葉杖なので「痛たぁ」と転んでしまう。マリヤも「お父さん、カムバーック!」と追いかけようとするが、お腹が大きいためまったく走れない。そうこうしている間に、善行を乗せたタクシーはみるみる小さくなるのだった。

純はロビーで、晴海の腕に湿布をしていた。善行が何を考えているか教えてほしいとしつこく言うと、晴海は観念したように話し出した。

「うちのホテルと家を全部売って、大阪に引っ越すって言ってるさぁ、お父さん……」

「昔、勤めてた商社で部下だった人が、今、宮古のリゾート開発やってて、ホテルも家も売ってくれれば、借金も肩代わりするし、大阪の子会社の重役に迎えるって言われたみたいで……」

続けた正の話を聞いて純は愕然とした。

「そんなこと許していいの、お母ちゃん」

「反対さぁ。でも、『もう決めた。俺一人でも契約してくる』って聞かんわけさぁ……」

その頃、善行は商社ビルの一室で、目の前の契約書に緊張しながら印鑑を押そうとしていた。

だが、その寸前、ノックとともにドアが開き、「あの、狩野さんのご家族がいらしてますけど」と女性従業員に促されて入ってきたのは、眼帯姿の愛だった。

「すいません、お義父さん。遅くなって」と愛が恐縮するように言うと、あ然とする善行はもとより、商社の人間も愛の登場に驚いた。

「義理の息子の愛です。愛と書いていとしと読みます」

愛は座ろうとして、テーブルの上のコーヒーを倒して善行にかけてしまう。服にかかった善行は、「熱っつぅ！　お前、何すんねん！」と悶え、愛が「あ〜、すいません。大丈夫ですか」と慌てて拭こうとすると、今度は相手のコーヒーを契約書の上にこぼしてしまう。

「おおおおおい、何やっとんねん、貴様⁉」

「あ〜、すいません、眼帯してるから距離感が変で……」

コーヒーカップを戻そうとして、愛はテーブルの印鑑を落とした。善行が「おい、ハンコどこ行った？　ハンコ」と言う中、愛は探すフリをして印鑑を踏みつぶした。そして、そっと足をどけて、見るも無残になった印鑑を見せると、善行はめまいがして倒れそうになった。

ホテルの善行の部屋で家族会議を始めようとしている中、善行はコーヒーのシミだらけの服で、コーヒーのシミだらけの契約書をつかみながら怒鳴り散らしていた。

「いったいどういうつもりや、貴様！　もしかして、俺を尾行してたんか？」

「すいません、大事な話だし、家族みなさんで話し合ったほうがいいんじゃないかと思って」

うつむいて言う愛をかばいながら、ホテルも家も家族の了承を得ずに勝手に売ることは卑怯だと純は善行を追及した。

「お父さん、お願いですから、冷静になってください。家まで売ったら、どこに住めばいいんですか、あたしたち？」

晴海もいつになく善行に食い下がると、善行はみんなで大阪に引っ越せばいいと言い出す。

「ねえ、正、なんとか言って。あんた、次期社長でしょう？」晴海は正に助け舟を求めた。

「あ、うん。お父さん、さすがに今回は慎重に決めたほうがベターじゃないかな。大阪に引っ越すとなると、マリヤのベイビーのこともあるし、俺も仕事探しがマストになるし」

「ほな、どうやって借金返すんや？　ここのホテルからも前の社長が融資した金を返せとか言われてるし、家かて抵当に入ってるからこのままやと取られてしまうんや」

一同が無言になると、善行は調子よく続けた。

「それを昔のよしみで、部下やった男が全部買い取ってくれるだけやなく、俺に新しい仕事まで用意してくれてるんや。これ以上の話がどこにある？　大阪に戻ってもう一回、十億、二十億の仕事がしたいんや。家族で大阪で出直そうって言うてるんやないか。それのどこが悪い？」

「開き直らないでよ。全部、お父ちゃんの都合がいいだけの話じゃない。お母ちゃんの宮古の家を守りたい気持ちはどうなるのよ。おじいがホテルを作った思いはどうなるのよ」と純。

「お前の意見なんか聞いてへんわい。生きてる父親より死んだおじいを大事にする人間やからな」

「お父ちゃんこそ家族を大事にしてるわけ？　お母ちゃんもお兄ちゃんも、こんな暗い顔してるじゃない」

晴海も正もマリヤも疲れきっていた。だが、善行はそれを無視し、純と愛を睨んだ。

「うるさい、もう家族でもない人間が口出しすんな！　俺はもう決めたんじゃ。明日、先方がまた契約書作ってくれる言うてるんや。今度は誰にも絶対邪魔させへんからな。わかったら、とっとと出ていかんかい！」

嫌がる晴海たちを力ずくで廊下に押し出し、ドアを閉めた。

追い出された一同はロビーに集まると、今夜はホテルに泊まって今後の対応策を考えることにしようと正が提案した。「だったら家に来れば？　狭いけど、なんとか寝られるし」と純が誘うと、晴海は愛に悪いからと言って、探るように愛を見た。

「あ、ぼくなら大丈夫ですから」

「そうだよ、愛君の料理食べてってよ、美味しいんだから」

「でも、ほら、お父さんのことも心配だし、近くにいたほうがね……悪いけどさぁ、部屋取ってくれるねぇ？　純」

強引に押し切ろうとする晴海に純は不満を覚えつつも、フロントに入りパソコンで部屋の予約をした。部屋のキーを晴海に渡そうとすると、晴海は「あ～、そうだ、純。忘れてた」と、バッグから古いカセットテープを出して純に渡した。

「この前、掃除してたら出てきたよ。おじいが、あんたと話してるの録音してたみたい」

純は思いがけない品物に目が釘付けになった。

こんな大変な最中に、晴海が忘れずに持ってきてくれたテープだ。純はどうしても聞きたいと思い、マンションに戻ると押し入れの中からラジカセを取り出した。埃をはたき、テープを入れて再生する。すると、祖父の声が聞こえてきた。

「テスト、テスト。えーと、今日はおじいの誕生日なので、純が歌をプレゼントしてくれます」

「やだよ、おじい。恥ずかしいし」

「大丈夫だよ、純。お～い、善行さんも、晴海もみんな聞いてくれ、純が歌うから」

だが、歌い出した子どもの頃の純はひどい音痴だった。純は慌ててテープを止めると、「……もういいから、ご飯食べよう」とテーブルに着いた。

心の中は、家族全員が仲が良かった時を思い出して複雑な心境だった。愛が作った料理を見ながら、「みんなも来ればよかったのに……」とつぶやく。

「きっと、ぼくといたくなかったんですよ、お義母さん……」

本性を見抜かれるのが嫌で晴海が顔を見てくれなかったと話す愛に、純は切なくなった。

「それより、お義父さんをどうするか考えないと、時間がないし」

いろいろ考えてみても、善行がホテルの経営そのものを拒否している以上、説得のしようがなかった。愛は今のところ原始的なアイデアしかないという。

翌朝、晴海たちと純と愛で善行の部屋に向かいチャイムを押すが、チェーンをかけたままドアの隙間から善行は顔を出し、みんなの話に耳を傾けることもなくすぐにドアを閉めてしまう。

「こうなったら、愛君の原始的な方法でいくしかないよ」

その方法とは、ドアの前で見張って善行が出かけるのを阻止することだ。誰が見張るかというと、純は仕事、正は足が悪くて逃げられたら捕まえられない、マリヤは身重だ。晴海が相手では体力で負けてしまう。

「あの、よければ、ぼくがやりますけど……」と遠慮がちに愛が言う。

「あ～、でも家族でもないのに申し訳ないし」

「ちょっと、どういう意味、お母ちゃん!?」

「別に変な意味じゃないさぁ。愛さんに迷惑かけられないと思っただけさぁ。こんな時、剛がいてくれたらいいのに。純、何か知らない？　あの子のこと」と晴海は動揺を隠しながら言う。

純が、剛は先日、愛の実家にいたと話すと、晴海は剛に電話するよう純に言う。仕方なく、純が剛の携帯電話に連絡すると、「もしもし、何、おネエ？」とノンキな様子で剛が出た。

「剛、あんた今どこにいるの？　お母ちゃんが心配してるよ。まだ、愛君の家？」

「ちょ、ちょっと待って場所移動するから」

その瞬間、向こう側の客室のドアが開き、鼻に大きな絆創膏をして、携帯電話を耳にあてた剛が出てきた。あ然とする純たちに剛は気づいていない。

純が「ちょっと、あんた、何やってんの!?」と叫ぶと、剛はみんなに気づき、「ゲッ、なんでみんないるの⁉」と部屋に逃げ込もうとする。純は慌ててドアの間に体を滑らせ、ドアが閉まるのを阻止する。必死に抵抗しようとする剛を純は突き飛ばし、ひっくり返った剛を飛び越え部屋の中に入った。すると、目に飛び込んできたのは、ベッドですやすやと寝ている誠の姿だ。

「……ちょっと、どういうこと？」純が呆然としていると、続いて入ってきた晴海たちも驚いている。晴海は「剛、あんた、愛さんの妹さんに何したの⁉」と詰め寄る。

「あのさ、俺……まこっちゃんと結婚しようと思って」

晴海はめまいで倒れそうになり、それを支えようとした正は足の踏ん張りがきかずヨロヨロし、そんな二人をマリヤが受け止めた。純が、鼻の絆創膏の理由を訊ねると、「二人きりになったら我慢できなくて、チューしようとしたら殴られた、みたいな」とノンキに言う剛。

「それは付き合ってないってことでしょうが、まだ」と純が説教すると、「なんか臭い」と誠が目を覚まし、狩野家の家族が勢揃いしていることに驚いている。純は、誠との結婚は剛の冗談であることを願ったが、誠はマスクをしながら「本気だけど」とあっさり答えた。

「ちょうどいいや。みんな揃ってるし、明日ここで式挙げようか、ツヨキチ」

「俺はまこっちゃんがいいなら、オールオッケーです」

晴海がまためまいで倒れそうになるのを、正がヨロヨロと必死に支える。

とにかく、若い二人が間違いを起こしてはならないと、今後の生活や互いの両親の許可をどうするか、結婚はもっと慎重に進めるべきものだと一同は反対するが、二人は聞く耳を持たない。

「あたしたちも誰がなんと言おうと、結婚しますから。悪いけど、二人きりにしてもらえますか」

頑なな二人に何も言い返せず、一同は廊下に締め出された。

純たちは再度、善行の部屋に向かった。あいかわらず話に応じない善行に、剛が誠と結婚しようとしていることを告げると、さすがの善行も話に応じた。愛と謙次も加わり、謙次から事情を訊くことになった。

多恵子が進めたオオサキの合併の内容を知った誠は、多恵子のような弁護士にはなりたくない、司法試験は受けない、事務所も継ぐ気はないと猛反発したという。頭に血が上った多恵子が誠を叩いたので、たまたま遊びに来ていた剛と結婚すると言って家を飛び出したという経緯だった。

「それで、張本人のおたくの奥さんはなんて言うてるんや？」善行は平静を装いながら訊ねた。

「ご存じのように、家内は妥協とか歩み寄りを一切しない性格なんで……」

腹が立った善行は、謙次から多恵子へ電話をさせて呼び出そうとした。仕事中の多恵子に謙次が事情を説明していると、善行は電話を横取りし、娘が結婚すると言い出しているのによく仕事などしていられるな、と嫌みを言った。それに対し、多恵子は本気じゃないものをバカみたいに大騒ぎするほうが間違っていると一蹴する。善行が剛を巻き込んだことに文句を言うと、多恵子が怒りをあらわにした。

「おたくこそいったいどういう教育なさってるんですか。愛だけじゃなく、誠までおかしくなったのは、全部おたくの娘さんのせいじゃないですか。靴の裏についたチューインガムみたいに、しつこくまとわりつくのはやめてくれって伝えていただけますか、これ以上！」

「おい、〝邪知暴虐《じゃちぼうぎゃく》〟って言葉知ってるか？　頭だけはいいが、自分の知恵を人を虐《しいた》げることにしか使わへん、あんたみたいな人間のことや。『走れメロス』でメロスに戻ってけえへんかったら親友を殺すと楽しむ王様がいるやろ。まさにあれと一緒や、あんたは。おい、聞いとんのか?」

　しかし、電話は一方的に切られていた。

「き、切りやがった。あんたもちゃんと女房を教育せえ!」と善行は謙次に八つ当たりすると、忙しいから出てってくれと、善行は一同をまた追い出した。


　全員で話し合った末、愛が代表で考えをまとめた。善行がホテルを売ることと、剛と誠の結婚には全員反対。双方を阻止する方法は、やはり原始的な方法で善行の部屋を愛が、誠の部屋を謙次が見張ることにし、長旅で疲れた晴海たちは部屋で待機することになった。

「じゃ、あたしは?」純は張り切って身を乗り出した。

「純さんは、彼女を追っかけたほうがいいです」

　愛が指さしたほうを見ると、思い詰めた顔の千香が歩いている。どうやら会社を辞めるつもりらしい。宿泊部の前で退職届を取り出し、意を決して中に入ろうとする千香の前に、「千香ちゃん、辞めてどうするの?」と純は立ちふさがった。「お見合いして、結婚でもするよ」と苦笑する千香に、純は、ロビーウェディングの時に一緒に頑張ろうと約束したではないかと説得する。

「あたしは、あなたが輝いているのが辛いの」

「……え?」

「社長になりたいって聞いて頭おかしいって思ったけど、本気でそれ信じて、人になんて言われてもめげないの見て、同期として恥ずかしくなったの」

　就職できればどこでもいいと思っていた千香は、純を見ていると自分のダメさを思い知らされるのだという。思いがけない発言に反論できない純を残し、千香は富士子のもとへ向かった。

「あの、桐野さん。や、辞めさせてください」と千香は退職届を提出した。

「お疲れさま。ＩＤは後で返却しといて」富士子は感慨もなく受け取り、仕事に戻る。

拍子抜けしたように去ろうとする千香に、純がもう一度考え直すように言うと、「ほ、ほっといてよ」と千香はムキになって出口に向かおうとする。

「あなたは幸せね。止めてくれる人がいて」

富士子が投げかけた言葉に反応し、千香は思わず純を見た。自分も若い頃、前の会社で「辞めてやる」と退職届を叩きつけたが、誰も止めてくれず、自分が会社に必要な人間だと思っていたのでショックだったと、富士子は自分の過去を話した。

「あ、あたしは桐野さんと違って、いないほうがいいから。みんなのためにも……」

「だったら、なぜもっと早く辞めなかったの？　そうすれば、リトスラされた中で残れた人がいたかもしれないのに」

冷静に反論する富士子に対して、千香はただ顔を真っ赤にしてうなだれ、その場を去った。

千香を見送ることしかできず、胸が苦しくなっている純のもとに、謙次が慌ててやってきた。

誠と剛が、チャペルで式を挙げると言い出しているという。謙次の一瞬の隙を突いて、部屋から抜け出したのだ。純と謙次がチャペルに向かうと、晴海たちの制止を無視し、水野を神父代わりに誠と剛が式を挙げようとしている。純が止めに入った。

「冷静になってよ、誠ちゃん。剛と結婚してもろくなことないよ。末っ子で甘やかされてるし、恋愛もアルバイトも一か月と続いたことないし、中学までウンコもらしてたし」

「おネエ、そういうこと言うなよな〜」

焦る剛を無視し、誠は構わないから式を挙げてほしいと水野に促す。客の依頼を断れない水野は、仕方なく式を始めようとする。

すると、愛が慌てて飛んできた。訊けば、善行の部屋に契約先の人間が訪れているという。どうやら、善行は自分の部屋で契約を交わそうと企んでいるのだ。

早く止めなくてはと思っても、誠と剛の結婚式を放っておくわけにはいかない。

「狩野剛さん、あなたは待田誠さんを妻とし、終生愛することを誓いますか」

「誓います」あっさりと誓う剛。続けて水野が誠に問いかける。誠が誓いの言葉を述べたらおしまいだと思った瞬間、マリヤが「純ちゃん」と声をかけ、お腹をなでながらウインクをした。

すると、いきなりお腹を押さえ、「あああああ、正、う、う、産まれるー!」と叫び出した。

正と晴海は大慌てでだが、純にはそれはマリヤの芝居だとわかった。マリヤに感謝しながら、「お兄ちゃん、早く医務室運ばないと。剛、手伝って」と急き立てた。「痛い痛い痛い痛い、助けて〜」と妊婦が騒いでは放っておけるわけもなく、剛も一緒にマリヤを連れていくことになり、結婚式を中断することに成功した。

しかし、ホッとしたのもつかの間、純と愛は、猛ダッシュで善行の部屋へと向かった。

必死にチャイムを押し、「お父ちゃん、開けて、お願い」とノックを繰り返すと、善行はまたチェーンをかけたまま顔を出し、「誰にも邪魔させん」とドアを閉める。

「お願い、お父ちゃん。おじいのホテルをなくさないで。あれは、普通のホテルじゃないの、魔法の国なの」と純がドア越しに必死に呼びかけるも、応答はない。このまま祖父のホテルがなくなるのを黙って見ているしかないのか……と悔しくて涙が出そうになる。

するとどこからともなく、「純、お前はずっとそのままでいいから」と祖父の声がする。純はびっくりして周囲を見回すと、「純、自分を責めるんじゃないよ」とまた祖父の声がした。愛にも聞こえているか確認するが、愛はうつむいたままだ。

「やだ、やだ、愛君。おじいだ、おじいの霊がいる」純が腰を抜かしそうになっていると、「すいません、ぼくです」と愛は口を開いた。祖父の声は愛がものまねをしたのだった。

晴海が純に渡したテープを何度も聞いていたのだ。愛は館内電話へと走った。

「純さんがおばけに弱いってことは、お義父さんもそうですよね、きっと？」

「うん。テレビでホラーやってるとずっと目つぶってるし、幽霊屋敷で気失ったこともある」

しばらくして、部屋に電話がかかってきた善行は、どうせ家族からだろうと無視していたが、契約に来た元部下に会社からかもしれないと言われ、渋々電話に出た。「善行さんかい？」という聞き覚えのある声に、善行は固まった。愛は純の祖父の声をまねて善行の説得を試みた。

「今までずっとあんたを見てきたけど。わしの作ったホテルを勝手に売ろうとしてるから我慢できなくてね。もし、娘や孫に無断で契約したら一生化けて出るからな、それでもいいのかい？」

善行は、「ヒッ」と腰抜かして受話器を放り出すが、善行の様子を訝しむ元部下たちに悟られないようにもう一度恐る恐る受話器をつかみ、「誰か知らんけど、いったいどういうつもりや、こんないたずらして」と声を裏返して言った。

「あんたが一家の長として今まで頑張ってきたのもわかってる。だったら、その思いを家族に伝えるべきなんじゃないのかい、こんな大事なことを決める時こそ」

「お、俺は家族に恥じるようなことは何もしてへんぞ」

善行は明らかに動揺している。さらに説得しようとする純たちのもとに、晴海たちが駆けつけてきた。マリヤの陣痛が嘘だとばれ、剛と誠がまた結婚式を挙げようとしているという。

「お母ちゃん、シッ！　今、愛君がお父ちゃんを説得してて……」

しかし、その声が電話の向こうの善行に聞こえてしまい、「お前らの仕業か。人をバカにしやがって！」と善行は怒鳴って電話を切ってしまった。

純は善行の部屋のドアを叩き、家族に恥じることがないのなら、家族の前で堂々と契約をするべきだ、剛のことはどうするのか、と責めた。それに対して、善行は一家の長が決めたことに逆らうな、剛のことは晴海がなんとかすればいいと言い放つ。

「あたし、お父さんが宮古に来て、うちのホテル継いでくれるって言ってくれた時、涙が出るほどうれしかったんです。この人と結婚して本当によかったって。だから今まで、お父さんの言うことは黙って聞いてましたけど……今日だけは私のお願い聞いてもらえませんか。父のホテルと大切な息子を同時に失うかもしれない、あたしの気持ちも少しだけ考えてください」

必死に訴える晴海を純は見つめた。みんなが祈るようにドアを見つめる中、一瞬の静寂の後に、チェーンの外れる音がして善行が出てきた。

「ありがとう、お父さん」と晴海が心から礼を述べると、善行は愛を睨みつけ、「人をバカにしやがって」と殴り飛ばした。「やめてよ、お父ちゃん。あたしも謝るから」と純が必死に止めに入るのを無視し、「どこや、剛のアホは？」と愛を突き飛ばした。

善行たちがチャペルに向かうと、今まさに、剛と誠が誓いの言葉を述べようとしているところ

いくらい愛してるって誓えるの？」


だった。善行はずかずかと二人のところへ行き、「剛、ええ加減にせえ」と力ずくで連れていこうとする。「放してよ、お父ちゃん」と抵抗する剛。「ほっといてください！」と誠が善行から剛を引き離し、式の続きを挙げようとした。そこへ、晴海が誠の前に立ちふさがった。

「じゃ聞くけど、あなた、本当に剛を愛してるの？　こんなバカな息子だけど、私に負けないくらい愛してるって誓えるの？」

晴海の真摯《しんし》な問いかけに、誠は返す言葉がなかった。

「誠ちゃん、弟のこと利用するだけならやめてくれないかな。それって、あなたの嫌いなお義母さんと一緒じゃないの、やってること」純は誠に気づかせたかった。

誠は剛を見つめ、「ごめん」と一言残して逃げ出した。剛は呆然とその姿を見送る。

純にはもうひとつ大事な話が残っていた。

「お父ちゃん、約束どおり、今から部屋に戻って、家族の前でホテルをどうするか決めてくれる？」

「そんな必要ない。もう契約はすんだんや」

善行は押印された契約書を見せた。晴海も、正も、マリヤも、剛も、そして、愛も愕然とした。

「……う、嘘でしょ？　もう売ったの、うちのホテル」

怒りに震えた純は踵を返して出口に向かおうとする。だが、それを善行が呼び止めた。

「向こうの人に言ってくるの。おじいのホテルは売りません。あたしが立て直しますって」

「アホ、とっくに帰ってるわ、もう」

その言葉を聞いた純は猛烈な勢いで善行につかみかかり、涙を流して訴えた。

「お父ちゃんは結局、自分のことしか考えてないじゃない！　大阪に戻りたいもんだから、お母ちゃんの気持ちも全部無視して。どうして考えてくれないの、おじいがどんな気持ちでうちのホテル作ったか。こんなこと知ったら本当に化けて出るよ、おじいが！」

「おじい、おじい、おじい、おじい、いつまでもしつこいんじゃ、お前は！」

善行は、自分がどれだけ自分の気持ちを抑えて、家族の幸せのために頑張ってきたか。それに対して、家族の誰もが理解も感謝もしたことがない、と訴えた。晴海も正も言葉が出なかった。

「これ以上耐えられへんのや、宮古なんかにいるのは。あそこは俺の居場所やない。俺は、あんなホテルを守るために生まれてきたんやない！」あ然とする家族を残し、善行は去ろうとする。

「逃げないでよ、お父ちゃん！」

「うるさい、お前はもう俺の娘やないんや！　これからはお父ちゃんとも呼ぶな、わかったな⁉」

憤然と去っていく善行の後ろ姿に、純は泣きながら叫んだ。

「待てよ、卑怯者！　返してよ、おじいのホテル。返せぇ！」

純の絶叫がこだまする中、善行の姿は見えなくなる……。「返してよぉ」と泣き崩れる純に、愛はかける言葉が見つからない。それは晴海たちも同じだった。


朝方、純は魔法の国の夢を見た。「純、お前はずっとそのままでいいから」と、祖父が言うと、次の瞬間、サザンアイランドがガラガラと崩れ落ちた。

純は、ビクッとして目覚めた。胸の動悸は高鳴り、涙が溢れている……。

「おじいのホテルがなくなったら、どうすればいいわけ、これから……」

朝食を作っていた愛は、涙でいっぱいの純にティッシュを差し出しながら言った。

「宮古に帰って、おじいのホテルを取り戻してください」

愛は、あきらめなければ奇跡を起こせる、だが、このまま何もしないで大阪に残り、オオサキを魔法の国にできれば、それで幸せなのかと純に問いかけた。

「言っときますが、ぼくは幸せじゃないですよ、純さんが心から幸せじゃなきゃ」

「でも、仕事はどうするの？　オオサキを辞めろってこと？」

「宮古に骨を埋める覚悟がなきゃ、魔法の国は取り戻せない。違いますか？」

純は仕事がない生活は大変だと言うと、愛は多少なら貯えはあると通帳を見せた。そして、いきなり、おたまをマイク替わりにすると、『浪花恋しぐれ』を歌い出した。

愛は「音痴なんで、セリフいかせてもらいます」と言い、驚いた様子の純を見つめた。

「あんた、宮古に行きなはれ。ホテル守りなはれ。あんたが魔法の国を作るためやったら、うちはどんな苦労にも耐えてみせます」

純は、愛の気持ちがうれしかった。しかし、まだどこか心の中で何かを迷っていた。


翌日、純は宿泊部を訪ねた。中では富士子と、音子、民子が経営について熱く議論していた。

「待田、ちょうどよかった。あんたも聞いてくれる？」純に気づいた音子が言う。

「あ、はあ……あたしも実はちょっとお話が……」

純が口ごもっていると、富士子は、「何？」と入口のほうへ向かって言った。すると、千香が意気込んで入ってきて、いきなり土下座した。

「お願いです、もう一回ここで働かせてください。もう二度と辞めるなんて言いません、泣き言も言いません、人のせいにもしません……と決めました、待田さんみたいに。だから……」

　聞いていた純も、「あたしからもお願いします」と願い出た。富士子は「じゃ、もうこれは必要ないわね」と、千香の退職届をビリビリと破った。

「毎年あんたみたいな奴はいくらでもいるのよ」「たいていすぐ戻ってくるしね。あたしもそうだったけど」などと音子と民子に言われ、千香の心は軽くなった。千香は心の底から「ありがとうございます」と頭を下げ、純と一緒にまた頑張れることを喜んだ。

　ますます胸が痛みながらも、純が富士子に話を切り出そうとする。だが、今度は水野が入ってきた。水野は、純に説得されたように、環境の変化や困難を自分で変えようとしないことを富士子たちに叱責されて気づいたのだ。

「部長たちのオオサキ再生プロジェクトに参加することにしたからさ、これからも俺のことけなしてくれよ、君も」

「あ、あの、それなんですけど……」純はうれしさを感じつつ、複雑な心境だった。

「どうしたの、さっきから何か言いたそうだけど」

　富士子に言われ、純は一同の視線を浴びながら、思いを断ち切るように懐から退職届を出した。

「一身上の都合で、辞めさせてください」純は深々と頭を下げた。

　一同が驚きを隠せない中、富士子は冷静に理由を訊ねた。純は、宮古島の祖父のホテルを父が売ろうとしているのをなんとか阻止したい、可能性があるうちはあきらめたくないと話した。

「それはないいんじゃないか、俺たちには散々辞めるなって言っといて」

「そうだよ。せっかくまた一緒に頑張ろうと思ったのに」水野に続いて千香も抗議する。

「あたしだって、本当はここに残りたいし、二人と一緒に働きたいよ。でも、このままおじいのホテルがなくなるのを、黙って見てるわけにいかないの……あ～、でも、やっぱり辞めたくないよ～。みんなとも離れたくないよ～。前の社長にはここを魔法の国にするって誓ったし、桐野さんたちにも、社長になるまで頑張るって約束したし、このホテルが大好きだから……何言ってんだろう、あたし。ごめんなさい……ごめんなさい……」

涙が止まらない純に、富士子が引き出しから何かを大切そうに取り出した。

「だったら、オオサキの精神だけ持っていきなさい」差し出したのは例のプレートだ。

「渡してくれって頼まれたの。あなたがいつか魔法の国を作った時飾ってほしいって」

「……ありがとうございます」純は震える手で、富士子からプレートを受け取った。

「わたしたちも、あなたに負けないよう、ここを魔法の国にしてみせるから」

今までともに闘ってきた仲間たちは、温かい目で純を見つめた。

純は、自分はなんて果報者なんだろうと思った。

宮古島の風を受けながら、サザンアイランドの前に純と愛はたたずんだ。周囲には「リゾート開発」の看板やのぼりが立ち並んでいる。純はプレートを抱え、闘志を新たにした。

「行こうか」と促す純に、「ダメです。靴紐が」と愛は純のほどけた靴紐を丁寧に結び直した。

そんな愛を、純は愛おしそうに見つめる。

(いよいよ最終決戦だ、おじい)

二人はホテルに向かって歩き出した。

第12章

さいしゅうけっせん

純と愛がサザンアイランドのエントランスに行くと、貼り紙があった。

『誠に勝手ながら、今月をもって閉館させていただきます。長年のご愛顧心より感謝致します』

「こんな嘘くさいもの貼っちゃって」

純が腹立たしげに貼り紙をむしり取った瞬間、ガラス戸の向こうで善行が睨んでいるのが見えた。純が驚いていると、「おい、何しとるんや、お前」と不機嫌そうに出てきた。

「お、お父ちゃん、あたし、ホテル辞めてきたから！」

純が愛と一緒に宮古島で暮らすことにしたと告げると、善行は、ホテルにも家にも二度と来るなと言ったはずだと吐き捨てるように言う。

「わかってるわよ、そんなの。ここに泊まるの。客よ、客。お金払えば文句ないでしょ？」

「何企んでるか知らんが、今さらジタバタしても無駄やからな。このホテルはもう人様の手に渡って、来週には取り壊されるんやから」

「嘘!? そんなに早く……」

そこに、旅行鞄を持った善行の元部下である梨田《なしだ》をはじめとする商社の面々が、「二、三日お世話になります」とやってきた。梨田たちは物件の下見を兼ねて、ホテルに泊まりに来たのだ。梨田が純に気づき挨拶をしようとすると、善行は見知らぬ他人だとそれを制し、ビーチが見えるテラスへと案内した。梨田たちは海を眺め、「心が洗われるなあ、宮古の海は」などとお世辞を並べている。

「でしょ。安い買い物されたと思いますよ、おたくの会社。ま、私ももうすぐ、みなさんの同僚ですけどね、アハハハ」

無邪気に高笑いする善行を苦々しく思いながら、二人は狩野家へ向かった。庭からそっと入ると、マリヤが大きなお腹で荷造りをしている。マリヤは二人の突然の訪問に驚いた。

「ねえ、何やってんの？　ひょっとして、もう引っ越し？」純はあたりを見回す。

「この家も売っちゃったから。お義父さんが、来週には出ていくって約束しちゃったの」

純がとっさに晴海を心配すると、居間の奥で晴海と正、剛が抜け殻のように放心している。

純が声をかけても彼らは返事をする気力もないようだ。マリヤ曰く、剛は誠にふられたショックから立ち直れず、正はやっとギプスが取れたと思ったら、大阪に引っ越すことに緊張してお腹を壊し、晴海はホテルだけでなく、家まで手放すことになって父親にずっと謝っているという。見ると、晴海は仏壇の父親の遺影に力なく手を合わせている。

「ちょっと、お母ちゃん、元気出してよ」純はいたたまれなくなって声をかけた。

「……純、来てたの？　そんなところにいないで上がったら？」晴海は力なく返事をした。

「いい。お父ちゃんに敷居またぐなって言われてるから」

「また、そんな意地張って……」

純が、本当に善行の言いなりで大阪に行ってもいいのかと訊ねると、晴海は、善行が判を押したものはしょうがないと答えた。

「お母ちゃん、みんなも聞いて。あたし、まだあきらめてないから」

愛と二人でホテルを取り戻すつもりだと話すと、それは無理だと一同が声を揃えて答える。愛は、とりあえず、今回の契約書とリゾート開発の計画図のコピーを見せてほしいと頼んだ。

じっくりと検討するためにサザンアイランドに戻り、売店の近くで契約書とリゾートホテルの完成予想図を広げ、穴が開くほど二人は睨んだ。

「来年夏のオープンを目指してるから、早く取り壊したいんですね」と愛が冷静に言う。

「こんなどこにでもあるリゾートホテル、宮古に作る必要全然ないじゃん。ねえ、なんか不備とかない？　契約書に」

「何かあるような気はするんですけど……」

愛が考え込んでいると、誰かが来る気配がするので慌てて計画図を隠した。その人物を見て二人は驚いた。それは誠だった。誠はサザンアイランドに宿泊していたのだ。

「ちょっと自分を見つめ直そうと思ったら、海が見たくなって。そしたら、いつの間にか宮古にいたみたいな感じ？」

「嘘つけ。本当は、剛君に謝らなきゃって思ってんだろ？　この前、その気もないのに結婚しようとか言ったから」

愛に心を読まれ、誠はごまかすように、ホテルの食事がまずい、部屋が汚いなどとぼやくと、

「これじゃ、潰れるの当然だわ」とあきれた顔をした。

愛は、司法試験の勉強をしていた誠ならこの契約書に不備があるかどうかわかるかもしれないと思い、見てくれるよう頼んだ。誠は契約書と計画図を見てみるが、やはりわからなかった。

純は、こうなったら実力行使で座り込みをしようと息巻くが、警備員に排除されて終わりだと愛に冷静に諭された。

「そうだ、ママならわかるかも。契約書の不備とか見つけるの得意だから、あの人」

誠の一言で、多恵子に電話をすることになるが、誠も愛も、実の母親との問題があるため対等に話せる自信がなかった。それは純も同じ思いだが、今は背に腹は替えられないと思い、勇気を振り絞って純が多恵子に電話をかけた。

だが、案の定、多恵子は純だとわかると電話を切った。今度は愛が電話をかけると、「……なんの用?」と電話を切ろうとはしなかった。愛が、ファックスで送ったホテルの売買契約を白紙に戻す方法を教えてほしいと頼むと、多恵子は、もう家族ではないからと取り合おうとしない。

「プロの弁護士としてお願いしてるんです。お金はそちらの言い値でいくらでも払いますから」

「バカバカしい。なんであのゴキブリ女を助けてやらなきゃいけないの?」

多恵子が鼻で笑うと、電話を代わった誠が「何よ、ママ。本当はわからないんでしょ? 娘に弁護士になれなれって強制するなら、自分がどれだけすばらしい能力持ってるか証明してよ」

多恵子は誠が宮古島にいることに驚きつつも、その挑発を真に受けて、契約書と計画図を見比べると、「こんな簡単なこともわからないの」と冷たく言った。

翌朝、純と愛は、狩野家の家族が起きる前に庭で待機した。一番先に起きてきた晴海に、二人は多恵子が教えてくれたホテルの売買を無効にできるかもしれない方法を教えた。それは、リゾート開発計画にはホテル前のビーチも入っているが、ビーチは晴海個人が所有しているため、善行が勝手にビーチを売ることはできず、売買契約にも含まれていないということだった。

「お母ちゃんがビーチを売らないって言えば、リゾート計画が全部パーになるから、向こうも契約を破棄するわよ、絶対」純は興奮気味に話した。

「嘘⁉　そうなの？」晴海は目を輝かせた。

「おじいが、こんなこともあろうかと思って、お母ちゃん名義のまま残したのかも」

純の言葉を聞いて、晴海は仏壇の父親の遺影を見つめた。晴海が決意してくれれば、自分が死ぬ気でホテルを立て直して、借金を返すと純は説得した。そこに、善行が「おい、新聞」と起きてきて純たちに気づくと、「おい、何してる？」と急に不機嫌になった。

純は晴海を促すと、晴海は覚悟したように善行に向き直った。

「あの、お父さん、ちょっとお話が……」と話し始めようとすると、正とマリヤが起きてきた。

「ちょうどよかった、正とマリヤさんも聞いてくれる？　大事な話だから」

「だから、なんや？　早く言え」善行は声を荒らげる。

苛立った様子の善行に、「実はですね……」と晴海が言おうとすると、「お母ちゃん、腹へった」と剛がノンキに現れる。「あ、そうね。じゃ、御飯食べてからにしましょうか」と台所へ晴海が向かおうとすると、純は思わず身を乗り出して言った。

「お母ちゃん、逃げないで早く言ってよ。おじいのためにも」

晴海は「わかってるわよ」と戻ってきて、恐る恐る善行に言った。

「ビ、ビーチはあたしのものです！」

「は？　何言ってんだ、お前？」晴海の思わぬ発言に声が裏返る善行。

「あ、あとは、純から聞いてください！」

晴海は逃げるように台所へと消えていく。急に振られて動揺している純を、善行が睨みつける。純は善行を見つめ、今こそ力を与えてほしいと祖父に祈った。


売買契約書と土地の権利証を見て、善行は愕然とした。その手がブルブル震えるのを、純と愛は庭から見つめ、晴海や他の家族は不安そうに見ている。

善行は、晴海名義のビーチが契約に含まれていないことがわかると、晴海に売るように懇願した。契約が破談になったら、契約違反として巨額の損害賠償を請求されると善行は訴えた。

「お願いです、なんとか考え直してくれませんか、お父さん。この家だけはどうしても残したいんです。宮古にいて、父の仏壇を守らなきゃいけないんです、あたし」晴海も譲らない。

「どこがいいんだ、こんな文化も何もない土地が。どいつもこいつも人のプライバシー無視して、何かありゃすぐ、酒飲んで踊り出しやがって」

「だから、そういう宮古の悪口も聞きたくないんです、もう！」

珍しく声を荒らげる晴海に、善行は言葉を失った。晴海は抑えていた感情が止まらない。

「宮古の人間はデリカシーがないとか、宮古に文化がないとか言われると、自分がバカにされてるような気になるんです。お願いだから、もうやめてくれませんか！」

「落ち着け。いや、落ち着こう。も、もし、ホテルを売らないとしても、借金はどうやって返すんだ？　何かあてでもあるのか？」と、善行はなだめるように言う。答えられない晴海に、一文なしになって一家心中でもする気かとさらに問い詰めた。

自分のことを棚に上げて話す善行に、借金を作った張本人としての責任を純は追及した。怒りが爆発しそうなのをこらえ、なんでも世の中や人のせいにして自分は反省せず、前向きにものごとを考えようとしない善行をとがめる。それには正も剛も共感した。

「お父ちゃん、いい加減、素直に自分のあやまちを認めて、未来に向かって進んでいく決心しないと、いつまでたっても何も解決しないよ」

「偉そうなこと言いやがって。だったら聞くが、お前には何かあるんか、借金を返す方法が」

「あたしが社長になって、サザンアイランドを立て直すの」

純は、以前善行に見せた「ホテル・サザンアイランド再生計画」と書かれたノートを差し出した。それを覚えていた善行が、そんな子どもだましで何ができるとあきれていると、愛が分厚い企画書を取り出した。純の考えだけではどうしても理想やロマンが先行するので、愛が利益や返済方法など現実的な要素を加えて、純のノートを補ったものだ。

「この再建案を持って債権者のところに行って、死ぬ気で返すから返済を待ってほしいって頼んでくるつもり」純は善行をまっすぐ見つめて言った。

「何、相変わらず夢みたいなことぬかしとんじゃ。こんなもん、うまくいくわけないやろが」

「やってみなきゃわからないじゃん。ううん、家族みんなで力を合わせれば、絶対奇跡を起こせるって信じてる、あたしは」

純は、「ねえ、どう思う、みんな?」と訴えかけるように家族を見た。善行は、正は自分の味方だと思っているので、正に目をやり反対するように促した。

「あ、俺はまあ、純のマインドもわかるし、お父さんのマインドも理解できるっていうか」

相変わらず、当たり障りのないことを言って、自分の意見を言わない正を純が責めると、マリヤとベイビーを食わすために働くところがあればいいと煮え切らない。

それを聞いたマリヤは、「ちょっと、あたしとベイビーのせいにしないでよね」と怒り出した。

「お願いよ、正。長男なんだから、あんたが言えば、お父さんだって……」と、晴海。

「そ、そんなに責めるなよ、みんな……またヤバい」と、正はトイレに逃げ込んだ。

正の情けない姿に、女三人はあきれ果てた。純はマリヤに訊ねた。

「あたしは前から思ってる、お父さん、ダメ」

マリヤのストレートな意見に、「うるさい、女は黙ってろ」と善行が言うと、「そういうところもダメ」と、マリヤも負けていない。

「剛、あんたは?」と純が水を向けると、「え? 俺は、どっちでもいいよ〜」と興味を示さない。そんな剛を見て、愛はとっておきのニンジンをぶら下げた。

「剛君、実は誠が宮古に来てるんだけど」と愛が言うと、剛の目の色が変わった。

「誠ちゃんも応援してくれてるの。剛が協力したら、見直すんじゃないかな、あんたのこと」

すると剛は、「俺、おネエに一生ついてく。なんでもするから言って」と張り切った。

そんな姉弟のやりとりを見ていた晴海が、「純の言うとおり、家族みんなで力を合わせて、もう一度父が作ったホテルを立て直してもらえませんか。お願いします」と頭を下げた。トイレから戻った正も含め、家族全員で祈るように善行を見つめると、善行は純と愛を睨んだ。

「どいつもこいつも、こいつらに乗せられてアホなこと言いやがって。もう、あんなホテル立て直すのは無理に決まってるやろが。場所は悪いし、方角も悪いし、交通の便も悪いし、あんなところにあんなホテルを建てた奴が間違っとるんや。そうや、全部あのじいさんが悪いんや！」

祖父の遺影を恨めしそうに睨む善行に、純がつかみかかった。

「ちょっと、どういう意味よ、それ？　取り消してよ、今の！　おじいがどんな思いであのホテル建てたか知ってるでしょ？　がんになったおばあに、生きてる間だけでも世界旅行をしてるような気分になってもらいたくて、必死の思いで作ったの。あそこには、おばあへの愛がいっぱい詰まってるの！」

「うるさい、そんなもん関係あるか、俺には！」

「じゃ聞くけど、お父ちゃんはお母ちゃんを今までちゃんと愛してきたって言える？」

「……な、なんやと？」善行は言葉に詰まった。

「家族のことも本当に愛してきたって胸張れる？」

「あ、当たり前やろうが。もちろん、お前は除くがな」

「だったら、なんでお母ちゃんたちの気持ちを考えないの？　お母ちゃんは大阪になんか行きたくないの。宮古が好きなの。宮古にいたいの」

善行は、一家の長として家族を先導するのが悪いのかと開き直る。それは、善行に忠誠を誓えと命令しているだけで、家族は辛くても我慢しろと言っているのと同じだと純は責めた。

「なんやと？　人を独裁者みたいな言い方しやがって」

「じゃ、気づいてる？　お母ちゃんの手にこの頃シミとか皺がすっごく増えてるの」

その言葉に、一同は母の手を見た。その疲れて潤いのない手を晴海は恥ずかしそうに隠した。

「昔からすべすべしてきれいだったのに、この頃お母ちゃんの手を見るたびに、宮古の海が汚されていくような気がして悲しいの……」

善行は、自分の手を見つめている晴海を、複雑な思いで見つめた。

「お願いだから、これ以上お母ちゃんを苦しめるのやめくれる？　本当にあたしたち家族を愛してるなら、ホテルもこの家も売るのやめて、みんなで死ぬ気で借金返していこうって言ってくれない？　一家の長として。このとおりです、お父ちゃん」純は必死に頭を下げた。

「あたしからもお願いします、お父さん」晴海も頭を下げる。それに続けて、剛も正もマリヤも頭を下げた。家族全員が頭を下げて懇願する姿を見ていた善行は口を開いた。

「……わかった……お前らの好きにしろ」

「ホント？　じゃ、ホテル売るのも白紙に戻していいんだよね？」

「勝手にせい」と善行は去っていく。

純が夢中で喜んでいると、善行を見ていた愛が、「お義父さんを捕まえてください」と言った。

「お義母さんの実印を盗む気です」

愛の言葉で善行のほうを一同が見ると、善行は引き出しから晴海の実印を盗もうとしている。

「ちょっと、何やってんのよ!?」純の叫び声とともに純と剛が善行につかみかかると、善行は「放せ」と必死に抵抗し、またも取っ組み合いとなるのだった——。

「……今、なんておっしゃいました？」

サザンアイランドのロビーで、梨田は呆然として純に訊ねた。

「だから、ビーチは母の物なんでお売りできないんです」

純と晴海は、梨田たちを呼び出し、事の顚末《てんまつ》を話した。梨田は、それだとリゾート計画は水の泡で、来週にはホテルの取り壊しを始める予定なのにと焦り始めた。梨田が善行を呼んでほしいと言うと、晴海は「あ、ちょっと、体調を崩しまして……」とごまかした。

その頃、善行はガムテープでグルグル巻きにされ、トイレに閉じ込められていた。トイレの前には正と剛が立ち、中で暴れる善行に申し訳なさそうに「お願いだから、大人しくしてよ、お父さん」「おネエたちが帰ってくるまでの辛抱だからさ」と声をかけた。

一方、そうとは知らず、梨田たちは晴海にビーチを売ってくれるよう必死に頼んだ。晴海は迫られるとはっきり断れない性格だ。助け舟を求めるように純を見た。

「契約は白紙に戻していただいて結構ですから、ここを取り壊すのも中止にしてもらえますか。じゃ失礼します。行こう、お母ちゃん」

話を終わらせようとしたその時、ガムテープを剝がしながら、善行が息を切らしてやってきた。

「……お父さん」「……ど、どうやって？」晴海と純は驚いて善行を見つめた。

「社長、なんとかしてくださいよ。ビーチを売っていただかないと、契約違反で損害賠償を請求することになりますよ。大阪のうちの関連会社への再就職の件も白紙にするしかなくなるし」

善行は慌てて、女房を説得すると言うが、晴海の気は変わらないと純は断言した。

「うるさい、お前は黙ってろ！　おい、晴海。とにかく、ゆっくり落ち着いて話そう、な」

「お父さん、あたし……」と晴海は何かを言いかけて、いきなり逃げ出した。

「おい、ちょっと待て」善行が慌てて追うが、晴海はあっという間にホテルの一室に駆け込み、中から鍵をかけた。純と愛も駆けつけ、追ってきた善行はドアを力いっぱい叩いた。

「おい、何やってるんや？　開けろ！」

「お父さん、実印は渡しませんからね、絶対。あたしは頭が悪いし、話も下手だから、お父さんに言い負かされるし。こっちの気持ちは、純が一番わかってくれてますから。頼むわね、純」

「わかった、お母ちゃん……」純はドア越しに晴海に返答した。善行が純を睨みつけるが、（おじい、あたし絶対守るからね、このホテル）と純は心で唱え、善行を睨み返した。


善行は土地の権利証を憎々しげに見つめた。

「お前が余計なことするからや。いちいち逆らって、人を散々苦しめて、そんなに面白いか！」

「お義父さん、純さんはそんなつもりじゃ……」愛は純をかばった。

愛のことを気に入らない善行は、今後一切、俺の顔を見るなと怒鳴る。そして、「商社側が損害賠償を請求したら、ただでさえ二千万の借金があるのにどうする、一家心中だぞ！」と訴えた。

「あの、でも、このホテルが確実に利益を見込めるとわかってもらえば、債権者も返済を待ってくれるんじゃないでしょうか？」愛も冷静に訴える。

純は愛を見て、「そうだよ、愛君の言うとおりにしよう」と続けた。

「おじいがやってた頃みたいに、お客さんでここを満員にして、再建が可能なことを債権者の人たちに証明するの。家族で一生懸命おもてなしして、お客さんで満室にすれば、もしかしたらホテルに投資してくれる人も出てくるかも」

「そうですね、頑張りましょう」愛と純は、同じ思いを膨らませて見つめ合った。

「おい、ちょっと待て。勝手に決めるな！」

善行が焦っているところへ、「あたしも協力する」と、いつの間にか誠が現れた。

「なんだか面白そうだし、暇でやることないし」そう言って善行を見ると、鼻をつまんだ。

「ありがとう」純は心の底からうれしかった。これなら、みんな賛成してくれるはず……。

純と愛は、さっそくみんなに手伝ってくれるよう頼みに行った。

「おい、悪あがきはやめろ。俺は認めんからな、そんなこと！」

もはや、善行の叫びは誰の耳にも届かなかった——。


サザンアイランドは、純たちの手によって息を吹き返していく。愛のアイデアで、エントランスの看板は、クリスマス用の電球の飾りをつけた。点滅させるとロマンチックだ。

売店の棚や傷んだ商品は運び出し、館内の窓や床を懸命に磨いた。こびりついた汚れは、マリヤがあっという間に汚れを落とした。まるで魔法でも使ったかのようにピカピカだ。

しばらくすると、新しい鉢植えや花が飾られ、窓や床もどんどんきれいになっていった。

「ねえ、純、今さらこんなことやって本当に意味あるのかしら」晴海が不安そうに訊ねる。

「そうだよ、本当にお客さんが来てくれるのか？」正までそんなことを言い出した。

「そんなこと言わないでよ。みんなで頑張れば、おじいの頃のようなホテルにできるよ、絶対」

その時、どこからか、懐かしい音楽が聞こえてきた。純たちが、引き寄せられるように音楽が聞こえるほうへ行くと、ジュークボックスに明かりが灯り、レコードが回っている。

「もしかして、愛君が直してくれたの?」純は思わずジュークボックスに駆け寄った。

その傍らで愛が笑顔で頷く。純が喜ぶ顔を見るのは愛にとって何よりもうれしいことだ。

「今まで何度修理してもダメだったのに……」晴海はそっと手を伸ばした。

グルグル回るドーナツ盤を見ていると、祖父がいた頃の魔法の国が甦ったような気持ちになる。

純は奇跡を起こせるような気がしてきた。殺風景に感じていたロビーの一角に、オオサキから持ってきたプレートをはめ込むと、「ピッタリだ」と純はうれしそうに眺めた。

不思議そうに見る晴海に、いつか純が魔法の国を作ったときに飾ってほしいとオオサキの社長がくれたのだと、ラテン語の意味とともに純は説明した。

「歩み入る者に安らぎを、去りゆく者には幸せを」

その言葉を聞いて、みんなでプレートを見つめ、勇気づけられるような気持ちになっていた。

そこへ剛が現れ、「あのさ、おネエ、宣伝チラシ作ってみたんだけど」と純に見せた。

「お～、いいじゃん、これ」と純のお墨付きをもらった剛は、「そう? じゃ、コピーして配ってくる」と喜ぶと、「じゃ、あたしも行く」と誠に言われいっそう舞い上がった。

二人は空港で、到着した観光客にチラシを配った。

「ホテル・サザンアイランドで～す。まだ泊まるところをお探しでしたらお願いしま～す」

誠も「よろしくお願いします」と配りながら、懸命な顔の剛を見つめた。

「ごめんね、この前、ひどいことして……」

「いいの、いいの。本当にまこっちゃんから結婚してほしいと思ってもらえるよう頑張るからさ」

「前向きじゃん、今日は」と誠が微笑むと、「おネエのおかげかな」と剛は頷いた。

そして、マスクをしていない理由を剛が訊ねると、宮古島の人たちはあまり臭わないし、自分も素直に前向きな気持ちになれると誠は答えた。

「……よかったね」と剛は誠を見つめ、思わずキスをしようとした。しかし、その瞬間、「何やってんだよ！」と誠にビンタを食らった。

「ごめん。とってもきれいだから、つい」という剛の言葉に、誠は少し照れてそっぽを向いた。


その夜、善行は、サザンアイランドのエントランスで看板を見上げた。ホテルの看板が来客を夢の世界へ誘《いざな》うように点滅している。ロビーはどこもピカピカで、いたるところに花が飾られている。複雑な顔で眺めていると、売店のほうからにぎやかな笑い声が聞こえてきた。

善行がそっと近づいて中をのぞくと、晴海やマリヤが客たちにコーヒーや菓子を振る舞っている。純がマジックをやって喜ばせ、周囲には純が持ってきたおもちゃがいっぱい飾られている。

「じゃ、次は、うちの旦那の竹笛を聞いてくださ〜い」

「すいません、おじいにはかないませんけど……」と愛はうつむきながら演奏を始めた。

初めて竹笛を聞くマリヤと誠は、興味深そうに見つめた。郷愁を誘う音色に、懐かしさがこみあげる純、正、剛。晴海も昔に戻ったようで涙が溢れそうになった。ふと気がつくと、善行が神妙な顔で立っている。晴海は善行の傍らに立った。

「どうして、父があたしにビーチを残してくれたか不思議だったけど、思い出しました……」

十三年前、ビーチに晴海が父親とたたずみ、父親は晴海に優しく何かを言うと、竹笛を吹いた。

「何か辛いことがあったら、いつでもここに来ればいいさって言ってくれたんです。俺はこの海を見て、お前を晴れた海と書いて晴海って名づけたんだって……」

善行は晴海の言葉を黙って聞いている。晴海は楽しげな子どもたちを見つめた。

「……あんな家族の顔も久しぶりに見た気がしませんか、お父さん？　あたしは本当に奇跡を起こせる気がしてきました。お願いです。みんなで頑張って、もう一度やり直しませんか」

両親が話しているのに気づき、純たちはそばに近寄った。

「お前の気持ちはわかった……」

「本当ですか？」晴海は顔を輝かせた。

「でもな、現実を見てくれ。こんなことしたって、焼け石に水なんだ。家族のためにはここを売って借金も全部返して、大阪に行って一からやり直すしかないんだ。俺も死ぬ気で頑張るから」

「……わかりました」と晴海が頷くと、善行は晴海がわかってくれたと心の中で小躍りした。

「あたしと離婚してください、お父さん」

善行は耳を疑った。まさか本気のわけがないと思った。だが、善行が一緒に働く気がないのなら仕方がない、その代わり純と社長を交替してほしい、そうすれば自分たちで借金を返し、善行はなんの心配もなく大阪に行けるだろうと、晴海は告げた。

「純もいい？　それで？」と言われ、純はいつになくはっきり物を言う晴海に戸惑いながらも、

「あ、うん、あたしは構わないけど……」と善行を見た。

「お、俺は……俺は認めんぞ、そんなの！」

善行は声を裏返し、逃げるように去っていった。その姿を晴海は寂しげに見つめた。

夜も更けて、客が去った後、一同は後片付けをしている。黙々と片づける晴海を純は見つめ、

「お母ちゃん、本当にいいの？　お父ちゃんと別れても」と訊ねた。

「もっと早くこうすればよかったのよ、きっと……」晴海はサバサバと言う。

「もうちょっと考えたほうがいいんじゃないかな、お母さん」

正は、みんなで頑張ってみても借金を返せる保証はないし、晴海がこれ以上苦労するのが心配だと言った。

「あたしは大丈夫だから、これからは純を助けてやってくれない、正」

「純がボスってのもイマイチ納得できないっていうか……」

「だったら、おにいが社長になって責任持って借金返せば？」

純が腹立たしげに言うと、正はごまかすように、晴海が離婚してもいいのかと剛に水を向けた。

「お母ちゃんがいいなら、別に構わないいんじゃないの？」とあっけらかんと言う。

純は晴海の気持ちはわかるが、娘としては別れてほしくなかった。

「あたしはお義母さんに賛成ね、別れたほうがいいよ」とマリヤが言い放つと、正が責めた。

「マリヤは本当の娘じゃないから、そんな無責任なこと言うんだよ」

「何、それ？　あたしはお義母さんと本当の親子だと思ってるよ。ダメなの？」

「いやいや、だから、そういうことじゃなくて……」

「やめてよ、二人とも。あたしのせいでケンカしないで」晴海が仲裁に入る。

マリヤは正を睨みつけるように片づけ物を持って去っていった。純は晴海に訊ねた。

「ねえ、お母ちゃんはもう愛してないの、お父ちゃんのこと？」

晴海は何かを言いかけようとしたが、愛に心を読まれないように去っていった。さすがに善行の居場所が気になり正が電話をするが、留守電になりつながらない。

まさか晴海が離婚を言い出すとは考えていなかった純は、思考が停止していた。愛は、とりあえず、今自分たちができるのは、ホテル再建のために頑張ることだと純を励ました。

翌日、二人は銀行に行き、債権者にホテルの再建案を必死に説明した。地元の人にもホテルに来てくれるように、宣伝も兼ねて純は接待した。晴海が離婚を言い出してから、家族の関係が少しギクシャクし、善行とは相変わらず連絡が取れないままだ。

ある日、「純さん、大変です」と愛がバルコニーからビーチを指さした。見ると、善行が海の中に入っていく。善行は泳げないのだ。愛と純と晴海が慌てて善行の後を追って海へ入った。

「ちょっと、何やってんのよ、お父ちゃん!」

「来るな。自分の借金ぐらい自分で返してやる。俺が死ねば保険金が入るから、それで払えばいいだろうが」

「そんなこと言わないでください、お父さん」晴海も我を忘れてびしょ濡れになっている。

「うるさい、どうせ、俺一人が苦しめばいいんだろうが。俺はな、十三年前このビーチで、愛する妻や家族のためならって、大阪を捨て宮古で働く決意をしたんだ。それ以来、十三年間艱難辛苦に耐え、お前のために尽くしてきたのに、その仕打ちがこれか?」

「あたしは別にそんなつもりじゃ……」

「お前は俺のことなんか最初から愛してないんだ。だから、平気で離婚なんて言い出せるんだ」

「そんなことありません」と晴海が動揺を隠しながら言ったその時、大きな波が来て、善行が流されそうになった。愛が助けに行こうとすると、「来るな、本当に死ぬぞ」と善行が言う。

「嘘です。お義父さんは死ぬ気なんかありません」愛は善行を見据えて言った。

「う、うるさい！」と叫んだ次の瞬間、突然深みにはまる善行。「あああ〜、助けてくれ」顔を激しく浮き沈みさせ、必死にバシャバシャもがく善行を、愛は慌てて近寄って救った。


善行が目を覚ますと、ホテルの一室だった。ベッドの脇で愛が見守るように座っている。

「気がつきました？　あ、お義母さんたち呼んできます」と愛がほっとして言うと、善行は「行かんでいい」と言い、誰の顔も見たくないと顔を背けた。

愛は、晴海が本当は善行と別れたいとは思っていないことを打ち明けた。

「離婚って言い出したのは、最後の賭けなんです。お義父さんが自分のことを本当に愛してくれてるなら、宮古に残って、家族みんなでやり直す気になってくれるんじゃないかって」

「ほ、本当か？　本当に心の中であいつがそう思ってるのか？」

善行は内心ほっとしたが、愛の能力を信じたわけではないと憎まれ口を叩いた。愛は、純と一緒にホテルを立て直してほしいと懇願した。

「そんなことしたって、どうせ、また文句言うに決まってるんだ、あいつは。俺のやることなすことすべてが気にくわないんだから。子どもの頃から、おじいのほうが好きで、俺に笑顔を見せたことなんか一度もないし」

愛は、善行の横顔に一瞬浮かんだ寂しさを見逃さなかった。

「純さんは、誰よりもお義父さんを愛してます、いや、愛されたいと思ってます」

ただ、善行がホテルを大事にしないことが嫌なだけなのだ、ホテルは純の生きる目標であり、夢であり、大切な宝物であることをわかってほしいと頭を下げた。

「お前はいったいなんなんだ？　男のくせに、主夫みたいなことして。プライドはないのか？」

「そんなもの持っててもしょうがないなと思ったんです、純さん見てたら。お客さんに感謝された時、本当にうれしそうに笑う、太陽みたいなまぶしい笑顔を見たら、それを一生失ってほしくないって思ったんです。この人の心が折れないよう一生支えたいって思ったんです」

女性にいいところを見せようとして、自分の身の丈以上のことをして失敗してきたような気がする。そんなことをするくらいなら、女性に尽くしたほうがいいと思うと愛は問いかけた。

「いつまでも意地張って、お義母さんや純さんたちを失ってもいいんですか、お義父さん？」

善行は何も言い返せなかった。

その夜、昨日より大勢の客がホテルに集まっていた。純が回っていた債権者や近所の人たちの顔も見える。善行も静かにやってくると、晴海が客の前にカセットテープとラジカセを置いた。「みなさん、うちの父の声が入ったテープが見つかったんで聞いてください」とテープを再生した。子どもの頃の純と祖父の会話だ。菓子を運んできた純は恥ずかしさのあまり、「ちょっとやめてよ」と慌ててテープを止めた。

「懐かしいね」と笑う客たちに、コーヒーや菓子を振る舞う純たち。愛がジュークボックスのレコードをかけると、「居心地いいね、ここは」「おじいが作ったホテルが戻ってきたね」と客たちは喜んだ。その様子を複雑な表情で見ていた善行は、ゆっくりと晴海の前に立った。

「俺が悪かった……家族みんなでやり直そう」

「……ほ、本当ですか、お父さん？」

家族全員が喜ぶ中、愛だけは複雑な顔で善行を見た。善行は心の中で『浪花恋しぐれ』を必死に歌っていたのだ。喜んだのもつかの間、そのことを愛から知らされた純は不安になった。

翌日、善行は心を入れ換えたように、誠心誠意、接客するようになった。そんな善行を見て、晴海は自分の願いを聞いてくれたことを感謝していた。しかし、純は晴海を呼び出し、善行はまだ何か隠しているから気をつけたほうがいいと耳打ちした。

しかし、晴海は考えすぎだと取り合わず、愛が人の本性を見抜けるというのも信じていないと言った。

「あんたも娘なら、どうしてお父さんのこと信じてあげないの。あなたも、なんでもわかったような顔するのやめてもらえますか、もう？」

晴海は愛に冷たく言い放って去っていった。

玄関を必死に磨いている善行に、純はなぜ気が変わったのか訊ねた。

「それはほら、愛君に言われて気がついたんや。いつまでも意地張ってないで、そろそろ男が女に従ってもええんちゃうかって」

純は善行らしくない言葉だと思い、本当に商社の人間に断ってくれたのかと念を押すと、「あ、当たり前やろが」と答えた。そこに帰り支度をした梨田たちがやってくると、善行は「本当に申し訳ありませんでした」と謝った。梨田は「仕方ないですよ、残念ですが今回はあきらめます」と帰っていった。玄関まで送る善行の背中を、純は期待を込めて見つめた。

「今回だけは、お父ちゃんを信じてもいいんじゃないかな。愛君に言われて反省したって言ってたし、お母ちゃんに離婚切り出されて目が覚めたんだよ、きっと」

純が愛に話を切り出すと、愛は契約破棄した書類を見せてもらったほうがいいと言う。

「ごめん、もう疑うのやめようと思うの、お父ちゃんのこと。あたしの父親はあの人しかいないんだし」と去っていく。愛は、信じてもらえていないようで一人寂しい気持ちになった——。

その夜、明日の予約がないのなら、一日休みにしてお祝いをしようと善行が言い出した。

「だからほら、家族みんなで一からやり直すんだし、純の勘当も解かんといかんだろ。久しぶりに家族みんなで食事をしよう、な？」

晴海は大喜びし、善行は愛と誠も来るように言った。

翌日、狩野家でみんなでお祝いの準備をしていると、善行がいないことに純は気づいた。用事があるといって朝から一人で出かけたと正が教えると、それを聞いた愛は慌てて外に飛び出した。ホテルのほうを見ると、トラックが数台横づけされている。愛と純が走って向かうと、エントランスの前には、リサイクル業者のトラックが停車し、善行の指示で家具などを運び出している。

「ちょっと何やってんのよ、お父ちゃん⁉」純は叫んだ。

「もう必要ないから売っとるんや、今日でホテル閉めるからな」

「何言ってんの？　家族みんなでやり直すんじゃなかったの？」

「俺は、このホテルでやり直すなんて一言も言ってへんぞ」

衝撃的な言葉だった……。善行は自分名義の土地と建物だけ売ってしまったのだ。

純は、みんなを油断させて騙したことが許せなかった。

「なんでそんなことするのよ。みんなでここで頑張って、借金を返すんじゃなかったの⁉」

「そうですよ、お父さん」後から来た晴海も戸惑いを隠せない。

「うるさい。これからずっと宮古で働くのは、俺に死ねって言ってるのと同じなんや！　どいつもこいつも、今まで散々世話になったくせに、俺を殺す気か？　男として、全身全霊でお前ら家族を必死に守ってきたのに、用ずみになったらポイか？」

善行の考えはもはや常軌を逸していた。その時、ジュークボックスが運び出された。

「それだけはやめてよ！　せっかく、愛君が直したのに！」

純の願いも虚しく、運び出されるジュークボックスを呆然と見送ることしかできない。次にオオサキのプレートを持ち出されそうになり、純はプレートを奪い取り抱きしめて守った。


ジュークボックスもなくなり、ガランとした館内を一同はただ力なく見つめるしかない。

「お父さん、これからどうすればいいんですか……」晴海はうつろな表情で善行に訊ねた。

「ビーチも売って、俺と一緒に大阪に行こう。もう借金の心配もないし、息子たちを路頭に迷わす心配もないから」

純は晴海に宮古島に残って頑張ってやり直そうと説得するが、晴海にはもう自分で考える余力もなかった。正でさえ、ビーチだけあっても宝の持ち腐れだから大阪に行くべきじゃないかと言い出す始末だ。そんな情けない正を、長男として責任を感じてないのかと純は問い詰めた。

「長男、長男って言わないでくれるかな、いい加減。だいたいさ、俺は長男なんかに生まれたくなかったんだよ」

「は？　ちょっと、何キレてんの？」と険悪な雰囲気になる正と純。剛は、最終的には晴海のいいようにすればいいと自分の意見を持たない。善行は晴海に選択を迫った。

「言っとくが、家も抵当に入ってるから、借金返さんとすぐに取られるぞ。俺と離婚したら収入もないし、どうやって返すんや？」

「わかりました、お父さんの言うとおりにします」

晴海の言葉が純には信じられなかった。このままあきらめたら一生後悔する、祖父が悲しむと迫った。だが、晴海の胸の中には、十三年間、善行に宮古島の生活を強いてきたのは自分なのかもしれないという気持ちが宿っていた。

「純、お願い。これ以上苦しめないで……」晴海は苦しそうに純を見つめた。

「あ、あたしはまだあきらめないから。愛君、行こう」

二人は駆け出し、ホテルの一室に飛び込んで部屋に鍵をかけた。

「おい、開けろ！　何する気や⁉」

「ここでおじいのホテルを守る方法を考える。追い出そうとしても、絶対出てかないからね」

善行は、勝ち誇ったようにそんなことをしても無駄だと言った。

その時、地響きのような音がした。「何、この音？　まさか……」愛が窓を開けると、向こうからブルドーザーやトラックがやってきた。純は廊下に飛び出し、「もう壊す気、ここ？」と善行を睨むと、善行は「だったら、なんや？」とふてぶてしく答えた。

純はこみ上げる怒りを抑え外に飛び出した。ホテルに向かって轟音を立てて迫り来るブルドーザーの前に、純は両手を広げ立ちはだかった。「危ないですよ、純さん！」と愛が止めに入っても純は動こうとしない。すると、ブルドーザーが急ブレーキをかけて、純の鼻先で止まった。

「帰ってください、うちのホテルは壊しませんから」純は全身全霊で思いをぶつけた。

そこに善行がやってきて、純を連れ戻そうとした。愛が「やめてください、お義父さん」と割って入るが、ブルドーザーの作業員も善行に加勢して、純と愛を道路脇に引っ張っていく。

「放してよ！　あのホテルはおじいがおばあのために命をかけて作った魔法の国なの。何があっても壊しちゃいけないの。ちっちゃい頃おじいと約束したの、あたしが絶対守るって」

「もうやめて、純！」晴海は泣き崩れた。

ブルドーザーやトラックが再びエンジンをかけ、純の目の前を次々と通りすぎていく。

「なんでよ、お父ちゃん。昨日も一昨日も家族みんなであんなにうまくいってたじゃない。お客さんだって、昔に戻ったみたいだってすごく喜んでたじゃない。あのまま、みんなで頑張れば、借金だって絶対返せたのに」

「あんなもん、いつまでも続くわけないやろうが。それに、あの建物はもう人のものなんや。ええ加減、俺のやることにいちいち逆らうのはやめろ、アホ！」と言い捨て、善行は去っていった。

「なんでそんな考え方しかできないのよ？　そんなにあたしのことが嫌いなわけ？　たった二日だけど家族みんなでホテルやった時、夢がかなって死ぬほどうれしかったのに！」

そんな純の叫びをかき消すかのように、ブルドーザーは、容赦なくサザンアイランドに突っ込んでいき、壁を次々ぶち抜いていく。純は悲しみのあまり声にならない。

やがて、ガレキの山となってしまったホテルを見つめ、純と愛は呆然と立ち尽くした。

（おじい、この世に魔法の国なんかないいんだ……悲しい人間の欲望という国しか……）

ガレキの中、ラジカセと看板を見つけ、拾う純。その脱け殻のような姿を愛は心配そうに見つめた。その時、愛の携帯電話に多恵子から電話がかかってきた。愛は純から離れて電話に出た。

「あれから、魔法の国はどうなったかと思って」

多恵子の声は勝ち誇ったようだった。多恵子は、相談料を払った善行からアドバイスを求められていたのだ。多恵子は、土地と建物だけを先に売って既成事実を作ってしまえば、晴海があきらめてビーチを手放すことを見越していた。

「もしかしたら、こうなることを見越して、こっちが頼んだ時もアドバイスしてくれたんですか？」愛の手は震えた。

「あなたがあの女と縁を切るためなら、これくらいのこといくらでもやるわよ、これからも」

一方的に多恵子は電話を切った。愛は複雑な思いで純を見つめた——。


それから、善行は大阪行きに希望を膨らませ、晴海は心ここにあらずの様子だった。マリヤは善行とは口もききたくないと、正を引き連れて家を出ていき、剛は誠に再びフラれ、放浪の旅に出た。誠は宮古島に残った。結局、狩野家はバラバラになってしまった。

「これがお母ちゃんの望んだことなの？」

純は寂しげに狩野家を後にした。

宮古空港の待合室で、純はストンと椅子に腰を下ろすと、オオサキのプレートと、サザンアイランドの看板を見つめた。その目に輝きがないのが愛は心配だった。

「そうだ、ラジカセ動くか試さないと」

愛は明るく振る舞い再生ボタンを押すと、祖父の声が聞こえてくる。

「純は大きくなったら、何になりたいね？」

「あたしは、いつかおじいのホテルのおかみさんになるのが夢なの。それでね、ここを魔法の国にするの。ねえ、できるかな、おじい？」

純は思わず目を伏せた。この声は、夢は必ずかなうと信じている……。

「純なら大丈夫さ。おじいが見てあげるから、おかみさんになったと思って、練習してごらん」

「いらっしゃいませ、ホテル・サザンアイランドへようこそ。おかみの狩野純です」

「うまいうまい、純は日本一のおかみさんさ。純がいてくれたらこのホテルはずっと大丈夫さあ」

純は、涙が溢れて止まらなかった……。今までの思いとともに泣き崩れた。そんな純に、愛はかける言葉が見つからない……。

（おじい、純さんの心の声が聞こえなくなりました……）

愛は純の震える肩を抱きしめた。

（下巻へ続く）

本書は、連続テレビ小説「純と愛」第一週〜第十二週の放送台本をもとに小説化したものです。番組と内容が異なることがあります。ご了承ください。

遊川和彦（ゆかわ・かずひこ）

1955年生まれ、東京都出身。87年、脚本家デビュー。2003年、スペシャルドラマ「さとうきび畑の唄」で文化庁芸術祭大賞受賞。05年「女王の教室」で第24回向田邦子賞受賞。他に「曲げられない女」「家政婦のミタ」など多数を手がける。NHKでは「リミット　刑事の現場2」。

NHK連続テレビ小説　純と愛　上

二〇一二（平成二十四）年九月二十五日　第一刷発行

著者　作　遊川和彦／ノベライズ　丸山　智

発行者　溝口明秀
発行所　NHK出版
〒一五〇-八〇八一　東京都渋谷区宇田川町四十一-一
電話　〇三-三七八〇-三三八四（編集）
〇五七〇-〇〇〇-三二一（販売）
ホームページ　http://www.nhk-book.co.jp
携帯電話サイト　http://www.nhk-book-k.jp
振替　〇〇一一〇-一-四九七〇一

印刷　亨有堂印刷所、大熊整美堂
製本　二葉製本

Printed in Japan
ISBN978-4-14-005621-9　C0093